文学理论教育与教学创新研究

赖芸芳◎著

中国原子能出版社

图书在版编目（CIP）数据

文学理论教育与教学创新研究 / 赖芸芳著. --北京：
中国原子能出版社，2023.11
ISBN 978-7-5221-3144-3

Ⅰ．①文⋯　Ⅱ．①赖⋯　Ⅲ．①文学理论–教学研究
Ⅳ．①I0

中国国家版本馆 CIP 数据核字（2023）第 236894 号

文学理论教育与教学创新研究

出版发行　中国原子能出版社（北京市海淀区阜成路 43 号　100048）
责任编辑　杨　青
责任校对　冯莲凤
责任印制　赵　明
印　　刷　北京天恒嘉业印刷有限公司
经　　销　全国新华书店
开　　本　787 mm×1092 mm　1/16
印　　张　15.75
字　　数　285 千字
版　　次　2023 年 11 月第 1 版　2023 年 11 月第 1 次印刷
书　　号　ISBN 978-7-5221-3144-3　　定　价　**76.00** 元

发行电话：**010-68452845**

前　　言

　　文学理论教育与教学创新是当今大学文学教育领域中至关重要的课题之一。本书旨在深入探讨文学理论教育的本质，以及在这一背景下如何进行教学创新，以更好地培养学生的文学素养和批判思维。

　　在信息爆炸的时代，文学理论教育不再是一门孤立的学科，而是与其他学科交织在一起，具有很强的综合性。传统的文学教育模式往往过于注重文学作品本身，而忽视了学生对文学理论的理解与应用。教学创新势在必行，以满足时代背景下对文学人才的新需求。

　　本书在全面解当前文学理论教育现状的基础上，分析存在的问题与挑战，并提出创新性的教学方法，以期为培养学生的批判性思维、文学鉴赏能力和创造性表达提供理论指导和实践经验，使学生在学术领域中更为全面、深入地理解文学，并将所学知识应用于实际生活和职业发展中。

　　本书力图为当前文学理论教育领域的发展提供有益的参考。通过理论与实践的结合，我们期望能够引领文学理论教育步入一个新的阶段，培养出创新力和实践能力更强的文学人才，为文学领域的繁荣作出贡献。希望本书对广大读者有所启发，激发更多有识之士对文学理论教育的深入思考，推动文学理论教育实践的开展。

目　录

第一章 文学理论教育的理论基础

第一节 文学理论教育的定义与范畴

一、文学理论教育的概念界定

文学理论教育是一门探讨文学现象、思考文学本质的学科，其目的在于培养学生对文学现象进行深刻分析和批判性思考的能力。这一领域涉及多种理论流派和方法，旨在使学生能够理解文学作品的内在结构、历史背景及社会文化的影响。下面将对文学理论教育的概念进行界定，探讨其重要性、目标、方法和面临的挑战。

（一）文学理论教育的重要性

1. 文学理论的背景

文学理论教育的重要性源于文学理论在人类文明中的重要地位。文学理论是对文学现象进行分析和解释的体系化思考，它不仅有助于我们更深刻地理解文学作品，还能够反映出社会、文化和时代的变迁。

2. 文学理论与思维能力的培养

文学理论教育培养学生对文学现象进行批判性思考的能力，提高他们的分析、综合和判断能力。这对于培养学生的综合素质、提高思维深度和广度具有积极意义。

3. 文学理论与跨学科研究

文学理论涉及众多学科，包括哲学、社会学、心理学等，因此，文学理论教育有助于促使学生在跨学科研究中形成更为全面的视野和更深刻的见解。

（二）文学理论教育的目标

1. 培养批判性思维

文学理论教育的首要目标是培养学生对文学现象进行批判性思考的能力。通过学习各种文学理论，学生能够对文学作品进行深入剖析，发现其中的内在逻辑和价值。

2. 增进文学鉴赏能力

文学理论教育旨在提高学生的文学鉴赏能力，使其能够更全面、更深入地理解文学作品。通过理论的引导，学生能够更敏锐地捕捉作品中的意蕴、风格和表达方式。

3. 培养学科交叉能力

文学理论教育的目标之一是培养学生的学科交叉能力。通过将文学理论与哲学、社会学等学科相结合，学生能够更好地理解文学作品在不同学科领域中的反映和影响。

（三）文学理论教育的方法

1. 综合性教学法

文学理论教育需要采用综合性教学法，将不同的文学理论有机结合，使学生能够全面理解文学作品。这包括结构主义、后现代主义、女性主义等多种理论流派的介绍和比较。

2. 互动性教学法

通过互动性教学法，鼓励学生积极参与讨论、辩论，从而加深对文学理论的理解。这种方法有助于激发学生的学习兴趣，培养他们对文学理论的主动探究精神。

3. 实例分析法

文学理论教育可以通过实例分析法，引导学生深入研究具体文学作品，运用所学理论进行分析。这有助于将理论知识与实际文学创作相结合，使学生更好地理解理论在实际创作中的应用。

（四）文学理论教育面临的挑战

1. 知识爆炸和知识更新迭代

由于文学理论领域的知识爆炸和知识更新迭代较快，教师需要不断更新教材和知识体系，以适应时代的发展。

2. 学科整合的难度

文学理论涉及多个学科领域，学科整合的难度较大。如何将哲学、社会学等学科融入文学理论教育，使之更为系统和完整，是一个亟待解决的问题。

3. 培养方法的多样性

学生个体差异较大，需要采用多样性的培养方法。不同背景、兴趣、思维方式的学生对于文学理论的接受方式各异，教育者需要针对性地采用不同的教学策略。

文学理论教育作为一门重要的文学学科，对于培养学生的批判性思维、文学鉴赏能力及学科交叉能力具有深远的意义。在教学过程中，采用综合性、互动性和实例分析等多种方法，有助于提高学生的学习积极性和学习深度。然而，文学理论教育也面临一系列挑战，如知识爆炸和更新、学科整合难度大、培养方法的多样性等，需要教育者不断创新和改进。

在未来，可以通过以下几个方面来加强文学理论教育的效果。

1. 建立持续更新的教育体系

教育机构应建立起持续更新的教育体系，确保学生学习到最新的文学理论知识；定期调整教材、引入新的理论流派和方法，使学生能够跟上时代的步伐。

2. 强化跨学科合作

为解决学科整合的难题，可以加强跨学科的合作。与哲学、社会学、心理学等相关学科建立更紧密的联系，共同探讨文学现象在不同层面的意义，促进学科之间的交流与合作。

3. 制订个性化教学计划

面对学生个体差异，教育者可以制订个性化的教学计划，根据学生的兴趣、背景和学习风格，有针对性地进行教学；采用不同的教学方法，提供多样性的学习资源，激发学生的学习热情。

4. 推动实践与理论相结合

为了加强文学理论在实践中的应用，可以推行实践与理论相结合的教学方法。通过实际文学作品的分析与创作，使学生更好地理解理论的实际应用，培养他们的文学创作能力。

5. 强化国际视野

考虑到文学作为一种全球性的文化表达方式，文学理论教育可以加强国

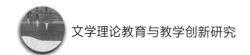

际视野。引入国际上先进的文学理论成果，与国外高校进行学术交流，培养学生更广泛、更开放的文学思维。

在未来的发展中，文学理论教育需要在保持传统的基础上不断创新，使之更好地适应社会的发展变化。只有通过教育的力量，培养出具备深厚文学理论知识和批判性思维的学子，才能为文学领域的繁荣与发展作出更大的贡献。

二、文学理论教育的核心目标

文学理论教育的核心目标在于培养学生对文学现象进行深刻的分析和批判性思考的能力。这一目标涉及多个层面，包括对文学作品的理论理解、批判性思维的培养、学科交叉的能力发展等。我们将深入探讨文学理论教育的核心目标，并从不同角度进行阐述。

（一）文学理论教育的核心目标概述

1. 培养深刻的文学理解能力

文学理论教育的首要目标之一是培养学生对文学作品进行深刻理解的能力。这不仅包括对作品表面意义的把握，更重要的是理解其中的深层次结构、隐含的思想和文学表达的多重层次。通过学习各种文学理论，学生能够建立起对文学作品更为敏锐的感知，深入挖掘其中的内涵。

2. 培养批判性思维

文学理论教育的核心目标还在于培养学生具备批判性思维的能力。这包括对文学作品进行批评性评价、对理论观点进行质疑和辨析的能力。培养学生超越表面现象，审视文学作品的构成要素，提出独立见解，并能够理性、深刻地分析文学现象的能力。

3. 增进文学鉴赏和评价能力

文学理论教育的目标之一是使学生更具文学鉴赏和评价能力。通过学习不同的文学理论，学生可以更全面地理解作品的审美价值，更深入地洞察其中蕴含的文学艺术。培养学生使其能够准确而深入地评价文学作品，具备辨别优秀文学作品的眼光和能力。

4. 培养学科交叉的能力

文学理论教育还旨在培养学生的学科交叉能力。文学理论涉及哲学、社会学、心理学等多个学科领域，要求学生具备跨学科的思维能力。通过学习不同学科的理论，学生能够更全面、更深入地理解文学现象，形成对文学作品更为复杂的分析。

（二）文学理论教育的核心目标分解

1. 理论意识的培养

文学理论教育的核心目标之一是培养学生的理论意识。这包括对不同文学理论的了解、理解其核心概念和方法，并能够灵活应用于具体文学作品的分析中。理论意识的培养有助于学生从更宏观的角度看待文学现象，提升其文学思维的深度和广度。

2. 批评性思考的培养

文学理论教育旨在培养学生对文学作品进行批评性思考的能力。这要求学生在阅读文学作品时能够超越主观情感，运用理论工具对作品进行客观评价。通过学习不同理论流派的批评观点，学生能够形成独立而深入的批判性思维。

3. 多元文学视野的形成

文学理论教育应当促使学生形成多元的文学视野。这包括引导学生接触和理解不同文学传统、文学流派，以及不同国家、文化背景下的文学作品。通过多元的文学体验，学生能够更全面地认识文学的丰富性和多样性。

4. 文学作品与社会背景的关联

培养学生将文学作品与社会背景相关联的能力是文学理论教育的一个重要目标。这包括理解文学作品背后的社会、历史、文化背景，以及作品与当代社会的联系。通过理论的引导，学生能够更好地把握文学作品与社会现实之间的相互影响。

（三）文学理论教育的实施策略

1. 多样性教学法的运用

为实现文学理论教育的核心目标，教育者应当采用多样性的教学法。综合运用讲授、讨论、案例分析、小组研讨等多种教学手段，以满足不同学生的学习需求，激发学生的学习兴趣。

2. 实例分析与实际应用

将文学理论与具体文学作品相结合，通过实例分析使学生能够在具体的文学创作中理解理论的运用。此外，通过实际应用的项目设计，激发学生主

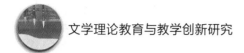

动探究的热情，使他们在实际的文学创作或文学评论中能够运用所学理论，将理论知识转化为实际能力。

3. 跨学科整合

为了培养学生的学科交叉能力，文学理论教育需要与其他学科进行整合。通过与哲学、社会学、心理学等学科的合作，使学生能够更全面、深刻地理解文学现象，培养跨学科思考的能力。

4. 提倡自主学习和研究

鼓励学生进行自主学习和研究是实现文学理论教育核心目标的有效途径。教育者可以引导学生选择感兴趣的文学理论领域进行深入研究，促使其在学术领域形成独立见解。

5. 国际化视野的拓展

在全球化的时代背景下，文学理论教育应该拓展学生的国际化视野。通过引入国际上先进的文学理论成果，与国外高校进行学术交流，使学生能够在更广泛的文学背景中思考问题，更好地理解全球文学的发展趋势。

（四）文学理论教育核心目标的实际意义

1. 促进文学研究与创作的提升

文学理论教育核心目标的实现，对于促进文学研究与创作具有深远的实际意义。具备深刻的文学理解和批判性思考能力的学生更容易在文学领域取得创新性成果，推动文学的不断发展。

2. 培养具备批判性思维的公民

文学理论教育有助于培养具备批判性思维的公民。这样的公民能够超越表面现象，审视社会现象，更好地理解文学作品中的社会问题和人类困境，具备更深入的社会洞察力。

3. 促进文学与其他学科的交流

培养学科交叉能力有助于促进文学与其他学科的交流。文学理论教育核心目标的实现，使得文学能够更好地融入跨学科研究，与哲学、社会学、心理学等学科形成更紧密的关联，推动不同学科之间的交流与合作。

4. 培养具有国际竞争力的人才

拓展国际化视野，引入国际上的文学理论成果，有助于培养具有国际竞争力的人才。这样的人才既能够在国际学术舞台上取得更多的声誉，也能够更好地应对全球文学的发展趋势。

文学理论教育的核心目标是多层次、多方面的,既包括对文学作品深刻理解的能力,也包括批判性思维的培养、文学鉴赏与评价能力的增进,以及学科交叉能力的发展。为实现这些目标,教育者需要采取多样性的教学方法,引导学生进行实例分析和实际应用,促进学科整合,提倡自主学习,拓展国际化视野。

文学理论教育不仅是对知识的灌输,更是对学生思维方式和认知水平的深刻影响。通过培养具有深刻文学理解和批判性思考能力的学生,文学理论教育将为文学领域的繁荣与发展,以及社会的进步与文明的提升作出积极贡献。

三、文学理论教育的范畴与内涵

文学理论教育是一门探究文学现象背后理论原理与观念的学科,其范畴与内涵涵盖了广泛的文学理论体系、研究方法和批评观念。这一领域包括对文学作品的多层次解读、理论框架的建构和学科交叉的思辨,旨在培养学生对文学的深入理解和批判性思维能力。本章将深入探讨文学理论教育的范畴与内涵,分析其重要性、主要内容、相关方法及发展趋势。

(一)文学理论教育的重要性

1. 文学理论教育的意义

文学理论是对文学现象进行分析和解释的系统性思考。文学作为一种艺术形式,承载着丰富的文化、社会和人类心理的信息。通过文学理论的学习,人们可以更深刻地理解文学作品的内在结构和表达方式,进而认识到文学在不同时代和文化中的多样性与共通性。

2. 文学理论教育的角色

文学理论教育在整个文学教育体系中扮演着关键角色。它不仅是培养学生对文学作品进行深刻分析的重要途径,还是启发学生批判性思考、理解文学现象的桥梁。通过文学理论教育,学生可以更好地把握文学作品的内涵,提升文学鉴赏水平,同时也能够培养对文学研究和创作的兴趣。

(二)文学理论教育的范畴

1. 理论体系的广度

文学理论教育的范畴极其广泛,包含了各种各样的理论流派和思想体

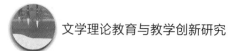

系。从古典批评到现代主义，从结构主义到后现代主义，从传统的文学观念到后殖民主义，文学理论的范畴横跨了人类思维的方方面面。这使得文学理论教育成为一个既有深度又有广度的学科。

2. 方法论的多样性

文学理论教育不仅涉及理论体系的学习，还包括不同的研究方法。这些方法可以包括文本分析、历史文化背景的考察、批评性理论的运用等。学生需要学会运用这些方法，以便更全面、深入地理解和解释文学作品。

3. 学科交叉的综合性

文学理论教育不仅关注文学本身，还强调与其他学科的交叉。哲学、社会学、心理学等学科的理论常常与文学理论相互渗透。这种综合性的学科交叉有助于培养学生更全面的思维方式，使其能够将不同领域的知识有机结合，形成更深层次的文学理解。

（三）文学理论教育的内涵

1. 对文学作品的深层次解读

文学理论教育的核心内容之一是对文学作品的深层次解读。学生需要学习如何运用不同的理论工具，解析文学作品中的隐含意义、文学结构和语言运用。这种深层次的解读有助于学生更好地理解作品背后的思想和文学技巧。

2. 理论框架的建构

文学理论教育鼓励学生建构自己的理论框架。这意味着学生不仅要熟悉已有的理论体系，还需要有能力创造性地思考并建构适用于自己研究方向的理论框架。这种能力的培养有助于学生在面对复杂的文学现象时更具洞察力。

3. 批评观念的培养

文学理论教育的另一重要内容是培养学生的批评观念。学生需要具备辩证、批判性的思维，能够对文学作品和理论观点提出合理的质疑。这样的批评观念是培养学生独立思考能力和创新能力的重要保障。

4. 学科交叉思维的培养

文学理论教育注重培养学生的学科交叉思维。这包括将文学作品与其他学科的知识相结合，运用不同学科的理论框架进行综合性研究。学生要能够在文学研究中运用历史、哲学、社会学等不同学科的思维工具。

（四）文学理论教育的方法

1. 综合性教学法

文学理论教育的复杂性和广泛性要求采用综合性的教学法。这包括但不限于讲授、研讨、案例分析、小组讨论、学科整合的项目等多种教学手段。综合性教学法能够满足学生不同层次、不同背景的学习需求，使他们全面理解和应用各种文学理论。

2. 实例分析和应用

通过实例分析具体文学作品，学生能够在理论框架下更好地理解和运用所学知识。实例分析不仅可以帮助学生深入研究单一作品，还能够帮助他们更好地理解特定理论在实践中的应用。同时，通过实际应用，学生能够将理论知识转化为实际的研究和创作能力。

3. 跨学科整合

为了培养学生的学科交叉能力，文学理论教育应该强调与其他学科的整合。例如，结合哲学的观点分析文学作品中的伦理问题，使用社会学的方法研究文学作品中的社会结构等。跨学科整合的教学方法能够使学生更好地理解文学作品与其他领域的关系，形成更为全面的视野。

4. 独立研究和思考

鼓励学生进行独立研究和思考是文学理论教育的重要方法之一。通过阅读相关文献、参与学术研讨、开展小型研究项目等方式，学生能够逐渐培养独立思考和研究的能力。这有助于他们在未来的学术和职业生涯中更好地应对复杂的文学现象。

5. 创新性项目设计

为了激发学生的创造性和创新性，可以设计一些创新型的项目。这些项目可以包括文学作品的改编、翻译、创作，以及运用理论框架解读特定时期或主题的文学现象等。通过这些项目，学生能够更好地将理论知识转化为实际的文学创作和研究能力。

（五）文学理论教育的发展趋势

1. 数字化教学与在线学习

随着信息技术的飞速发展，数字化教学和在线学习正逐渐成为文学理论教育的重要发展趋势。通过在线平台，学生可以更加灵活地获取教材、参与

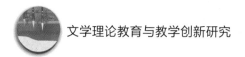

讨论，并进行实时的研究和交流。这种模式有助于打破地域限制，促进国际学术合作。

2. 多元文学视野与全球化

未来文学理论教育的发展将更加强调多元文学视野与全球化。学生将更加关注不同文学传统、跨文化交流及全球性的文学现象。这有助于拓宽学生的文学视野，使他们能够更全面地理解和评价不同背景下的文学作品。

3. 跨学科研究的深化

文学理论教育未来可能更加强调跨学科研究的深化。学生将更多地接触到哲学、社会学、心理学等学科的理论体系，并通过这些学科的交叉研究更好地理解文学作品。这将培养学生更全面的思维方式，有助于形成更为综合性的文学理论。

4. 艺术创新与实际应用

未来的文学理论教育可能会更加注重艺术创新和实际应用。学生将被鼓励不仅仅在理论层面进行思考，还要通过实际创作和应用来验证理论的可行性。这种实践导向的文学理论教育将培养出更具创造性和实用性的人才。

文学理论教育作为一门综合性的学科，其范畴与内涵涵盖了广泛的理论体系、研究方法和批评观念。通过培养学生对文学作品的深刻理解能力和批判性思维，文学理论教育为培养具备全球视野和跨学科能力的文学人才作出了重要贡献。随着时代的发展，文学理论教育将在数字化、全球化、跨学科研究等方面不断创新，以更好地满足学生和社会的需求。

在未来的发展中，文学理论教育可以通过更加灵活的教学方法、多元的学科整合、创新的项目设计等途径不断提高教育质量。数字化技术的应用，如虚拟现实和在线学习平台，有望为学生提供更便捷、高效的学习体验。同时，加强国际合作、推动全球文学研究，将有助于学生深入了解不同文学传统，培养更具国际竞争力的人才。

文学理论教育还可以进一步强化与其他学科的紧密联系，促使学生在思考文学现象时能够更全面地考虑社会、历史、哲学等因素。跨学科的综合性研究将为学生提供更为丰富的认知工具，使他们能够更好地理解和解释复杂的文学作品。

另外，文学理论教育应该注重培养学生的实践能力和创新精神。通过实际的文学创作、应用项目等活动，学生可以将所学的理论知识更好地转化为实际能力。这种注重实践的教学方法有助于激发学生的兴趣，培养他们在文学领域的创新和实际应用能力。

总体而言，文学理论教育的范畴与内涵涵盖了丰富多彩的内容，在学科交叉渗透中培养学生深刻理解文学作品的能力，使学生具备批判性思维。随着社会的发展和教育理念的演进，文学理论教育将继续适应新的挑战和机遇，致力于培养具备全球视野、创新思维和实践能力的文学人才，为文学研究和创作的繁荣作出积极贡献。

第二节　文学理论发展的历史回顾

一、古代文学理论的雏形

古代文学理论的雏形可以追溯到古代文学产生的时期，各种文学思想、文学批评和文学理论的萌芽在古代文学创作和评论中逐渐显现。在这个过程中，人们对文学现象的认识、对文学创作规律的探讨，以及文学审美标准的形成，为后来文学理论的发展奠定了基础。在下文中，将深入探讨古代文学理论的雏形，包括其形成的历史背景、代表性的文学理论观点，以及这些观点对古代文学产生的影响。

（一）古代文学理论的历史背景

1. 古代文学的诞生

古代文学理论的雏形产生于古代文学诞生的时期。在人类社会发展初期，文字的出现标志着文学的诞生。古代人们通过口头传承和文字记录，开始创作并传承了大量的神话、史诗、歌谣等文学作品。这些作品既反映了当时社会的宗教、道德和伦理观念，也是人们对自然、社会和人生思考的产物。

2. 文学批评的初步探讨

随着文学作品的增多，人们对文学的评价和批评也逐渐形成。在古代社会，由于文盲率较高，文学作品主要通过口头传承，文学的创作和传播更多依赖于社会群体的共同努力。这种口头传统中隐含着一种对文学作品的评价和批判，虽然没有形成明确的理论框架，但它为古代文学理论的雏形奠定了基础。

3. 文学与宗教、哲学的融合

在古代社会，文学往往与宗教、哲学紧密相连。宗教经典、神话故事和

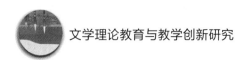

哲学思想常常以文学形式存在，这种融合不仅为文学赋予了神秘的色彩，也使文学的内容与道德、伦理、宇宙观等方面联系紧密。在这种融合中，人们对文学的审美标准、表达方式和作品意义的思考逐渐形成，并开始转化为一些零散的文学理论观点。

（二）代表性的古代文学理论观点

1. 中国古代文学理论的雏形

（1）《诗经》的文学观念

中国古代文学理论的雏形可以追溯到《诗经》。《诗经》是中国古代最早的一部诗歌总集，包含了大量的诗歌作品，其中有关于爱情、风景、政治、社会风俗等方面的描写。在《诗经》中，人们对于诗歌的要求逐渐形成，如对诗歌的情感真挚、表达简练、形式美感的追求，这些观点对后来的文学理论产生了影响。

（2）《论语》中的文学思想

《论语》是儒家学派创始人孔子及其弟子言行的记录。其中的一些论述中包含了对文学的一些思考。例如，孔子对于《诗经》的推崇，他认为诗歌有助于陶冶情操、塑造品德，这种思想对后来文学理论中的文学教育和德育功能有所启示。

（3）《文心雕龙》的文学理论体系雏形

《文心雕龙》是南朝梁代文学家刘勰所著，被认为是中国古代文学批评的奠基之作。该书对文学创作提出了许多见解，包括对文学风格、表达手法、作品结构等方面的探讨。虽然《文心雕龙》出现在较晚的历史时期，但它继承和总结了前代文学理论的经验，形成了一些初步的文学理论体系。

2. 古希腊文学理论的雏形

（1）赫西俄德的叙事理论

在古希腊，赫西俄德是一位重要的叙事诗人，他在《神谱》中提出了一些叙事的原则。赫西俄德认为，叙事诗歌应当具备教育和道德启迪的功能，对于人类的品德和行为应有所规范。这种注重叙事功能的观点对后来古希腊文学理论产生了影响。

（2）亚里士多德的《诗学》

亚里士多德的《诗学》是古希腊文学理论的巅峰之作。这部著作包含了他对戏剧和史诗的广泛思考，是古希腊文学理论的重要奠基之作。

① 悲剧与史诗的原则：亚里士多德对悲剧和史诗提出了一系列原则。他认为，悲剧是通过对人物性格的表现来引发观众的悲悯和恐惧，而史诗则通过叙述英雄故事来唤起人们的崇敬。他对"悲剧的悲伤"和"史诗的敬畏"等情感的研究，对后来文学理论的情感美学产生了深远的影响。

② 人物与情节的关系：亚里士多德认为，悲剧的核心是人物和情节。他强调人物的性格与命运，以及情节的结构与发展对悲剧的成功至关重要。这种注重人物性格、命运和情节发展的观点，为后来文学创作提供了深刻的启示。

③ 言辞与节奏的审美：亚里士多德关注文学作品的语言表达和韵律节奏。他认为，文学作品的语言应当具备优美的表达和和谐的韵律，以达到审美的效果。这为后来文学的修辞学和韵律学奠定了基础。

（三）古代文学理论的影响与启示

1. 对文学创作的指导

古代文学理论的雏形为文学创作提供了一些重要的指导原则。无论是《诗经》中的表达简练、情感真挚，还是亚里士多德提出的悲剧和史诗的原则，都为作家提供了关于情感表达、人物刻画、情节构建等方面的启示。这些原则成为后来文学创作的参考框架，为文学作品的质量提供了一定的保障。

2. 对文学评价的影响

古代文学理论的雏形也为文学评价提供了一些基本的标准。在《论语》中，孔子对《诗经》的推崇就体现了一种对文学品质的评价标准，强调文学对品德的陶冶作用。亚里士多德对悲剧的"悲伤"和史诗的"敬畏"也反映了一种对情感共鸣和审美感受的重视。这些标准影响了后来文学批评和评价的发展，为文学作品的评价提供了参考依据。

3. 对文学理论的形成

古代文学理论的雏形为后来文学理论的形成打下了基础。虽然古代文学理论并没有形成系统化的体系，但其中的一些观点和原则在后来的文学理论中得到了发展和深化。例如，《文心雕龙》在总结前人文学经验的基础上，形成了初步的文学理论体系。亚里士多德的《诗学》更是成为后来欧洲文学理论的权威之作，对文学理论产生了深远的影响。

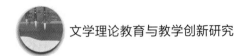

4. 对文学教育的启示

古代文学理论的雏形为文学教育提供了一些建议。在《论语》中，孔子对《诗经》的重视反映了古代文学对道德教育的重要性。亚里士多德对悲剧的情感共鸣和审美感受的强调，也为后来文学教育注重情感体验和审美培养提供了借鉴。这些启示有助于构建全面、深入的文学教育体系，培养更有思想深度和审美素养的学子。

古代文学理论的雏形是文学发展历程中的重要阶段。在这个时期，人们逐渐形成了对文学的一些基本认识和原则，为后来文学创作、批评和理论的发展奠定了基础。中国的《诗经》《论语》和《文心雕龙》及古希腊的赫西俄德和亚里士多德，都为文学理论提供了宝贵的思想资源。这些早期的文学理论观点虽然在当时并没有形成完整的理论体系，但对后来文学理论的形成和发展产生了深远的影响，为人类文学的繁荣与发展打下了坚实的基础。

二、文艺复兴时期的理论突破

文艺复兴时期是欧洲历史上的一个重要时期，时间大约从 14 世纪末到 17 世纪初。这个时期以对古典文化的重新认识和热爱为特征，有许多理论突破，不仅对文学艺术产生了深远的影响，也对人类思想和社会发展产生了革命性的作用。本书将探讨文艺复兴时期的理论突破，包括其历史背景、主要理论观点，以及这些观点对文学、艺术和人类思想的深远影响。

（一）文艺复兴时期的历史背景

1. 文艺复兴的兴起

文艺复兴的兴起与中世纪的结束和现代社会的开始密切相关。中世纪是一个以教会权威、封建制度为主导的时期，而文艺复兴则是对这种传统体制的一次挑战。在 14 世纪末至 15 世纪初的意大利，特别是在佛罗伦萨、威尼斯等城市，人们开始追求古典文化的复兴，对古代文明的研究与崇尚重新引领了思想潮流。

2. 对古典文化的热爱

文艺复兴时期，人们对古典文学、哲学、艺术的热爱表现得淋漓尽致。他们纷纷学习希腊、罗马的文学著作，对柏拉图、亚里士多德等古代哲学家的著作进行深入研究，追求一种理性而富有人文关怀的学问。这种对古典文化的热爱成为文艺复兴理论突破的重要背景，推动了一系列新思潮的涌现。

（二）文艺复兴时期的理论突破

1. 人文主义的崛起

（1）对人的关注

人文主义是文艺复兴时期最为显著的理论特点之一。人文主义者强调人的自由、尊严和创造力，他们认为人类应该全面发展，不仅关注宗教层面，还应关心世俗生活。这种对人的关注成为理论突破的起点，使得文学和艺术开始更加关注人的个性、情感和经验。

（2）对古典文化的借鉴

人文主义者深刻地研究和借鉴了古典文化，他们通过翻译古希腊罗马文学著作，尤其是柏拉图、亚里士多德等哲学家的作品，使古代智慧在文艺复兴时期再度焕发光彩。这种对古典文化的借鉴在文学和艺术的创作中产生了深远影响，使作品更具深度和广度。

2. 文学理论的演进

（1）文学的功能与价值

文艺复兴时期的文学理论逐渐从单一的宗教功能中解放出来，人文主义者开始探讨文学的更为广泛的功能与价值。他们强调文学作品对于人类个体的陶冶作用，认为文学可以培养人的品德、启发人的思想，甚至对社会产生积极的影响。这种对文学价值的重新认识开启了文学理论的新时代。

（2）文学与个体经验

在人文主义的推动下，文学开始更加关注个体的情感和经验。作家们开始将自己的感受和思考融入文学作品中，通过作品表达对人性、生活和自然的深刻认识。这种强调个体经验的理论观点在后来启发了浪漫主义运动等更为个性化的文学潮流。

3. 艺术与审美的新理念

（1）艺术的独立性

文艺复兴时期，艺术的独立性得到了强调。艺术家们不再受制于教会或封建统治者的权威，而是开始追求个体的创作自由。他们认为艺术创作应该是一种表达个人情感、思想和审美追求的自由行为。这一理念为后来的艺术家提供了更广阔的创作空间。

（2）理性审美观

在文艺复兴时期，人们对审美的认知发生了转变。与中世纪强调超自然

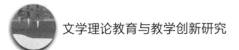

和神秘色彩不同,文艺复兴时期的理性审美观强调理性思维对于审美的影响。艺术家们开始注重形式、比例、对称等理性的审美元素,这与古典文化中理性和秩序的重要性相契合。

(3)对自然的模仿

文艺复兴时期的艺术理论倡导对自然的深入观察和模仿。艺术家们开始研究人体解剖、透视法等科学知识,力求通过对自然的模仿来呈现更为真实和生动的艺术形象。这一理论观点对后来的写实主义艺术有着深远的影响。

4. 科学与知识的新思考

(1)科学知识的传播

文艺复兴时期见证了对古典希腊罗马科学知识的重新发现和传播。古代著作被重新翻译,科学家们开始深入研究古代的数学、天文学、医学等知识。这种科学知识的传播使得人类对自然界的认知更为深刻,也为后来科学革命的兴起创造了条件。

(2)人类与宇宙的关系

文艺复兴时期的理论突破中,人们对人类与宇宙关系的思考成为一个重要方面。科学家们通过对自然规律的研究,开始重新理解人类在宇宙中的地位。这种对人类与宇宙关系的新思考,既体现在艺术作品中,也深刻影响了哲学和宗教领域。

(三)文艺复兴理论的影响

1. 对文学艺术的深远影响

文艺复兴时期的理论突破对文学艺术产生了深远的影响。人文主义的崛起使得文学更加关注人的个性和情感,强调个体经验的表达。文学理论的演进使文学不再仅仅是宗教的工具,而是开始追求自身的审美和价值。这种理论观点对后来的文学创作产生了积极的激励作用,推动了文学的繁荣与发展。

2. 对艺术的启示

文艺复兴时期的理论突破对艺术产生了重要的启示。强调艺术的独立性使艺术家们追求创作自由,这在后来的艺术史上催生了许多杰出的作品。理性审美观和对自然的模仿使艺术更加注重形式和表现技巧,影响了艺术表达的形式和方法。

3. 对科学与知识的推动

文艺复兴时期的理论突破为科学与知识的发展提供了强大的推动力。对古典科学知识的重新发现推动了科学的进步，为后来的科学革命打下了基础。人类与宇宙关系的新思考促进了哲学的发展，使得人类对自身和宇宙的认知更深刻。

文艺复兴时期的理论突破是人类思想史上的一大重要事件。这个时期的理论突破不仅在文学、艺术和科学领域产生了深远影响，更为人类思维的多元化、个体价值的崛起和对知识的追求奠定了基础。文艺复兴的理论突破不仅为当时的文化繁荣创造了条件，也为后来的文艺发展和现代文明的崛起奠定了重要基石。

三、现代文学理论的多元发展

现代文学理论的多元发展是文学理论领域的一场丰富而复杂的变革。自20世纪初至今，文学理论经历了多个学派的崛起和交替，形成了多元的理论体系。本书将探讨现代文学理论的多元发展，包括主要学派、理论观点及这些理论的相互影响，以期深入理解当代文学理论的复杂面貌。

（一）现代文学理论的多元学派

1. 结构主义与后结构主义

（1）结构主义

结构主义在20世纪50年代至70年代盛行，其核心思想是文学作品的意义是通过语言结构的系统性来构建的。结构主义关注文本内部的关联性和结构，认为文学作品中的符号和符号系统是可以被分析的对象。该学派的代表性人物有罗兰·巴尔特、克洛德·勒维-斯特劳斯等。

（2）后结构主义

后结构主义在20世纪70年代末至80年代初崭露头角，对结构主义提出了批评。后结构主义强调文学作品的多义性和开放性，认为意义并非固定而是流动的。其中，米哈伊·巴赫金、雅克·德里达等人的理论对后来的文学批评产生了深远的影响。

2. 泛化批评与后现代主义

（1）泛化批评

泛化批评试图超越狭义的文学批评，将文学放置于更广泛的文化和社会背景中。该学派主张文学作品的解读应该考虑到历史、政治、社会等多个层面。文学作品被视为文化产品，需要在更宽泛的背景下进行理解。代表人物

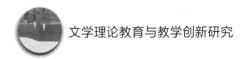

包括弗里德里希·詹宁斯、尤金·伊奇等。

（2）后现代主义

后现代主义在 20 世纪中后期兴起，对传统的现代主义提出了质疑。后现代主义文学作品通常以碎片化、多元化和对传统叙事结构的颠覆为特征。后现代主义的理论对文学创作和理论的多元性产生了深远影响。

3. 批评与文化研究

（1）批评理论

批评理论强调对文学作品的批评分析应该关注权力、阶级、性别等社会问题。该学派的代表性人物有米哈伊尔·巴哈金和罗伯特·桑多尔。批评理论对文学作品的政治和社会意义进行了深入的探讨，使文学批评更趋于社会批评。

（2）文化研究

文化研究强调文学作品是社会文化的产物，通过文学可以更好地理解社会、历史和文化。文化研究关注文学的受众及文学与社会的相互关系，提倡跨学科的研究方法。代表性的文化研究学者有雷蒙德·威廉姆斯、理查德·霍根巴姆等。

（二）现代文学理论的多元观点

1. 文学的多义性

在后结构主义的影响下，文学作品的多义性成为一种被重视的理念。后结构主义强调文学作品的开放性和解释的多样性，拒绝单一的、固定的解释。文学作品的意义应该是读者与文本之间不断互动的结果，每个阅读者都可能产生独特的理解。

2. 文学的社会功能

泛化批评和批评理论强调文学作品的社会功能。文学不仅仅是审美的艺术品，更是一种社会文化的表达形式。泛化批评者认为文学作品应该被置于社会文化的大背景下来理解，批评理论关注文学作品中的权力关系、阶级矛盾、性别问题等社会议题。

3. 文学的多媒体性

随着多媒体技术的发展，文学不再局限于书籍和纸张。文学作品可以通过电影、电视、互联网等多种形式呈现。这种多媒体性使得文学的传播和影响更为广泛，也为文学理论的发展带来新的思考。

4．文学与身份政治

批评理论和一些文化研究强调文学与身份政治的紧密关系。身份政治强调个体的身份（如性别、种族、性取向等）对于文学的生产和解读有着深远的影响。批评理论中的女性主义批评、后殖民理论等都强调文学中的身份政治问题，呼吁关注边缘化的声音。

5．文学的全球化视野

在全球化的时代，文学理论也逐渐呈现出全球化的趋势。文学不再受限于国界，跨文化的文学研究和比较文学研究逐渐兴起。全球范围内的文学交流使得不同文学传统之间的相互影响更加显著，也促使文学理论关注全球性的文学现象。

6．叙事的复杂性与多样性

在后现代主义的影响下，叙事的复杂性和多样性成为文学理论关注的重点。传统的线性叙事结构被质疑，非线性、多重叙述、碎片化的叙事形式得到推崇。这种变革不仅体现在小说和散文中，也渗透到戏剧、诗歌等各种文学形式中。

（三）现代文学理论的相互影响

1．学派之间的交叉

现代文学理论的发展并不是孤立的，各个学派之间存在着深刻的交叉。例如，泛化批评的理论观点中融入了结构主义的元素，批评理论中的身份政治关注也在一定程度上与后结构主义关注多义性的思想相呼应。

2．跨学科的融合

现代文学理论的多元发展也体现在对跨学科的融合上。文学理论不再仅限于文学专业，跨学科的研究方法逐渐得到应用。社会学、人类学、心理学等学科的理论被引入文学研究，为文学作品的多层次解读提供了更为广泛的视角。

3．文学和其他艺术形式的互动

随着文学的多媒体发展，文学理论也逐渐与其他艺术形式进行了更为密切的互动。电影、戏剧、音乐等艺术形式的元素被引入文学创作中，同时文学理论也开始关注跨艺术的研究，强调不同艺术形式之间的互文性。

4．全球文学的崛起

现代文学理论的发展伴随着全球文学的崛起。文学理论越来越关注各种

文学传统之间的相互影响和交流。全球范围内的文学研究使得文学理论不再局限于某一地区或文化，而是更加开放和包容。

现代文学理论的多元发展体现了对传统文学理论的挑战和超越。各种学派的崛起和相互渗透使得文学理论呈现出复杂多变的面貌。从结构主义到后结构主义，从泛化批评到后现代主义，从批评理论到文化研究，每一个学派都为理解文学的不同层面提供了独特的视角。跨学科、全球化、多媒体性等因素使得文学理论更具活力和开放性。未来，随着社会的不断变迁和文学作品的不断涌现，文学理论也将继续迎接新的挑战和发展，为我们更深刻地理解文学作品提供更多可能。

第三节　当前文学理论的热点问题

一、后现代主义与文学理论

后现代主义是 20 世纪后半叶以来在文学、哲学、艺术等领域兴起的一种思潮和艺术风格。它挑战了传统的文学观念和艺术形式，拒绝单一的大叙事，强调对复杂多元现实的反映。在文学理论领域，后现代主义为研究者提供了探讨语言、权力、身份等问题的新途径。本书将深入探讨后现代主义与文学理论之间的关系，包括后现代小说的特征、后现代理论的主要观点，以及后现代主义对文学理论和创作的影响。

（一）后现代小说的特征

1. 碎片化结构

后现代小说通常采用碎片化的叙事结构，打破了传统的线性叙事模式。通过跳跃式的叙述、交叉叙事和非线性的时间安排，后现代小说展示了复杂多元的故事结构。

2. 超现实主义元素

后现代小说常常包含超现实主义的元素，糅合了幻想和现实，打破了现实与虚构的界限。这些元素可以是奇幻的场景、荒诞的情节或是对梦境和幻觉的描绘。

3. 语言的实验

后现代小说通过对语言的实验，挑战了传统的语法和词汇使用。作者可以运用多种文体、采用口语化的表达方式，以及引入新词汇和术语，以达到表达复杂思想和情感的目的。

4. 自我意识和元小说

后现代小说常表现出对文学过程的自我反思，通过角色对话、作者干预等手法展示对小说本身的关注。元小说的形式使读者在阅读的同时思考文学创作的本质。

5. 多元视角和身份问题

后现代小说关注个体在社会和文化中的位置，通过多元的视角展示不同身份和观点。这包括对性别、种族、阶级等议题的关注。

（二）后现代理论的主要观点

1. 语言和权力关系

后现代理论强调语言的构建性和权力的关系。语言并非客观中立的工具，而是被用来表达、塑造和巩固权力结构的手段。后现代主义批判传统的语言观念，主张对语言的怀疑和反思。

2. 拒绝大叙事

后现代主义拒绝传统的大叙事，即宏伟地解释历史和社会的故事。它认为大叙事是对现实的简化和过度简单化，而提倡通过小故事、碎片化的叙述来呈现更为真实和复杂的现实。

3. 超越中心和边缘

后现代主义关注权力关系中的中心和边缘问题。它挑战社会结构中的权威和中心地位，强调边缘群体的声音和视角。这体现在文学作品中，通过对边缘人物的关注和描写来实现。

4. 身份政治

后现代理论强调身份政治，关注性别、种族、阶级等因素对个体的影响。它试图解构二元对立，拓展对身份的认知，使人们更为关注多元化的个体经验。

5. 超验与表征

后现代理论对真实与虚构、表征与本质的关系提出挑战。它认为文学作品并非直接反映现实，而是通过表征和符号来构建对现实的理解，因此强调文本的解构和解读。

（三）后现代主义对文学理论和创作的影响

1. 文学形式的变革

后现代主义对文学形式提出了新的挑战，促使作家摆脱传统的写作方式。小说家们开始尝试新的叙事结构、语言实验和多元视角，使文学作品更为复杂和富有层次。

2. 文学批评的变革

后现代主义对文学批评提出了新的议题和方法。批评家们开始关注语言和权力的关系、文学中的边缘视角及作品中的元素，使文学批评更具反思性和理论性。

3. 对传统观念的挑战

后现代主义对传统的文学观念、道德价值和社会结构提出了质疑。它挑战了人们对于真实性、正义和认同的传统理解，引发了人们对这些概念的重新思考。

4. 跨学科的影响

后现代主义推动了文学与其他学科的跨学科研究。文学不再局限于自己的领域，而是与哲学、社会学、心理学等学科相互渗透。这种跨学科的趋势促使研究者更全面地理解文学作品，并将其置于更广泛的社会文化语境中。

5. 对读者的挑战

后现代主义对读者提出了更高的认知要求。碎片化的叙述、语言的实验及复杂的结构可能使阅读变得更加困难，需要读者更深入地参与、理解和解读文学作品。

6. 多元性和包容性

后现代主义强调多元性和包容性，以及对各种声音和经验的尊重。这使得文学作品更加多样化，反映了不同文化、群体和个体的独特性。

7. 文学的政治性

后现代主义使文学更加政治化，关注社会权力结构、边缘化群体和身份政治。作家开始通过文学表达对社会问题的关切，并试图促使社会变革。

后现代主义对文学理论和创作的影响是深远而多层次的。它通过颠覆传统文学形式、挑战权力关系、强调多元性和身份政治等方面，为文学界带来了全新的思考框架。在后现代主义的影响下，文学理论逐渐转向更为反思性和多元化的方向，开拓了文学研究的新领域。

然而，后现代主义也引发了对于文学的质疑和反思。一些人认为后现代主义的实验性质可能使文学过于晦涩难懂，而追求形式上的创新可能使作品丧失了传统文学的情感共鸣。在这个多元且复杂的文学景观中，人们也在不断探索如何在新的理论框架下，创作和理解更有深度和意义的文学作品。

二、跨文化理论的崛起

20 世纪末至 21 世纪初，随着全球化的推进，不同文化之间的交流与碰撞变得更为频繁与深刻。在这个背景下，跨文化理论逐渐崛起成为文学、文化研究等领域的热门议题。本书将深入探讨跨文化理论的概念、发展背景，以及它在文学、文化研究中的具体体现和影响。

（一）跨文化理论的概念

跨文化理论是一种关注文化差异和文化交流的理论框架，旨在研究在不同文化之间如何形成、传播和改变文化现象。它关注文化的多样性，试图理解在全球范围内不同文化之间的互动关系，同时强调文化相对主义，避免对特定文化的评判和排斥。

跨文化理论的主要特征包括以下几点。

1. 文化相对主义

跨文化理论强调文化相对主义，认为没有一种文化的价值观是绝对的，文化的价值和意义是相对的。这种观点有助于避免文化优越性的陷阱，更好地理解和尊重不同文化的差异。

2. 文化交流和混杂

跨文化理论关注文化之间的交流和混杂，强调文化并非封闭的系统，而是相互影响、相互渗透的。在全球化的时代，文化元素在不同文化之间流动，产生新的混合文化。

3. 身份和认同问题

跨文化理论关注个体和群体的身份认同问题，特别是在多元文化的环境中。它考察文化对个体认同的塑造，以及个体如何在跨文化的背景下构建自己的身份。

4. 后殖民视角

跨文化理论受到后殖民理论的影响，强调在文化交流中存在的权力关

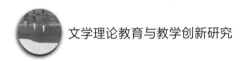

系。它关注历史上殖民主义对文化的影响，并探讨在后殖民时代文化如何回应和改变。

5. 文学和艺术的跨文化表达

跨文化理论关注文学和艺术作品中的跨文化表达，研究作品中如何呈现不同文化的元素，以及这些元素如何相互影响和交融。

（二）跨文化理论的发展背景

1. 全球化的推动

全球化是跨文化理论崛起的主要背景之一。全球化使得信息、商品、人员在全球范围内流动，促使不同文化之间的接触和交流。这种全球性的联系使得人们更加关注文化之间的相互影响和互动。

2. 后殖民时代的文化变革

后殖民时代的到来引发了对文化的重新思考。殖民地的文化开始通过反抗、重建和复兴，展现出更为复杂和多元的面貌。这种文化的变革促使学者们开始关注文化的权力动态和跨文化的互动。

3. 多元社会的形成

许多国家都经历了移民潮，形成了多元文化的社会结构。在这样的社会中，不同文化的群体相互接触，文化交流和融合成为社会现象，这也引发了对跨文化理论的需求。

4. 技术的进步

技术的发展使得信息传播更加迅速和广泛。互联网、社交媒体等平台让不同文化的信息更容易获取，也使得人们更容易了解和欣赏其他文化。

（三）跨文化理论在文学中的具体体现

1. 跨文化文学作品的涌现

跨文化理论的兴起推动了跨文化文学作品的涌现。作家们更加关注不同文化之间的交流和冲突，创作了揭示文化差异并引起共鸣的作品。

2. 文学翻译的重要性

跨文化理论强调语言和文化之间的紧密关系。因此，文学翻译成为一个重要的领域，通过翻译，作品能够跨越语言的障碍，被更广泛地传播和理解。

3. 文学作品中的身份探讨

跨文化理论关注身份问题，许多文学作品开始探讨个体在多元文化环境中的身份认同。作家通过文学来反映和探讨移民、流亡、文化冲突等主题，揭示了个体在跨文化环境中的复杂性。

4. 对于异质性的审美关注

跨文化理论在文学审美上强调异质性，鼓励对异质文化的审美关注。文学作品不再局限于特定文化的审美标准，而是倾向于吸纳和融合多元文化的审美元素，创造出更为丰富和开放的审美体验。

5. 文学中的语言实验

跨文化理论对语言的关注也在文学创作中得以体现。作家们通过语言的实验，包括混合语言、引入方言、采用多元文体等手法，使文学作品更贴近多元文化的语境。

6. 文学中的后殖民主义叙事

后殖民理论与跨文化理论有着紧密的联系，因为它们共同关注文化的权力动态。因此，跨文化文学作品中经常出现后殖民主义叙事，揭示殖民历史的影响、后殖民时代的文化变革及殖民地文化的自我表达。

（四）跨文化理论在文化研究中的具体体现

1. 文化交流与全球化

跨文化理论关注文化之间的交流与互动。在文化研究中，学者们研究全球化时代不同文化之间的交流模式，分析文化产品、媒体和艺术作品在全球范围内的传播与接受。

2. 多元文化主义政策

跨文化理论的影响促进了多元文化主义政策的制定。各国开始重视并保护本国多元文化，鼓励不同文化的平等共存，为少数族裔、移民群体提供平等权利，以实现社会的多元共荣。

3. 文化认同与身份政治

文化研究中的跨文化理论注重文化认同与身份政治。学者们关注个体在多元文化环境中的认同构建，研究身份政治对文化认同的塑造和影响。

4. 网络文化与新媒体

在数字时代，网络文化成为跨文化理论研究的一个重要方向。通过互联网和新媒体，不同文化得以更为直接和广泛地交流，学者们研究网络文化如何促进跨文化理解和沟通。

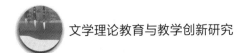

5. 艺术、音乐与表演艺术的全球性

文化研究中的跨文化理论也关注艺术、音乐和表演艺术等文化形式的全球性传播。这些艺术形式通过国际性的展览、演出和传媒，跨越地域和文化的边界，成为文化交流的媒介。

充分认识和尊重不同文化之间的差异，同时在全球范围内寻求共通之处，已经成为当代文学和文化研究的重要取向。跨文化理论的崛起为我们提供了更全面、更复杂的文化视角，使我们能够更好地理解和应对日益交融的全球化时代。它不仅影响着学术研究，更深刻地影响着文学创作、社会政策和全球文化的发展。在未来，随着全球化进程的不断推进，跨文化理论将继续在学术和实践中发挥积极作用，引领我们更深入地探索文化的丰富多样性。

三、数字化时代与文学理论

随着数字化技术的迅猛发展，我们正处于一个数字化时代。这个时代不仅改变了我们的生活方式和社会结构，也对文学理论提出了全新的挑战和机遇。数字化时代涌现出新的文学形式，同时也对传统文学理论的观念和方法提出了质疑。本书将深入探讨数字化时代与文学理论的关系，包括数字化文学的特点、数字人文理论，以及数字时代对文学理论的影响。

（一）数字化文学的特点

1. 超文本和非线性叙事

数字化时代的文学作品常常采用超文本结构，打破了传统线性叙事的限制。读者可以通过链接、分支结构等方式选择不同的叙事路径，参与到非线性的阅读体验中。

2. 互动性与参与性

数字化文学作品强调读者的互动和参与。通过多媒体元素、虚拟现实技术等手段，作品不再是静态的，而是与读者形成互动。读者可以参与故事的发展、选择角色行为，这使阅读成为一种更为主动和个性化的行为。

3. 多媒体和跨媒体

数字化文学通常涉及多媒体元素的融合，包括图像、音频、视频等。跨媒体叙事成为可能，文学作品在数字平台上可以更全面地表达故事，拓展了文学的表现形式。

4. 全球化和社交化

数字化时代的文学作品能够通过网络在全球范围内传播。社交媒体平台上的文学创作、评论和分享成为一种新兴的趋势，使得文学活动具有更强的全球性和社交性。

5. 算法生成和人工智能

一些数字化文学作品涉及算法生成和人工智能的应用。计算机程序可以生成文本、模拟人类写作风格，甚至参与故事创作的过程，引发了关于创作者与机器的关系的讨论。

（二）数字人文理论

数字人文理论是在数字化时代兴起的一种文学理论范式，它以数字技术为基础，将人文学科与计算机科学、信息学等领域相融合。数字人文理论在文学领域的主要观点和实践包括以下几方面。

1. 计算文学

数字人文理论倡导计算文学，即通过计算机技术进行文学创作、分析和研究。这包括使用算法生成文本、文本挖掘、机器学习等技术来探索文学作品的模式和趋势。

2. 数字化存档和文献学

数字人文理论倡导数字化存档和文献学，通过数字技术对文学文献进行数字化、整理和存储。这使得研究者能够更方便地访问、分析和比较大量的文献资料。

3. 虚拟现实和互动体验

数字人文理论关注虚拟现实和互动体验在文学中的应用。通过虚拟现实技术，读者可以沉浸于文学世界中，体验更为丰富和立体的阅读体验。

4. 大数据与文学研究

数字人文理论强调利用大数据进行文学研究。通过分析大规模的文学文本数据，研究者可以揭示文学作品的趋势、主题、语言使用等方面的规律。

5. 数字化时代的文学批评

数字人文理论挑战传统的文学批评方法，提倡基于数字技术的文学批评。这包括使用计算机程序进行文学分析，发现文学作品中的模式和结构。

数字人文理论的崛起为文学理论研究提供了新的思路和方法。它试图整合计算机科学的技术手段和人文学科的研究对象，通过数字化时代的工具来

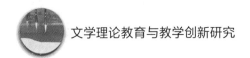

更全面、深入地理解文学现象。

（三）数字化时代对文学理论的影响

1. 文学创作的多元化

数字化时代的技术手段使得文学创作更加多元化。作家可以借助多媒体、交互性等特点，创作更为丰富、创新的作品。这促使文学理论关注创作者如何在数字化时代应对多元的创作工具和表现形式。

2. 读者参与的增加

互动性和参与性是数字化时代文学的显著特征之一。读者不再是被动地接收作品，而是可以通过社交媒体、在线评论等方式与作者互动，甚至参与到作品的创作过程中。这对传统的读者–作者关系提出了新的问题，也促使文学理论重新审视读者与作品之间的互动动态。

3. 文学批评的数字化转向

数字化时代促使文学批评方法的数字化转向。传统的文学批评方法逐渐被数字人文理论所影响，研究者开始采用计算机分析、大数据挖掘等技术手段，以获取更为全面的文学信息。这种数字化转向为文学批评提供了更为客观和量化的研究方法。

4. 文学的全球传播与翻译

数字化时代使得文学作品更容易实现全球传播。通过互联网和数字平台，作品可以迅速传播到全球各地，促进了不同文化之间的交流。这也为文学翻译和跨文化阅读带来了新挑战，使得文学理论需要重新思考全球性文学交流的动态。

5. 文学与虚拟现实的融合

虚拟现实技术的发展为文学创作和阅读提供了全新的可能性。数字化时代的文学作品可以借助虚拟现实技术创造出更为身临其境的体验，将读者带入虚构的世界。这对文学理论提出了关于虚拟现实文学的审美和叙事问题。

6. 数字化时代的身份政治

在数字化时代，文学作品更容易传播并被更多人接触，这也催生了更多关注身份政治的文学作品。作品中对性别、种族、性取向等身份议题的关注成为数字化时代文学的显著特征，文学理论因此需要更多关注这些身份议题的深入研究。

7. 数字版权和创作者权益

数字化时代对文学的数字版权和创作者权益提出了新的挑战。数字平台上的内容传播更容易引起版权争议，而数字技术的发展也使得盗版等侵权行为更为普遍。这促使文学理论关注数字时代下如何保护创作者的权益和确保文学生态的健康发展。

数字化时代与文学理论之间的关系是一个相互影响的复杂系统。数字技术的发展不仅改变了文学的创作、传播和阅读方式，也引发了文学理论的多方面反思。数字化时代的文学呈现出多元、开放、互动的特征，数字人文理论为文学研究提供了新的方法和视角。

在数字化时代，文学理论不仅需要关注传统的文学形式，更要审视数字化文学的新特点。数字人文理论为文学理论提供了数字化的工具和方法，使研究者能够更深入地分析文学作品、文学传播和文学社群的现状。然而，数字化时代也带来了一系列新的问题，如数字版权、隐私保护、文学的商业化等，这些问题需要文学理论与其他领域的知识相结合，共同探讨解决之道。

总体而言，数字化时代为文学理论提供了丰富的研究素材和新的研究路径。在数字化的浪潮中，文学理论有望更好地适应新的阅读、创作和传播模式，推动文学研究的不断深化与发展。

四、环境与生态理论的关注

随着人类社会的不断发展和工业化进程的加速，环境问题和生态危机逐渐成为全球关注的焦点。在这个背景下，环境与生态理论崭露头角，成为跨学科研究的热点之一。本书将深入探讨环境与生态理论的起源、核心概念、发展趋势，以及它们对文学、哲学和社会科学等领域的影响。

（一）环境与生态理论的起源

1. 早期环境思想

环境与生态理论的萌芽可以追溯到古代的哲学和宗教文化。古代东方的道家思想中强调与自然的和谐相处，而印度教和原住民文化中也包含了对自然世界的尊重和依赖。古希腊哲学家亚里士多德提出的"生态伦理学"思想，也是环境伦理的早期表现。

2. 现代环境运动

环境与生态理论在现代得到进一步发展的契机来自20世纪的环境运动。

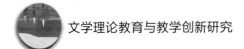

20世纪初，人们开始关注工业革命带来的环境污染和自然资源枯竭问题。20世纪60年代末和70年代初，瑞秋·卡森的《寂静的春天》及第一届地球日的举办，标志着现代环境运动的开始。这一运动促进了人们对环境问题的深入思考和学术研究，形成了环境与生态理论的雏形。

（二）环境与生态理论的核心概念

1. 生态学

生态学是环境与生态理论的基石，研究生物和环境之间的相互关系。生态学关注物种之间的相互作用、生态系统的结构和功能，以及环境变化对生态平衡的影响。它提供了理论框架，帮助我们理解自然界的复杂性，为环境问题的解决提供科学依据。

2. 可持续发展

可持续发展是环境与生态理论的核心理念之一。该概念强调了人类社会的发展需在不破坏环境资源和生态系统的前提下实现。可持续发展的目标是平衡经济、社会和环境的利益，以确保现今和未来世代的生存和发展。

3. 生态正义

生态正义关注的是环境问题和资源分配对社会中弱势群体的影响。这一理论倡导对环境利益的平等分配，强调环境决策的透明度和民主参与，以防止环境不公平现象的发生。

4. 生态文学

生态文学是环境与生态理论在文学领域的表达。通过文学作品，特别是生态小说、诗歌和散文，作家们表达对自然世界的独特感悟，唤起人们对环境问题的思考。生态文学强调人与自然的共生关系，倡导环保和可持续发展的价值观。

5. 深生态学

深生态学是环境与生态理论中的一种哲学思潮，由挪威哲学家阿恩·纳斯创立。深生态学认为人类和自然界是一个互相依存、互相联系的整体，主张从根本上转变人类对自然的看法，实现人类与自然的和谐共生。

6. 环境伦理学

环境伦理学关注的是人与环境之间的伦理关系。它探讨人类对自然界的道德责任，倡导尊重自然、珍视生命和保护生态系统的伦理观念。环境伦理学为环境与生态理论提供了道德和伦理的基础。

（三）环境与生态理论的发展趋势

1. 全球化视角

随着全球化的深入，环境与生态理论越来越关注全球范围内的环境问题。这包括气候变化、生物多样性丧失、全球资源分配不均等。全球化视角使得环境与生态理论更加注重国际合作和全球治理。

2. 跨学科研究

环境与生态理论越来越倾向于跨学科研究。它涉及自然科学、社会科学、人文学科等多个领域，强调多学科知识的综合运用。跨学科研究有助于更全面、深入地理解和解决复杂的环境问题。

3. 社会正义与环境

环境与生态理论与社会正义的结合日益紧密。理论家们强调解决环境问题应当考虑到社会的不平等和弱势群体的权益。通过关注环境法律、政策的社会分布效应，以及环境问题对社会中弱势群体的不平等影响，理论界致力于推动环境保护与社会正义的交叉领域研究。

4. 技术创新与环境可持续性

技术创新对环境与生态理论的发展起着关键作用。新兴技术，如清洁能源、可循环材料、数字化监测等，为解决环境问题提供了新的可能性。环境与生态理论需要关注这些技术创新如何影响可持续发展，并且指导技术应用以符合环境伦理和生态平衡的原则。

5. 后人类主义

后人类主义思潮强调人类与自然界的共生关系，反对人类中心主义。这一思潮认为自然不仅仅是为了人类利用的资源，而是拥有独立价值的存在。后人类主义对环境与生态理论提出挑战，要求重新思考人类与自然的关系和对其他生命体的尊重。

6. 地方性和生态民主

环境与生态理论关注地方性问题，强调地方社区在环境决策中的参与和自治。生态民主理念提倡将环境权力下放到社区层面，使当地居民更有机会参与和影响环境政策，以确保决策更符合当地环境和社会的需求。

7. 教育与公众参与

对于环境与生态问题的理解和解决需要公众的广泛参与。环境与生态理论注重教育的重要性，推动环境教育成为社会发展的一部分。通过增加公众

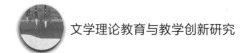

对环境问题的认知，激发公众参与，可以更好地推动环境与生态理论的实践和应用。

（四）环境与生态理论在文学、哲学和社会科学中的影响

1. 环境主义文学

环境与生态理论对文学产生了深远的影响，形成了环境主义文学流派。环境主义文学通过文学作品表达对自然的热爱、对环境问题的关切，倡导人与自然的和谐共生。作品中常出现对生态系统破坏、动植物灭绝等问题的描绘，引导读者反思人类与自然的关系。

2. 环境伦理学

环境与生态理论对哲学领域形成了环境伦理学的分支。环境伦理学关注人类与环境的道德关系，倡导人类对自然的尊重和对生态平衡的保护。这为哲学界提供了新的思考范式，引发了关于伦理学和生态学交汇点的深刻探讨。

3. 社会生态学

环境与生态理论在社会科学领域推动了社会生态学的发展。社会生态学研究人类与环境的相互作用，关注社会结构和环境变化之间的关系。它涉及城市规划、社区发展、资源分配等方面的问题，为社会科学提供了环境视角。

4. 政治生态学

环境与生态理论的政治生态学分支关注环境问题与政治体系之间的关系。它研究政治力量如何塑造环境和如何在环境决策中被塑造，以及环境问题如何反映和影响政治体系的运作。这为政治学提供了新的视角，使研究者更关注环境问题对社会和政治结构的影响，以及政治决策对环境的影响。

5. 经济生态学

在经济学领域，环境与生态理论影响了经济生态学的发展。经济生态学关注经济活动与生态系统之间的相互作用，探讨可持续发展和资源管理的经济模型。这使得经济学更加注重环境的可持续性和生态平衡，超越了传统经济学对资源的过度开发的观念。

6. 环境法学

环境与生态理论对法学领域的影响体现在环境法学的发展。环境法学研究环境法律体系，探讨法律如何规范和保护环境，以及法律手段如何应对环境挑战。这推动了环境法的不断完善和发展，为环境保护提供了法律

保障。

7. 生态心理学

在心理学领域，环境与生态理论催生了生态心理学。生态心理学研究人类与环境之间的心理互动，关注环境如何影响个体的认知、情感和行为。这为心理学提供了一种新的角度，使心理学家更关注人类在自然环境中的心理适应和发展。

8. 教育与环境教育

环境与生态理论对教育领域的影响表现在环境教育的兴起。环境教育致力于培养学生对环境问题的认识、关心和行动能力，倡导可持续发展的价值观。这使得教育更加注重培养学生的环境责任感，促使他们积极参与环境保护行动。

9. 文化与生态

环境与生态理论对文化研究也产生了深远的影响。研究者开始关注不同文化对环境的态度和对自然的理解。这促使文化研究更加关注文化与环境之间的互动，拓展了文化研究的视野。

总体而言，环境与生态理论已经在人类社会的多个领域产生了深远的影响。从文学、哲学到社会科学的各个方面，都涌现出一系列和环境与生态理论相关的新概念、新理念和新研究领域。这表明环境与生态理论不仅仅是一个学科范畴，更是一种影响我们思考、决策和行动的综合性思想体系。

环境与生态理论的关注是对人类社会面临的环境和生态挑战的回应，是对可持续发展与和谐共生的呼唤。从起源、核心概念到发展趋势，我们见证了这一理论框架如何在学术领域中逐渐成熟，并渗透到文学、哲学、社会科学等多个领域。

这一理论框架的重要性不仅在于对环境问题的深刻思考，更在于它对跨学科研究和综合性解决方案的倡导。环境与生态理论为我们提供了一种综合性的思考方式，使我们能够更好地理解人类与自然的关系，推动环境保护、可持续发展和社会公正的实践。

在未来，随着环境问题的不断加剧和社会对可持续发展的需求，环境与生态理论将继续发挥重要作用。在学术研究、政策制定、社会实践等方面，我们需要不断深化对这一理论框架的理解，并将其转化为具体的行动，以建设更加和谐、可持续的未来。

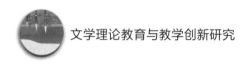

第四节　文学理论教育的理论体系构建

一、教学内容的体系化构建

教学内容的体系化构建是教育领域中的一个重要主题，涉及教学设计、课程规划和知识传递等多个层面。一个科学合理的教学内容体系可以有助于提高学生的学习效果，促使知识的深层次理解，并为教育目标的达成提供支持。本书将深入探讨教学内容体系化构建的背景、意义、原则及实际操作中的关键因素。

（一）教学内容体系化构建的背景

1. 知识爆炸和知识碎片化

随着信息技术的飞速发展，知识的产生和传播呈现出爆炸性增长的趋势。同时，知识呈碎片化的状态，学科交叉与综合性知识的需求逐渐增加。在这样的背景下，需要对知识进行组织、整合，构建有机的教学内容体系。

2. 个性化学习需求

学生的差异性和个性化需求逐渐成为教育领域的关注焦点。传统的教学模式难以满足不同学生的学习需求，因此需要构建灵活多样、符合学生个性的教学内容体系，以促进个性化学习的实现。

3. 跨学科综合教育

面对日益复杂的社会和职场需求，跨学科综合能力日益受到重视。为了培养学生更全面的素养，教学内容的体系化构建要能够融合不同学科领域的知识，促使学生形成综合性的认知结构。

4. 教育科技的发展

教育科技的不断进步为教学内容的体系化构建提供了强大的支持。数字化、虚拟化的教学工具、平台及在线资源的广泛应用，使得构建更为灵活、可交互的教学内容体系成为可能。

（二）教学内容体系化构建的意义

1. 促进深层次理解

通过合理构建教学内容体系，有助于学生对知识进行系统性、深层次的理解。一个良好的体系可以帮助学生建立知识之间的内在关系，促进对知识的联想和应用。

2. 提高学习效果

有机、紧密的教学内容体系能够帮助学生更好地理解和吸收知识。合理的知识结构能够提高学生的学习效率，降低学习难度，使学习变得更为轻松和愉快。

3. 培养学科思维

教学内容体系化构建有助于培养学生的学科思维，使其能够深入了解一个学科的内涵和本质。这有助于学生形成对学科特有逻辑和方法的认知，提高专业素养。

4. 支持跨学科融合

跨学科的知识体系需要建立在深厚的学科基础之上。通过教学内容的体系化构建，可以为学生提供跨学科融合的学习机会，促使他们形成综合性的学科认知。

5. 符合个性化学习

教学内容体系的构建可以更好地满足不同学生的个性化学习需求。针对不同层次、不同风格的学生，可以通过调整教学内容的深度、广度、难度等方面来实现个性化教学。

6. 适应未来职业需求

构建与实际职业需求紧密结合的教学内容体系，有助于培养学生具备未来社会和职场所需的知识和能力。这有助于学生更好地适应未来社会的发展和变革。

（三）教学内容体系化构建的原则

1. 层次分明原则

教学内容的体系应该具有清晰的层次结构，从基础知识到深层次的理解和应用，呈现出递进的关系。这有助于学生逐步建立对知识的整体把握，从而更好地理解学科的内在逻辑。

2. 关联性原则

教学内容体系应强调知识之间的内在关联。相关的知识点应该有机地衔接在一起，形成一个有机的整体。这有助于避免零散知识的孤立存在，使学生能够更容易地理解知识之间的相互联系。

3. 综合性原则

教学内容体系要追求知识的全面性和综合性。不仅要关注学科的核心概念，还要包括相关的扩展知识，使学生能够在学科中形成更为全面的认知结构。

4. 灵活性原则

教学内容体系的构建应具有一定的灵活性，能够根据学生的学习兴趣和水平进行调整。灵活的体系可以更好地适应不同群体学生的需求，使教学更具针对性和灵活性。

5. 实践性原则

教学内容体系的构建要与实际应用相结合。理论性知识与实践性知识相互贯通，使学生能够将所学知识应用到实际问题解决中，增强学生的实际应用能力。

6. 可持续性原则

教学内容体系应具有可持续性，即能够适应不断发展变化的知识体系。随着科技和社会的发展，教学内容需要不断更新，确保学生始终学习到最新、最全面的知识。

7. 个性化原则

教学内容体系的构建应考虑学生的个性化差异。体系要灵活适应不同学生的学习风格和水平，使每个学生都能够在有助于他们发展的环境中学习。

8. 评价与反馈原则

教学内容体系的构建要与有效的评价和反馈机制相结合。通过定期的评价和及时的反馈，可以发现学生的学习问题，及时调整和优化教学内容体系。

（四）教学内容体系化构建的实际操作

1. 明确教学目标

教学内容体系的构建应始于对教学目标的明确理解。明确教学目标有助于确定教学内容的深度、广度和难度，确保教学内容体系与教学目标一致。

2. 分析学科结构

对学科结构进行深入分析，厘清学科内在的逻辑关系，确定学科的核心概念和基础知识点。这有助于建立有机的教学内容体系。

3. 整合跨学科知识

如果教学目标需要跨学科的知识，那么需要将相关学科的知识进行整合。这有助于培养学生的综合性思维和解决问题的能力。

4．建立教学大纲

在教学大纲中明确各个阶段的教学内容，包括基础知识、拓展知识、实践应用等。大纲是教学内容体系的框架，能够使教学更有组织性。

5．设计教学活动

教学内容体系需要通过具体的教学活动来传达给学生。设计多样化的教学活动，如案例分析、小组讨论、实验等，有助于学生更好地理解和应用知识。

6．借助教育科技

利用教育科技工具，构建在线学习平台、数字化教材等，使教学内容更具灵活性和互动性。教育科技可以为教学内容的体系化构建提供强大的支持。

7．定期评估和调整

定期对教学内容进行评估，了解学生的学习情况和反馈。根据评估结果，及时调整教学内容，确保体系的有效性和适应性。

8．培训教师团队

教师团队在教学内容体系化构建中起着关键作用。为教师提供相关培训，使其更好地理解和贯彻教学内容体系，提高教学质量。

教学内容的体系化构建是教育领域中的一项重要工作。一个科学合理的教学内容体系可以有效地提升学生的学习效果，培养学生的综合素养和创新能力。在构建教学内容体系时，需要明确教学目标，分析学科结构，整合跨学科知识，建立教学大纲，设计多样化的教学活动，借助教育科技，定期评估和调整。这需要教育者在实际操作中不断探索和创新，以适应不断变化的教育环境和学生需求。通过不懈的努力和改进，我们可以建立更为完善、灵活和符合学生需求的教学内容体系。

在未来，随着社会的不断发展和教育理念的不断演变，教学内容的体系化构建将继续面临新的挑战和机遇。以下是一些可能的发展方向。

（1）个性化学习的推动：随着教育科技的不断发展，个性化学习将成为未来的重要趋势。教学内容的体系化构建需要更加灵活，能够适应不同学生的学习节奏和兴趣，为个性化学习提供更好的支持。

（2）跨学科融合的深入：未来社会和职场对于综合素养的需求将进一步增加。因此，教学内容体系的构建将更加强调跨学科融合，使学生具备更全面、更综合的知识结构。

（3）教学内容数字化的加强：随着数字技术的不断进步，教学内容将更加数字化和虚拟化。在线教育平台、虚拟实验室、智能教学系统等将更多地融入教学内容体系的构建中，为学生提供更为丰富和互动的学习体验。

（4）全球化教育的影响：全球化趋势下，不同国家和文化的交流将更加密切。教学内容的体系化构建需要更多地考虑全球视野，培养学生全球背景下的综合素养。

（5）社会问题和实践导向的强调：未来的教学内容体系将更加强调解决社会问题和以实践为导向。教学内容需要更紧密地与实际社会问题相结合，培养学生解决实际问题的能力。

（6）人工智能和自适应学习系统的应用：随着人工智能技术的发展，自适应学习系统将更好地根据学生的学习情况和需求，调整教学内容体系，提供更个性化的学习路径和资源。

在未来，构建教学内容体系的关键是不断创新，紧跟教育科技的发展，关注学生的个性化需求，以及与社会实际需求的对接。这需要教育者在不断学习和改进的过程中，发挥创造性思维和探索精神，不断提升教学内容的质量和效果。通过共同的努力，我们可以更好地满足学生的学习需求，为他们的未来发展提供更有力的支持。

二、跨学科融合的理论架构

随着社会的不断发展和科技的飞速进步，传统学科间的界限变得越发模糊。跨学科融合作为一种学科交叉的新模式，在解决复杂问题、推动创新和促进知识的整合方面具有独特的优势。本书将深入探讨跨学科融合的理论架构，包括其概念、发展历程、重要原则、实践策略以及在不同领域中的应用和影响。

（一）跨学科融合的概念

1. 跨学科融合的定义

跨学科融合是指不同学科领域之间相互结合、相互渗透，形成新的研究领域或解决问题的方法。它突破了传统学科的界限，通过整合多学科的知识和方法，致力于深入理解和解决现实世界的复杂性问题。

2. 跨学科融合的特征

（1）整合性：将不同学科的知识和方法有机地结合在一起，形成更全面、综合的研究框架。

（2）创新性：通过跨学科的思维方式，可以激发创新和新思维，推动科学研究和社会发展的进步。

（3）解决问题导向：跨学科研究通常以解决实际问题为导向，强调实际应用和对社会挑战的回应。

（4）合作性：跨学科融合强调合作和团队合作，要求研究者在团队中充分发挥各自的专业优势。

（5）与多学科的区别：跨学科融合与多学科有所不同。多学科是指在一个研究项目中涉及多个学科，但各自保持独立性，而跨学科更强调学科之间的交叉与融合，致力于打破学科的壁垒，形成一体化的研究。

（二）跨学科融合的发展历程

1. 早期阶段

跨学科融合的概念最早可以追溯到 20 世纪初。当时，一些学者开始尝试将不同领域的知识和方法整合在一起，以解决一些更为复杂的问题。然而，在早期阶段，跨学科融合并没有引起广泛的重视，学科的划分仍然相对刚性。

2. 20 世纪中期

随着科技的迅速发展，社会问题变得更加复杂，对解决问题的需求也变得更加紧迫。在这一时期，跨学科研究逐渐崭露头角。一些领域，如系统科学、环境科学等，开始尝试将不同学科的知识融合起来，形成综合性的研究方法。

3. 20 世纪末至 21 世纪初

跨学科研究在这一时期取得了显著的进展。不仅学术界开始逐渐认识到跨学科融合的重要性，政府和产业界也纷纷支持这种研究模式。大量的研究中心和项目涌现，跨学科研究成果逐渐显现出对社会、经济、环境等方面的深远影响。

4. 当代

当代跨学科研究正进入一个新的阶段。随着信息技术的飞速发展，人工智能的兴起，全球性问题的突出，跨学科融合变得更为迫切。同时，学术界对于跨学科研究的方法论和理论框架进行了深入的探讨，逐渐形成了更为系统和成熟的理论体系。

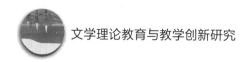

（三）跨学科融合的重要原则

1. 开放性原则

跨学科研究要保持开放的态度，对不同学科领域的知识和方法持开放心态，避免过度拘泥于某一学科的思维方式。

2. 平等性原则

跨学科合作需要建立在平等的基础上。各学科领域的研究者应该在团队中平等地发表意见、参与决策，避免学科间的地位不平等导致的问题。

3. 共识性原则

团队成员需要在共识的基础上进行合作。这涉及对研究目标、方法、问题定义等方面的共识，以确保团队的合作是有方向和有效果的。

4. 交流与沟通原则

有效的交流与沟通是跨学科研究成功的关键。团队成员需要具备良好的沟通技能，能够跨越学科专业术语的障碍，确保团队成员理解彼此的观点和贡献。

5. 整合性原则

跨学科研究要具有整合性，即将不同学科的知识和方法融合成为一个有机整体。这需要团队成员具备对各个学科的理解和尊重，以及整合的能力。

6. 灵活性原则

由于跨学科研究涉及多学科的合作，因此需要具备灵活性。团队成员需要适应不同学科的工作方式、时间表和研究进度，以确保团队协同合作的顺利进行。

7. 目标导向原则

跨学科融合的研究应该以解决实际问题为导向。团队成员需要明确研究目标，确保他们的研究对解决社会、经济和环境问题有实际的影响。

8. 继续学习原则

由于团队成员来自不同学科，可能对其他学科领域的知识了解有限。因此，继续学习是跨学科研究团队的重要原则，成员需要愿意学习其他学科领域的知识，以便更好地融入团队。

（四）跨学科融合的实践策略

1. 建立跨学科团队

为了促进跨学科研究，可以建立专门的跨学科团队。这些团队可以由来自不同学科的专业人员组成，他们共同致力于解决特定的问题或研究特定的主题。

2. 设立跨学科研究中心

跨学科研究中心可以提供一个集中的平台，汇聚不同学科领域的研究者，共同开展研究项目。这有助于形成跨学科的研究氛围，促使学者更多地参与跨学科研究。

3. 制定共同的研究议程

在跨学科研究中，为了确保团队成员的共识，需要制定共同的研究议程。明确研究目标、方法、计划和时间表，这有助于团队成员在一个共同的框架下协同工作。

4. 跨学科培训

为了提高团队成员的跨学科能力，可以进行相应的培训。培训内容包括对其他学科领域的基本了解、沟通技巧、团队协作等，以提高团队协同工作的效率。

5. 建立共享资源平台

为了促进跨学科研究的信息共享，可以建立共享资源平台。这可以是一个在线平台，提供各种学科领域的文献、数据、工具等资源，方便团队成员获取和共享信息。

6. 制定奖励机制

为了激励团队成员积极参与跨学科研究，可以制定相应的奖励机制。这包括对跨学科研究成果的奖励，以及对个体在跨学科合作中的贡献的认可。

7. 开展跨学科研究项目

通过开展跨学科研究项目，可以促使不同学科的研究者深入合作。这些项目可以是由不同学科的专家共同申请和执行，以解决具体的问题或迎接特定的挑战。

8. 引入跨学科评审机制

在学术评审和科研项目评审中，可以引入跨学科评审机制。这样可以确保评审团队具备跨学科的专业知识，更好地评价跨学科研究的质量和创新性。

（五）跨学科融合在不同领域中的应用和影响

1. 医学与工程

在医学与工程领域，跨学科融合可以促使医学专业和工程技术相互结

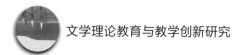

合，推动医疗设备的创新，提高医学影像技术的精确性，推动生物医学工程的发展。

2. 环境科学与社会学

跨学科融合在环境科学与社会学领域可以帮助我们更好地理解环境问题。社会学专业的研究者可以深入了解人类行为对环境的影响，制定相应的社会政策，而环境科学家则可以提供科学依据和技术支持。这样的跨学科合作有助于制定更为可持续的环境保护措施。

3. 计算机科学与心理学

跨学科融合在计算机科学和心理学领域有着广泛的应用。例如，通过计算机科学的技术手段，可以开展大规模的心理学实验，分析人类行为和心理过程。同时，心理学的理论和方法也可以用于改进人机交互界面设计，提升用户体验。

4. 教育学与神经科学

教育学与神经科学的跨学科研究有助于更好地理解学习过程和认知机制。神经科学的技术手段可以帮助教育学研究者深入了解大脑在学习中的变化，从而制定更有效的教学策略，个性化教育的发展也在这一跨学科融合中得到推动。

5. 经济学与生态学

在经济学与生态学的跨学科研究中，经济学的理论可以被用于解释资源分配、市场行为等问题，而生态学的知识则有助于分析经济活动对自然环境的影响。这样的研究有助于发展可持续的经济模式，更好地平衡经济发展和环境保护之间的关系。

6. 社会工作与法学

跨学科融合在社会工作与法学领域可以帮助解决社会问题和法律问题的复杂性。社会工作的专业知识可以为法律实践提供更为全面的社会背景，而法学的法规和法律体系也能为社会工作提供法制保障。

7. 材料科学与化学工程

在材料科学与化学工程领域，跨学科研究有助于推动新材料的研发。化学工程的原理与方法可以为新材料的设计与合成提供支持，而材料科学的知识则有助于优化材料的性能。

8. 艺术与科技

在艺术与科技的跨学科研究中，艺术家和科技专业人员可以合作开发创新型的数字艺术作品、虚拟现实技术等。这种跨学科合作有助于推动艺术的数字化发展，同时为科技创新注入更多创造性的元素。

跨学科融合作为一种独特的学科交叉模式，已经在多个领域取得了显著的成果。通过将不同学科的知识和方法有机结合，跨学科研究不仅能够解决传统学科研究面临的难题，还有助于推动科技创新、社会发展和问题解决。跨学科融合的理论架构包括开放性、平等性、共识性、交流与沟通、整合性、灵活性、目标导向和继续学习等原则，这些原则为跨学科合作提供了指导。

实践中，建立跨学科团队、设立跨学科研究中心、培训团队成员、共享资源平台的建设等策略都是促进跨学科研究的有效手段。不同领域中的跨学科融合都在推动相应领域的发展，在解决实际问题中发挥着关键作用。

未来，随着社会问题的越发复杂和科技的不断发展，跨学科融合将变得更为重要。跨学科的理论和实践需要不断完善和深化，以更好地应对未来的挑战和机遇。以下是未来跨学科融合可能面临的一些发展趋势和关键议题。

1. 数据科学的崛起

随着大数据和人工智能的快速发展，数据科学将成为跨学科研究中的关键驱动力。跨学科团队需要善于利用大数据技术，从海量数据中提取有价值的信息，以推动研究的深入和创新。

2. 伦理和法律问题

跨学科研究往往涉及不同领域的伦理和法律问题，例如数据隐私、知识产权等。未来的跨学科团队需要更加关注伦理和法律规范，建立起适应性强的伦理框架，确保研究的合法性和道德性。

3. 全球化合作

随着全球化的推进，不同国家和地区的学者将更加紧密地合作。跨国、跨文化的合作将成为常态，这对于解决全球性问题、推动全球科技创新有着积极的影响。

4. 教育体系的改革

传统的学科体系和学科分类在跨学科研究中可能显得有些呆板。未来，教育体系可能需要更加灵活，更好地培养学生的跨学科思维和合作能力，以适应跨学科融合的发展。

5. 公众参与和社会影响

跨学科研究不仅仅是学术界的事务，更是关乎社会问题和公众利益的事务。未来，跨学科团队可能更加重视公众参与，将研究成果更好地传递给社

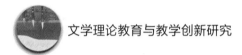

会，促使科学研究更好地造福人类。

6. 新兴技术的整合

随着新兴技术的涌现，例如量子计算、生物技术等，跨学科研究将更加深入地整合这些新技术。不同领域的专业知识相互融合，可能催生出更多颠覆性的科技创新。

7. 面向未来挑战的应用导向研究

未来的跨学科研究将更加注重应用导向，面向解决人类面临的紧迫挑战，如气候变化、大规模疾病、数字鸿沟等。研究不仅要追求学术卓越，更要对社会产生积极的实际影响。

综上所述，跨学科融合作为应对复杂问题和推动创新的有效方式，其理论框架和实践策略不断发展和完善。未来，跨学科研究将在全球范围内变得更为普遍，成为推动科学进步和社会发展的重要力量。通过不断创新和跨学科合作，有望更好地理解和解决人类面临的各种挑战。

三、学科发展与课程设置的关系

学科发展与课程设置是教育领域中相互关联的两个重要方面。学科的发展决定了知识体系的演变和学科内的研究方向，而课程设置则是将这些学科知识传授给学生的具体方式。两者相辅相成，共同推动着教育体系的不断演进。本书将深入探讨学科发展与课程设置之间的关系，包括学科发展对课程设置的影响、课程设置对学科发展的反馈及未来的发展趋势和挑战。

（一）学科发展对课程设置的影响

1. 塑造课程内容

学科的不断发展推动了相关领域知识的不断拓展和深化。新的研究成果、理论框架和方法论的涌现，会直接影响相应学科的课程设置。课程内容需要及时更新，融入最新的学科发展成果，确保学生能够获取最新的知识。

2. 引入新兴领域

随着科技、社会和文化的不断变革，新兴学科和跨学科领域也应运而生。这些新领域的发展往往需要新的课程设置，以满足对新知识、新技能的需求。例如，信息技术的迅速发展催生了计算机科学等新兴领域，相应的课程也应运而生。

3. 推动综合性课程

部分学科的发展使得学术界对跨学科研究和综合性知识的需求日益增加。这促使教育机构设计更为综合性的课程，涵盖多个学科领域，以培养学生全面的思维和解决问题的能力。

4. 影响课程结构

学科的发展还会影响到课程的结构和组织形式。例如，某学科领域的理论研究逐渐深入，可能会促使相关课程更加注重理论框架的讲解和学习。而某些实践性学科的发展，可能导致课程更加强调实际操作和实践技能的培养。

5. 推崇跨学科教育

随着跨学科思维在学术界日益受到重视，学科发展也在推动学术界对跨学科教育的需求。这反过来影响了课程设置，促使教育机构设计更多涉及多个学科领域的课程，培养学生跨学科思维和团队协作能力。

（二）课程设置对学科发展的反馈

1. 培养专业人才

课程设置直接影响学生接受的知识和培养的技能。随着不同专业领域的课程设置，教育机构实际上在培养未来的专业人才。这会反过来影响到学科的发展，因为学科的繁荣离不开专业人才的培养。

2. 引导学科方向

课程设置可以通过强调某些方向或者知识领域，引导学生对特定学科方向的关注。这可能影响学科的研究方向，促使学科更加注重某一领域的深度研究。

3. 反映社会需求

课程设置通常会考虑社会需求和就业市场的变化。通过调整相关专业的课程设置，教育机构可以更好地满足社会对某些特定专业人才的需求。这种反馈有助于确保学科的发展与社会的实际需求相契合。

4. 跨学科合作

一些课程设置可能涉及多个学科的知识和方法，促进了跨学科合作。这种合作有助于学科间的知识交流，推动不同学科之间的融合和共同发展。

5. 强调实践应用

课程设置中的实践性要求可以推动学生将理论知识应用到实际中。这种

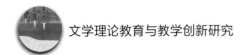

实践导向的课程设置能够反馈到学科研究中，促使学科更加注重实际应用和解决实际问题能力的培养。

6. 推动创新

一些创新型的课程设置可以激发学生的创新思维。这种创新思维可能影响学科的发展，推动学科在理论和方法上的创新。

（三）未来的发展趋势和挑战

1. 未来发展的趋势

（1）数字化技术的应用：随着数字化技术的飞速发展，未来课程设置将更加注重数字化技术的应用。在线教育、虚拟实验室、智能化教学系统等新技术将为课程设置提供更多可能性。学科的发展需要与数字化技术相结合，提供更灵活、个性化的学习体验。

（2）全球化视野的强调：随着全球化的发展，未来课程设置可能更加强调培养学生的全球视野和国际化背景。学科的发展也将受到国际合作和交流的影响，使得学科更加具有全球竞争力。

（3）跨学科融合的深化：未来，跨学科融合将成为学科发展和课程设置的重要趋势。学科边界将变得更加模糊，课程将更多地涉及多学科知识和方法，培养学生更全面的能力。

（4）强调实践与实用性：社会对高校毕业生实际能力的需求不断增加，未来的课程设置可能更加强调实践性和实用性。学科的发展也将更关注解决实际问题、应对社会挑战的能力。

（5）个性化学习路径：随着教育科技的发展，个性化学习路径将成为未来的趋势。课程设置将更加灵活，以满足不同学生的个性化需求，强调学生自主学习和问题解决能力的培养。

（6）持续学习的重要性：未来社会对于终身学习的需求将更为突出。课程设置和学科发展需要更注重培养学生的学习能力、自主学习意识，以适应未来不断变化的知识需求。

2. 未来发展的挑战

（1）知识爆炸和知识更新的速度：随着信息时代的来临，知识的爆炸性增长和更新速度的加快使得教育面临挑战。学科的发展和课程设置需要更好地应对知识的急剧变化，确保学生能够获取到最新的、前沿的知识。

（2）跨学科合作的难度：尽管跨学科合作有益于知识的融合和创新，但实际操作中仍然存在挑战。学科之间的差异、术语的不同等问题可能导致跨学科合作的难度。如何促进不同学科之间更加深入、有效的合作将是一个挑战。

（3）教育资源不均衡：不同地区和机构之间教育资源的分配不均衡是一个长期存在的问题。一些地区可能无法提供最新的教育资源和先进的教学设施，这可能影响学科的发展和课程设置的水平。

（4）价值观和文化差异：学科发展和课程设置可能受到社会文化和价值观的影响。不同地区、不同文化背景下的教育理念和价值观的差异可能导致课程设置的多样性，但也可能引发一些争议和难题。

（5）技术应用的平衡：尽管技术在教育中发挥着积极作用，但过分依赖技术也可能带来问题。未来需要在技术应用和传统教育之间找到平衡，确保技术的使用真正服务于学科发展和学生的综合素质培养。

学科发展和课程设置相互交织，相互影响，共同构建着教育的框架。学科的发展为课程设置提供了知识的基础和理论的支持，而课程设置则是将学科知识传递给学生，培养他们的专业素养和综合能力的有效途径。两者之间的关系是相辅相成、互为因果的。未来，随着社会的不断发展和科技的快速变革，学科发展和课程设置将面临更多挑战和机遇。

在应对这些挑战和抓住机遇的过程中，需要重视以下几点。

（1）灵活性和创新：学科发展和课程设置都需要具备灵活性和创新性。灵活的学科设置能够更好地适应知识的变化和发展，而创新的课程设计有助于培养学生的创造力和解决问题的能力。

（2）跨学科融合：未来的发展趋势中，跨学科融合将更加受到重视。学科间的合作与交流将促进知识的交叉和整合，为课程设置提供更多元化的可能性。

（3）国际化视野：学科发展和课程设置需要更具国际化视野。全球化的影响使得学科和课程更加需要考虑全球性问题，培养学生具备全球竞争力。

（4）注重实践与应用：未来的课程设置应更注重实践性和应用性，培养学生解决实际问题的能力。这需要学科的发展更加贴近实际需求，反哺到课程设置中。

（5）个性化学习路径：针对不同学生的个性化需求，未来的课程设置可能更加强调个性化学习路径。这需要更多的教育技术支持，以满足不同学生的学习需求。

（6）全球协作与交流：学科发展和课程设置的未来需要更加注重全球协

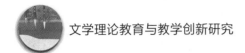

作与交流。国际性的研究项目、学术合作、学生交流等将促进不同地区、不同机构之间的资源共享和互补。

（7）教育资源平等分配：面对教育资源不均衡的问题，我们需要更多的努力来促进教育资源的平等分配。这不仅涉及物质资源，也包括师资力量、先进设备等。

（8）终身学习观念：教育理念的转变将促使学科发展和课程设置更注重终身学习。未来，培养学生的学习兴趣、自主学习意识将成为课程设置的一个重要目标。

学科发展和课程设置的关系是动态的、互动的。随着社会和科技的发展，这种关系将不断演变，需要教育机构、教育者和学生共同努力，以适应未来的挑战和机遇。通过更好地整合学科发展和课程设置，我们可以为培养更具综合素质的人才、促进社会进步和科技创新，作出更为积极的贡献。

第五节　国际文学理论教育的经验借鉴

一、发达国家的文学理论教育体系

文学理论是文学研究的重要分支，它致力于研究文学作品的本质、结构、风格和文学现象背后的理论基础。在发达国家的高等教育体系中，文学理论教育起到了培养学生批判性思维、深刻洞察文学作品的作用。本书将探讨发达国家的文学理论教育体系，包括其组成结构、教学方法、研究方向及对学生的影响。

（一）发达国家的文学理论教育体系概览

1. 学科设置与组成结构

发达国家的文学理论教育体系通常涵盖多个学科领域，包括文学、哲学、社会学、心理学等。文学理论通常作为一个独立的学科存在，同时也与文学、语言学等相关学科相互交叉。在大学本科和研究生层面，学生可以选择深入研究文学理论，探索其理论框架和方法。

2. 教学方法与课程设置

发达国家的文学理论教育注重培养学生的批判性思维和独立研究能力。教学方法包括讲座、研讨会、小组讨论及独立研究项目。课程设置涵盖了文学理论的经典著作、不同学派的理论观点、文学与其他学科的交叉研究等内容。典型的课程可能包括《文学理论导论》《后现代主义文学与理论》《女性主义文学批评》等。

3. 研究方向与实践性项目

学生在文学理论教育中有机会选择研究方向，并参与实践性的项目。这些研究方向可能包括结构主义、后结构主义、后现代主义、女性主义文学理论等。学生可以参与实际文学作品的分析、批评，也可以探讨文学与社会、文学与文化的关系。

4. 跨学科研究与合作

文学理论教育体系通常鼓励学生进行跨学科的研究与合作。学生有机会参与哲学、社会学、心理学等领域的课程，以拓宽对文学理论的理解。跨学科研究还可以促使学生思考文学作品与其他领域的关联，为其提供更为全面的知识背景。

（二）教学方法与实践性项目

1. 讲座和研讨会

文学理论课程通常包括教师的讲座，介绍理论的基本概念、历史演变和主要学派。同时，许多课程也设置研讨会，鼓励学生在小组中深入讨论理论观点，提出自己的见解，并学会批判性地分析文学作品。

2. 小组讨论和互动

小组讨论是文学理论教育中常见的教学方法。学生在小组中交流思想、讨论课程内容，增强对文学理论的理解。这种互动性的教学方法有助于培养学生的批判性思维和团队协作能力。

3. 独立研究项目

在高级阶段，学生通常有机会参与独立研究项目。这些项目可能涉及对某一文学理论的深入研究，也可能包括文学作品的详细分析。通过独立研究项目，学生能够培养独立思考和解决问题的能力。

4. 实地考查和文学分析

一些课程可能包括实地考察，例如参观博物馆、文学展览或实地考察与课程相关的文学场所。同时，学生通常需要进行文学作品的实地分析，通过实际阅读和感知来理解文学作品的深层含义。

5. 文学作品研究与评论撰写

学生可能被要求选择特定的文学作品进行深入研究，并撰写评论或论

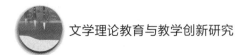

文。这种实践型项目有助于学生将理论知识应用到实际文学作品中，培养批判性思维和学术写作能力。

（三）研究方向与实践性项目

1. 结构主义与后结构主义

发达国家的文学理论教育体系中，学生通常有机会深入研究结构主义和后结构主义。结构主义关注文本的结构、符号的意义，而后结构主义对结构主义的一些观点进行了批判和超越，强调文本的开放性和多义性。学生可能通过研究具体文学作品，分析其中的符号、结构，理解结构主义和后结构主义对文学研究的影响。

2. 后现代主义文学与理论

后现代主义是文学理论领域的一个重要研究方向。学生可能参与研究后现代主义文学作品，了解其独特的叙事风格对传统结构的颠覆，以及对现实的反思。此外，学生还可能深入研究后现代主义的理论观点，探讨其对文学和社会的意义。

3. 女性主义文学批评

发达国家的文学理论教育体系通常也将女性主义文学批评作为一个重要方向。学生有机会研究女性主义理论的演变，了解女性作家在文学史上的地位，以及女性主义对文学作品的解读和批评。

4. 跨学科研究与文学

跨学科研究是文学理论教育中的重要组成部分。学生可能参与跨学科的研究项目，将文学与哲学、社会学、心理学等学科结合起来，拓展对文学现象的理解。

5. 文学与社会问题的关联

学生也可能通过文学理论的教育，关注文学与社会问题的关联。这包括文学作品对社会问题的反映，以及文学如何参与社会变革。学生有机会参与和社会问题相关的文学研究项目，促使他们深入思考文学在社会中的作用。

（四）对学生的影响

1. 批判性思维的培养

文学理论教育有助于培养学生的批判性思维。学生在学习过程中需要对文学作品进行深入分析，理解其中的理论观点，并能够对不同理论进行批判性比较。

2. 独立研究和解决问题的能力

研究方向与实践性项目的设置有助于培养学生独立研究和解决问题的能力。学生通过深入研究特定主题、撰写论文，锻炼了自主学习和独立思考的能力。

3. 跨学科思维和团队协作

跨学科研究的开展培养了学生的跨学科思维和团队协作能力。学生可能需要与其他学科的学生合作，共同研究涉及不同领域的问题。

4. 学术写作和表达能力

文学理论教育通常涉及学术写作，学生需要撰写论文、评论或研究报告。这有助于提升学生的学术写作和表达能力，使他们能够清晰、有力地表达自己的观点。

5. 文化理解和全球视野

通过对文学作品的研究，学生能够更深刻地理解不同文化、不同社会的背景和价值观。这有助于培养学生的文化理解和全球视野。

6. 终身学习的观念

文学理论教育不仅仅是为了传授一定的知识，更是为了培养学生的终身学习观念。在不断变化的社会中，学生通过文学理论教育能够更好地适应知识的更新和变化。

发达国家的文学理论教育体系在学科设置、教学方法、研究方向和实践性项目等方面展现出丰富多样的特点。这一体系通过培养学生的批判性思维、独立研究能力、跨学科思维和团队协作能力，对学生产生深远影响。文学理论教育不仅关注理论知识的传递，更强调培养学生在复杂多变的社会中持续学习和思考的能力。

二、国际合作与交流的机制

在全球化的背景下，国际合作与交流已成为推动各个领域发展的重要推动力，包括经济、科技、文化、教育等。各国之间的密切互动促使国际社会更好地解决全球性挑战，分享知识、技术和资源。本书将探讨国际合作与交流的机制，包括政府间合作、国际组织、学术交流、文化交流等方面，以深入了解这些机制对全球发展的积极影响。

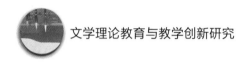
（一）政府间合作机制

1. 国际组织

国际组织是国际合作的重要平台，其任务包括促进国际间的合作、解决全球性问题、维护国际和平与安全等。例如，联合国（UN）、世界贸易组织（WTO）、世界卫生组织（WHO）等都是通过成员国政府间的合作机制共同制定规则、推动全球发展的。

2. 双边合作协议

国家之间签署的双边合作协议是推动国际合作的重要方式。这些协议通常涉及贸易、投资、科技、教育、文化等多个领域，通过政府间的协商和合作，促进各国互利共赢。

3. 区域合作组织

一些国家通过区域合作组织加强邻国之间的合作。例如，欧洲联盟（EU）、东盟（ASEAN）等是通过区域性的合作机制，推动经济、政治、文化等多方面的合作与交流。

4. 国际会议与高峰论坛

国际会议和高峰论坛是国家元首、政府官员、国际组织代表齐聚一堂，就共同关心的全球性问题进行深入磋商的机制。这些会议促进了各国之间的交流与协作，寻求全球性问题的解决方案。

（二）国际组织的作用

1. 全球治理

国际组织在全球治理中发挥着关键作用，通过协调各国的政策和行动，推动全球性问题的解决。例如，联合国通过其多个机构，致力于维护国际和平与安全、推动可持续发展、应对气候变化等全球性挑战。

2. 制定国际规则

国际组织是制定国际规则的主要机构之一，这些规则涵盖了贸易、环境、人权、反恐等多个领域。这有助于规范国际社会的行为，促使各国更好地遵守共同的规则。

3. 危机管理与人道主义援助

国际组织在危机管理和人道主义援助方面发挥着关键作用。例如，世界卫生组织在公共卫生危机中提供指导，联合国难民署为遭受战争和灾难的人们提供援助。

4. 促进可持续发展

国际组织通过可持续发展目标等倡议，鼓励各国在经济、社会、环境等方面进行可持续发展。这有助于实现全球范围内的共同繁荣。

5. 构建国际伙伴关系

国际组织促进了国际伙伴关系的建立。通过国际组织，各国可以在平等、合作的基础上进行对话，解决彼此之间的分歧，建立信任。

（三）学术交流机制

1. 学术合作项目

各国高校、科研机构之间通过学术合作项目加强学术交流。这些项目可能涉及联合研究、学术会议、学者互访等形式，促进不同国家的学术资源共享，推动学术进步。

2. 学术交流平台

学术交流平台如国际学术会议、研讨会、学术期刊等为学者提供了交流和展示研究成果的机会。通过这些平台，学者可以分享最新的研究发现，激发思想碰撞，推动学科领域的发展。

3. 联合研究中心

跨国联合研究中心的建立是学术合作的一种深化形式。这些中心通常由不同国家的高校、科研机构合作建立，旨在共同研究特定领域的问题，发挥合作优势。

4. 学者交流计划

学者交流计划通过资助学者在国际间的访学、合作研究，促进了学术资源的流动。这有助于学者深入了解不同文化和学术环境，拓宽研究视野。

5. 国际学术组织

一些国际性学术组织致力于促进全球学术交流，提供学者互动的平台。这些组织可能关注特定领域，如国际数学联盟、国际物理学联合会等。

（四）文化交流机制

1. 文化交流项目

各国政府和文化机构通过文化交流项目促进文化的相互了解。这包括艺术展览、文化节、文学交流等，通过艺术家和文化从业者的互动，促进不同

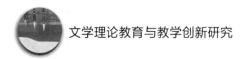

文化间的对话。

2. 语言交流计划

语言交流计划通过资助学生、教师等前往其他国家学习语言，促进了语言文化的传承和沟通。例如，中文教学计划、德国学术交流服务等。

3. 国际文化节

各国定期举办国际文化节，展示本国文化，并邀请其他国家参与。这种文化节通常包括音乐、舞蹈、手工艺等多个方面，通过文化的展示促进相互了解。

4. 文化交流协会

文化交流协会致力于促进文化之间的联系。这些协会通常由社会团体、文化机构等组成，通过举办文化活动、座谈会等形式，推动文化的传播和交流。

（五）科技创新与研发合作

1. 国际科研合作项目

科研机构、大学和企业之间通过国际合作项目推动科技创新。这些项目可能涉及基础研究、应用研究、技术开发等多个层面，促进科技成果的共享。

2. 联合实验室

跨国联合实验室是推动科技研发合作的一种形式。各国科研机构和企业通过共建实验室，共同研究解决跨国性科技难题，提高创新效率。

3. 国际科技大会

国际性科技大会为科学家、工程师和创新者提供了交流的平台。这些大会通常包括学术报告、技术展示、研讨会等环节，促进了科技成果的传播和合作。

4. 科技研究交流平台

科技研究交流平台如国际期刊、学术网络等，促进了科研人员的信息交流。这有助于加速科研成果的传播和分享。

（六）数字化时代下的虚拟合作机制

1. 远程合作平台

远程合作平台通过互联网技术提供在线协作环境，使得全球范围内的团队可以远程协作。这种机制在数字化时代尤为重要，促使科研团队、企业、学者之间实现实时沟通和合作。

2．虚拟会议和研讨会

虚拟会议和研讨会通过视频会议技术，实现全球范围内学者的在线参与。这种机制不仅节省了时间和成本，也扩大了交流的范围。

3．在线学术资源共享

学术界通过在线平台分享学术资源，如研究论文、学术资料、教学资源等。这种开放共享的机制促进了全球学术知识的流通。

4．国际合作云平台

一些国际组织和科研机构建立了国际合作云平台，集成了各种合作工具和资源，方便全球合作伙伴之间的信息共享和协作。

（七）国际合作与交流的挑战与发展趋势

1．国际合作与交流的挑战

（1）文化差异与语言障碍：国际合作与交流中存在着不同国家之间的文化差异和语言障碍。文化的多样性可能导致误解和沟通困难，而语言障碍可能阻碍信息的准确传达。解决这些问题需要加强跨文化沟通培训，提高多语言交流的能力。

（2）知识产权和隐私问题：在科技创新和研发合作中，知识产权和隐私问题是一个长期存在的挑战。合作伙伴之间可能存在知识产权的争议，以及对敏感信息和数据的隐私担忧。建立清晰的合作协议和规范，以及加强法律和伦理框架的制定，是解决这些问题的重要途径。

（3）不平等和不公平：在国际合作中，一些发展中国家可能面临与发达国家的不平等的合作条件，包括资源分配不均、技术转让不充分等问题。要实现真正的国际合作，需要建立公平的合作机制，关注发展中国家的需求，促使资源和机会更加平等地分配。

（4）政治因素的影响：国际合作常受到各国政治因素的影响。国际关系的变动、国家间的紧张关系可能导致某些领域的合作受到制约。通过多边合作机制、推动国际间的对话，有助于减少政治因素对合作的不利影响。

（5）数字化时代的挑战：虽然数字化时代提供了更多的合作机会，但也带来了新的挑战，如网络安全问题、数据隐私风险等。在推动数字合作的同时，需要加强对这些挑战的防范和解决。

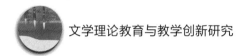

2. 国际合作与交流的发展趋势

（1）全球挑战需要全球应对：面对全球性问题，如气候变化、公共卫生危机、粮食安全等，国际合作将更加迫切。各国需要加强协作，共同应对这些挑战，实现可持续发展目标。

（2）科技创新推动合作：科技的不断发展将为国际合作提供更多机会。人工智能、大数据、生物技术等领域的创新将促使国际间的科研机构、企业和学者加强合作，共同推动技术进步。

（3）教育与文化交流促进理解：教育与文化交流将成为促进国际理解的有效途径。通过学术交流、学生互访、文化活动等形式，人们更能理解和尊重不同文化，增进友谊。

（4）数字化时代的便利：虚拟合作平台和在线交流工具的普及将使国际合作更加便捷。科研团队、企业、学者可以跨越时空，实现实时沟通和合作，促进信息共享。

（5）全球治理的优化：针对全球治理机制存在的问题，国际社会需要不断优化和改革全球治理框架。更加包容、平等的治理机制将有助于解决全球性挑战。

（6）多边主义的强化：面对全球性问题，多边主义将更加被强调。各国将更加倾向于通过多边机制，如联合国、世界贸易组织等，共同制定规则、解决争端，推动全球事务的发展。

（7）可持续发展的共识：对可持续发展的共识将成为国际合作的核心。在经济、社会和环境领域，各国将更加强调共同责任和合作，以实现全球可持续发展目标。

（8）文化多样性的尊重：在文化交流方面，未来的国际合作将更加注重尊重和保护文化多样性。通过文化交流活动，促进各国之间的理解和尊重，减少文化冲突。

（9）全球公共卫生合作的强化：在面对公共卫生危机时，各国将加强合作，建立更加健全的全球卫生治理体系。共同研究病原体、分享疫苗、协同防控将成为常态。

（10）青年交流的促进：未来将更加重视青年交流项目。通过学生互访、青年领袖交流等方式，培养青年一代的国际视野和领导力，为未来的国际合作培养更多的跨文化人才。

综合而言，国际合作与交流作为推动全球发展的关键力量，其机制的建设和优化需要各国共同努力。在未来，国际合作的机制可能会更加多样和复杂，以适应不断变化的国际环境和需求。这需要各国政府、国际组织、企业、学术界和公民社会的共同努力，建立更加开放、包容、公正、可持续的国际合作框架，推动全球共同繁荣和发展。在这个过程中，关注问题的解决、互信互利、尊重文化差异将是促进国际合作与交流的基石。

三、多元文化背景下的教学经验分享

在当今全球化的时代，教育领域面临着越来越多来自不同文化背景的学生。这种多元文化背景的存在为教学带来了新的挑战和机遇。在这本书中，将分享在多元文化背景下的教学经验，以期为教育者提供一些建议和启示。

1. **了解学生的文化背景**

在多元文化的教室中，了解学生的文化背景是至关重要的。每个学生都是独一无二的个体，他们的价值观、信仰、语言和家庭背景都可能不同。通过深入了解学生的文化，教育者可以更好地理解学生的需求和学习风格。

2. **创造包容性的学习环境**

在多元文化的教室中，创造一个包容性的学习环境至关重要。教育者应该努力确保每个学生都感到受到尊重和认可。这可能包括采用多元的教材、庆祝各种文化节日、鼓励学生分享他们的文化传统等。

3. **灵活运用教学方法**

多元文化背景下的学生可能有不同的学习风格和习惯。因此，教育者需要灵活运用不同的教学方法，以满足不同学生的需求。例如，可以采用小组合作学习、多媒体教学、实践性的教学活动等方式，以激发学生的兴趣和参与度。

4. **促进跨文化交流**

为了促进多元文化背景下学生之间的理解和交流，教育者可以积极推动跨文化的交流活动。这可以包括组织文化交流展、邀请文化专家进行讲座、组织国际交流项目等。通过这些活动，学生可以更好地了解不同文化，增进彼此之间的理解。

5. **提供支持和资源**

多元文化背景下的学生可能面临语言障碍、文化冲突等问题。因此，教育者需要提供足够的支持和资源。这可以包括提供语言辅导、文化适应培训、心理健康支持等，确保学生能够在学习过程中得到全面的支持。

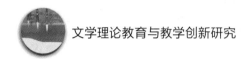

6. 培养文化敏感性

教育者应该不断培养自己的文化敏感性。这包括了解不同文化的礼仪、价值观念、沟通方式等。通过提高自己的文化敏感性，教育者能够更好地应对多元文化教室中的挑战，并更好地与学生建立联系。

7. 鼓励自主学习和探索

在多元文化的教室中，鼓励学生进行自主学习和探索是非常重要的。教育者可以激发学生的好奇心，鼓励他们深入了解自己的文化，并与其他同学分享。这有助于促进学生之间的交流，也有助于他们更全面地了解自己和他人的文化。

在多元文化的教室里，教育者需要不断地适应和创新，以更好地满足学生的需求。通过了解学生的文化背景、创造包容型的学习环境、灵活运用教学方法等手段，我们可以更好地引导学生在多元文化中茁壮成长。在这个过程中，教育者也将不断发现自己的成长。多元文化的教育环境是一个挑战，也是一个充满希望和机遇的领域。

第六节　文学理论教育与跨学科整合

一、跨学科教学的理论基础

跨学科教学是近年来教育领域中备受关注的一个创新性教学方法。它旨在打破学科之间的界限，促使学生在跨足多个学科的情境中进行深度学习。本书将深入探讨跨学科教学的理论基础，探讨它如何激发学生的创造性思维、提高问题解决能力及促进综合性学习。

1. 融合建构主义理论

跨学科教学的理论基础之一是融合了建构主义理论。建构主义认为学生通过与环境的互动，建构自己的知识体系。在跨学科教学中，学生被鼓励通过不同学科之间的关联性，建构更为综合、深刻的理解。这种理论基础使得学生能够在真实世界的问题中运用各种知识，而不仅是单一学科的知识。

2. 联结主义理论

跨学科教学还融入了联结主义理论，强调学科之间的内在联系。联结主义认为学科之间的知识不是孤立存在的，而是相互关联、相互渗透的。在跨学科教学中，这一理论基础通过设计能够促进不同学科之间联系的教学活动，帮助学生更好地理解知识的整体结构。

3. 大脑研究的支持

跨学科教学的理论基础还得到了大脑研究的支持。研究表明，当学生在不同学科之间建立联系时，大脑更加活跃，思维更加灵活。跨学科学习能够激发学生的跨领域思考，促进神经元之间的联结，从而有助于知识的综合和创新。

4. 多元智能理论的综合运用

多元智能理论提出了人类有多种不同的智能，包括语言智能、逻辑数学智能、空间智能等。跨学科教学的理论基础包括了对多元智能的综合运用，鼓励学生在多个智能领域中发展自己的潜力。通过跨学科的学习，不同类型的智能得以全面发展，提高学生的学科综合能力。

5. 问题驱动学习理论

问题驱动学习理论强调通过解决真实世界的问题来推动学习。在跨学科教学中，问题被视为整合不同学科的媒介，促使学生跨足多个领域寻找解决方案。这种理论基础使得学生学会将学科知识应用到实际问题中，培养了解决复杂问题的能力。

6. 社会建构主义理论

社会建构主义理论认为知识是社会共同建构的产物，是通过社会交往和合作形成的。在跨学科教学中，学生通过团队合作、讨论和分享经验，促使知识在集体中构建。这种理论基础有助于培养学生的团队协作能力和社会交往技能。

7. 可持续发展理论

跨学科教学还与可持续发展理论相呼应。可持续发展要求综合考虑经济、社会、环境等多个方面的因素。跨学科教学通过引导学生思考问题的多方面影响，培养了他们在处理现实问题时的全局观和可持续性思维。

跨学科教学的理论基础是多元而综合的，涵盖了融合建构主义、联结主义、大脑研究、多元智能、问题驱动学习、社会构建主义和可持续发展等多个领域的理论支持。这种跨学科的理论基础为学生提供了更为综合和深刻的学习体验，有助于他们更好地适应未来的知识社会。同时，教育者在跨学科教学中需要结合这些理论基础，创造出丰富而有深度的学习环境，引导学生在不同学科之间建立联系，培养跨学科思维和解决问题的能力。

二、文学理论与其他学科的整合实践

文学一直以来都是人类文化的重要组成部分，它不仅是一种娱乐和艺术表达方式，还承载着深刻的社会、文化和哲学内涵。文学理论作为研究文学的理论框架，旨在理解文学作品背后的意义和价值。然而，随着时代的发展，文学理论也不断演化和整合，与其他学科相互渗透，这种整合实践为我们更深刻地理解文学作品和文化现象提供了新的视角和方法。本书将探讨文学理论与其他学科的整合实践，以及这种整合如何丰富了我们对文学和文化的理解。

1. 文学理论与哲学的整合

文学理论与哲学之间存在着深刻的联系。两者都探讨人类存在、价值观念和社会结构等核心问题。在文学理论中，文学被视为一种思想和哲学的表达方式，而哲学则提供了对文学作品中的伦理和道德问题进行分析和探讨的工具。例如，康德的道德哲学对文学中的伦理问题提出了有价值的观点，主要针对如何处理冲突、道德选择和人类行为等问题。这种整合帮助我们更好地理解文学作品中的伦理和道德困境，同时也为文学理论提供了哲学上的支持。

2. 文学理论与社会科学的整合

文学作品通常反映了社会、政治和文化的现实，因此文学理论与社会科学之间的整合尤为重要。社会学、政治学和人类学等学科可以帮助人们洞察文学作品中的社会结构、权力关系和文化认同。例如，马克思主义文学理论强调文学作为反映阶级斗争和社会不平等的工具，通过马克思主义的分析方法，我们可以更深入地理解文学作品中的社会政治背景和角色关系。

3. 文学理论与心理学的整合

心理学提供了对文学作品中人物行为和情感的深刻理解。文学理论与心理学的整合可以帮助我们分析文学作品中的人物发展、心理动机和情感表达。心理学理论如弗洛伊德的精神分析和荣格的集体无意识等可以用来解释文学作品中的潜意识冲突和符号象征。通过整合心理学，可以更好地理解文学作品中的人物复杂性和情感深度。

4. 文学理论与文化研究的整合

文化研究关注文化现象和文化生产的各个方面，与文学理论的整合有助于理解文学作品在文化语境中的演变和影响。文学作品往往是文化表达的一部分，通过文化研究的方法，我们可以分析文学作品与社会、历史和文化之间的关系。此外，后殖民主义理论、跨文化研究和后现代主义文化理论等学科可以帮助我们理解文学作品在不同文化之间的对话和交流。

5. 文学理论与科技的整合

随着科技的发展，文学也不断与新媒体、数字技术和虚拟现实等领域进行整合。数字人文学、电子文学和虚拟文学等新兴领域探索了文学与科技的交汇点。这种整合实践为文学带来了新的表达方式和叙事形式，同时也提出了关于文学的本质和未来的问题。文学理论需要不断调整和适应这些新的媒体和技术，以更好地理解文学作品在数字时代的意义。

文学理论与其他学科的整合实践提供了更丰富的文学分析工具和理解文化的视角。通过与哲学、社会科学、心理学、文化研究和科技等学科的整合，文学理论得以跨足不同领域，深化对文学作品和文化现象的理解。这种整合实践不仅丰富了文学研究的内涵，还帮助我们更好地理解人类社会和文化的多样性与复杂性。未来，文学理论与其他学科的整合将继续发展，为我们提供更深入的文学和文化分析工具，推动文学研究的不断进步。

三、教育体制变革与跨学科整合的挑战

当今社会，科技进步、社会变迁及全球化的影响使得教育体制面临着前所未有的挑战。为了更好地培养具有跨学科综合能力的学生，教育体制必须进行变革，并推动跨学科整合。然而，这一变革面临着多方面的挑战，包括教育机构的体制性问题、师资队伍的培养、课程设计的调整等。本书将探讨教育体制变革与跨学科整合的挑战，并提出应对这些挑战的可能途径。

（一）教育体制的刚性与变革的阻力

当前的教育体制往往存在着刚性的特点，包括传统的学科分割、单一的评价标准及僵化的管理机制。这些特点使得教育体制变革变得复杂而困难。学科之间的壁垒使得跨学科整合难以实现，而评价体系的单一标准难以全面衡量学生的综合素质。此外，由于长期形成的管理体制，一些教育机构可能对变革持保守态度，害怕变革带来的不确定性和风险。应对挑战的途径有以下两种。

1. 制定灵活的课程结构和评价标准

教育机构可以通过制定更为灵活的课程结构，打破学科之间的界限，使

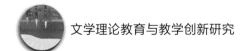

得学生能够更自由地选择不同学科的课程。同时，评价标准也需要更多元化，包括对学科知识、综合能力、创新能力等方面的评价，以更全面地反映学生的发展状况。

2. 建立跨学科的管理机制

教育机构需要重新审视管理体制，建立支持跨学科整合的机制。这包括建设更加灵活的学科管理团队，推动不同学科的交流与合作，以及为教师提供更多的培训机会，使其具备跨学科教学的能力。

（二）师资队伍培养的挑战

跨学科整合要求教师具备跨学科的教学能力，然而，传统的教育体系中，教师往往接受的是单一学科的培训。因此，要使教师适应跨学科整合的需求，需要进行全新的师资队伍培养。应对挑战的途径有以下两种。

1. 提供跨学科培训机会

教育机构可以设立专门的跨学科培训课程，帮助教师了解不同学科的知识，培养其在跨学科环境中的教学能力。这些培训可以包括学科知识的更新、教学方法的创新等方面。

2. 鼓励教师跨学科研究

支持教师参与跨学科研究项目，促使他们深入了解不同学科之间的联系与互动。通过参与研究，教师可以更好地理解跨学科整合的重要性，并将其应用于教学中。

（三）课程设计的挑战

传统的课程设计往往过于注重学科知识的传授，忽视了学生综合能力的培养。跨学科整合要求课程设计更加注重学科之间的关联性和实际应用。应对挑战的途径有以下两种。

1. 设计项目化课程

将不同学科的知识融入具体项目中，使学生在解决实际问题的过程中获得多学科的综合能力。这种项目化的课程设计能够激发学生的学习兴趣，同时促使他们更好地理解学科之间的关联性。

2. 引入实践性教学

通过实践性的教学方式，如实习、实验、实地考查等，学生能够将理论知识应用到实际问题中，培养他们的实际操作能力和跨学科解决问题的能力。

　　教育体制变革与跨学科整合是适应当今社会发展需求的必然趋势。然而，这一变革面临着众多的挑战，包括教育体制的刚性、师资队伍培养的问题及课程设计的调整等。要应对这些挑战，教育机构需要采取一系列的措施，包括制定灵活的课程结构、建立跨学科的管理机制、提供跨学科培训机会、鼓励教师跨学科研究、设计项目化课程及引入实践性教学等。只有通过综合性的变革，教育体制才能更好地适应时代的需求，培养更具综合素养的学生，为社会的发展和进步提供更有力的支持。

　　在变革中，政府、学校、教育机构和教育者都需要共同努力，形成合力。政府可以通过出台相关政策，鼓励学校和教育机构进行跨学科整合的尝试，并提供相应的支持和资源。学校和教育机构则需要在管理层面上做出改革，为教师提供更多的培训机会，建立起符合跨学科整合需求的教育体制。

　　同时，教育者也需要不断更新自己的教学理念，提高自己的跨学科教学能力。他们可以积极参与跨学科研究，与其他领域的专家共同合作，深化对跨学科整合的理解。此外，鼓励教育者参与国际性的学术交流，吸收其他国家和地区的先进经验，为本地教育变革提供借鉴和启示。

　　总体而言，教育体制变革与跨学科整合的挑战是一个长期而复杂的过程。需要在不断尝试中总结经验，逐步完善制度和机制。通过全社会的共同努力，教育体制变革将成为推动社会发展的强大引擎，培养出更具创新力和综合素养的人才，为构建更加开放、包容、创新的社会奠定坚实基础。

第二章　教学创新理论综述

第一节　教学创新的概念与内涵

一、教学创新的定义与特征

教学创新是教育领域中一个关键而广泛讨论的主题。在面对不断变化的社会和技术环境时，传统的教学方法可能变得过时，因此，教学创新成为促进教育质量提升的关键手段。本书将探讨教学创新的定义与特征，深入剖析创新在教育领域中的重要性，以及如何在教学实践中实现创新。

（一）教学创新的定义

1. 广义定义

教学创新是指对传统的教学理念、方法、手段进行变革和改进的一系列措施。这种变革可以涉及教育内容、教学方法、教学资源、评价方式等多个方面，旨在提高教学效果，促使学生更好地适应未来社会的需求。

2. 狭义定义

教学创新也可以被理解为引入新的技术和工具，以促进教育过程更加高效、灵活和个性化。这包括利用信息技术、在线教育平台、虚拟现实等新兴技术，以拓展传统教育的边界。

综合而言，教学创新不仅包括对教学内容和方法的变革，也包括了对教育技术和工具的积极引入，以推动教学过程更加符合当代学习者的需求。

（二）教学创新的特征

1. 灵活性与适应性

教学创新具有灵活性，能够迅速适应不断变化的社会、经济和技术环境。灵活的教学创新能够满足不同学生的需求，因为学生的学习风格、背景和兴趣各异。

2. 学生参与与互动

教学创新强调学生的主动参与和互动。不再是单向传授知识，而是通过各种方式激发学生的兴趣，培养其批判性思维、解决问题的能力和团队协作技能。

3. 技术整合与数字化

现代教学创新往往涉及技术的广泛应用，包括在线学习平台、虚拟实验室、多媒体教材等。数字化的教学手段可以提供更加个性化和互动性的学习体验。

4. 跨学科与综合性

教学创新鼓励跨学科的融合，将不同学科的知识和技能进行整合。这种综合性的教学可以更好地反映真实世界中知识的交叉和应用。

5. 评价方式的创新

传统的考试和测验形式逐渐不再是唯一的评价方式。教学创新强调综合评价、项目评估及实践能力的考察，更注重学生的实际运用能力和创造性思维。

6. 不断学习的环境

教学创新鼓励教育者和学生在不断变化的知识和技术环境中保持学习的状态。这需要教育机构提供持续的专业发展机会，促使教育者不断更新自己的教学理念和方法。

（三）教学创新的重要性

1. 提高学生的综合素养

教学创新不仅关注学科知识的传授，更注重培养学生的创新能力、批判性思维、团队协作等综合素养。这使得学生更具备应对未来挑战的能力。

2. 激发学习兴趣和动力

采用新颖、灵活的教学方法和工具能够激发学生的学习兴趣，提高他们的学习动力。通过引入实践性和趣味性的元素，学生更容易投入到学习中。

3. 适应社会和行业需求

社会和行业的需求不断变化，教学创新能够使教育更紧密地与社会和行业需求相契合，培养具有创新思维和实际应用能力的学生，更容易适应社会的发展。

4. 全球化视野的培养

教学创新可以通过引入跨文化、跨学科的内容和方法，培养学生使其具

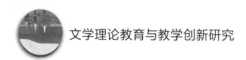

备更广阔的国际视野和全球背景。

5. 推动教育改革

教学创新是整个教育体系变革的推动力。它促使教育机构更好地适应当代社会的需求，更灵活地应对教育挑战。

（四）实现教学创新的途径

1. 提供专业发展机会

为教育者提供定期的专业发展培训，使其能够了解最新的教学理念、方法和技术。这可以通过组织研讨会、工作坊、在线培训等形式来实现，帮助教育者不断提升自身的专业水平。

2. 激励教育者的创新意识

建立鼓励创新的文化氛围，让教育者意识到创新对于提高教学效果的重要性。这可能包括奖励制度、创新项目的支持、经验分享等，激发教育者尝试新的教学方法。

3. 建设合作平台

创新往往需要合作和交流。搭建跨学科、跨机构的合作平台，促进教育者之间的合作，以及与行业、科研机构等的合作，共同推动教学创新的实践。

4. 利用技术手段

教育技术是教学创新的有力助手。借助在线学习平台、虚拟实验室、数字化教材等工具，可以拓展教学的边界，提供更灵活、多样化的学习方式。

5. 鼓励学生参与

创新不仅仅是教育者的事情，学生也应该是创新的参与者。通过鼓励学生提出问题、寻找解决方案、开展实践项目等方式，培养学生的创新精神。

6. 建设创新教育研究中心

学校可以建立专门的创新教育研究中心，集结专业的研究人员，致力于教学方法、教育技术等方面的研究。通过科研成果的输出，推动实际教学的创新应用。

7. 制定创新政策

学校和政府可以制定相关的政策，鼓励和支持教学创新。这包括经费的投入、奖励制度的建立、对创新教学项目的评估等。

8. 关注学生反馈

学生的反馈是教学创新的重要参考。通过定期的调查和评估，了解学生对于不同教学方法的看法，从而及时调整和改进教学设计。

教学创新是推动教育发展的关键要素，它不仅关系到学生的学习效果，也涉及整个社会的进步。教学创新的定义涵盖了对传统教学理念、方法和手段的变革，以适应社会、经济和技术的快速变化。其特征包括灵活性、学生参与与互动、技术整合与数字化、跨学科与综合性、评价方式的创新等。

实现教学创新需要建立良好的创新文化，为教育者提供专业发展机会，激发他们的创新意识。此外，学校和政府可以通过政策支持、技术手段的应用、建设创新教育研究中心等途径，共同推动教学创新的实践。只有通过全社会的共同努力，教学创新才能真正发挥其推动教育变革的作用，为培养具备创新精神和实际应用能力的学生奠定坚实基础。

二、教学创新的内在动力

教学创新作为推动教育不断发展的引擎，其内在动力是多方面因素的综合体现。在社会、科技和文化快速变革的背景下，教育体系需要不断调整以适应新的需求和挑战。本书将深入探讨教学创新的内在动力，包括对学生需求的响应、教育理念的变革、教师角色的演变、科技的应用及全球化的影响等方面。

（一）学生需求的响应

1. 个性化学习需求

学生的学习需求日益多元化，对个性化学习的需求逐渐增加。传统的一刀切式教学方式难以满足每个学生的需求，因此，教学创新势在必行。通过采用差异化教学、个性化学习路径设计等方式，可以更好地满足学生个体差异。

2. 实践性和应用性需求

学生更加关注实际应用能力的培养，他们希望学到的知识和技能能够在实际生活和职业中发挥作用。因此，教学创新需要注重实践性教学和与职业实际紧密结合的课程设计。

3. 数字时代的学习方式

随着数字技术的发展，学生对于数字化学习方式的需求不断增加。教学

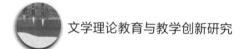

创新需要充分利用信息技术，通过在线学习平台、虚拟实验室等工具，提供更灵活、便捷的学习方式。

4. 跨文化和全球化的视野

全球化使得学生需要具备更开放、跨文化的视野。教学创新应该引入跨文化元素，通过国际合作项目、跨国交流等方式，培养学生的全球视野和国际竞争力。

5. 创新能力和团队协作

现代社会对创新能力和团队协作能力的需求日益突出。因此，教学创新需要注重培养学生的创新思维和解决问题的能力，通过项目式学习、实践性任务等方式，培养学生在团队中合作的经验。

（二）教育理念的变革

1. 从知识传授到能力培养

传统的教学主要侧重于知识的传授，而现代教学创新更加注重培养学生的能力。这包括批判性思维、创新能力、解决问题的能力等，使学生能够更好地适应社会和未来职业的发展。

2. 从单一学科到跨学科融合

传统的教学往往局限于单一学科，而教学创新强调跨学科的融合。这有助于学生更全面地理解问题，培养综合性的思考和解决问题的能力。

3. 从教师主导到学生参与

传统的教学模式中，教师往往扮演着主导角色，而教学创新更强调学生的主动参与。学生参与到教学过程中，可以更好地激发他们的学习兴趣和动力。

4. 从固定课程到灵活学习路径

教学创新突破了传统的固定课程设置，提倡更加灵活的学习路径。学生可以根据自己的兴趣和发展方向，选择更加个性化的学习路径，提高学习的针对性和深度。

5. 从考试导向到综合评价

传统的评价方式主要以考试为主，而教学创新倡导更全面的评价方式。这包括项目评估、实际任务的完成情况、团队合作等多个维度，更能真实地反映学生的综合素养。

（三）教师角色的演变

1. 引导者和激励者

在教学创新中，教师不再仅仅是知识的传授者，更成为学生学习道路上的引导者和激励者。他们通过引导学生解决问题、提出疑问，激发学生的兴趣和求知欲。

2. 设计者和组织者

教学创新强调个性化学习和实践性教学，教师需要成为课程的设计者和组织者。他们需要设计富有创意和趣味性的课程，组织实践性的教学活动。

3. 学习者和反思者

在教学创新中，教师需要不断学习新的教学理念、方法和技术。他们要成为学习者，通过参与专业发展、学术研讨等活动，保持对教育领域的敏感性和更新能力。同时，教师也需要成为反思者，不断审视自己的教学实践，从学生的反馈中汲取经验教训，调整和改进教学方法。

4. 合作伙伴和社区连接者

教学创新强调跨学科、跨领域的合作，教师需要成为合作伙伴和社区连接者。他们可以与其他教师、行业专业人士、社区组织等建立紧密联系，共同促进学生的综合素养发展。

5. 技术整合者

随着科技的飞速发展，教学创新要求教师能够灵活运用各种技术工具。教师需要成为技术整合者，善于利用数字化工具、在线教育平台等技术手段，提升教学效果。

（四）科技的应用

1. 数字化学习环境

科技的应用为教学创新提供了广阔的空间。数字化学习环境包括在线学习平台、虚拟实验室、电子教材等，为学生提供更加便捷和灵活的学习方式。

2. 人工智能教育工具

人工智能技术的发展使得个性化学习更加可行。智能教育工具可以根据学生的学习情况进行智能调整，提供更加个性化的学习体验，满足学生不同层次的需求。

3. 虚拟现实和增强现实

虚拟现实和增强现实技术可以为学生提供更真实的学习体验。通过虚拟现实，学生可以进行虚拟实验、参与虚拟场景的学习，增强学习的直观性和体验感。

4. 在线协作平台

在线协作平台使得学生可以随时随地进行协作学习。通过在线平台，学生可以分享资源、共同完成任务，促进团队合作和跨地域的合作。

（五）全球化的影响

1. 跨文化学习体验

全球化的影响使得学生有机会获得跨文化的学习体验。通过国际合作项目、交换计划等，学生能够更好地理解不同文化的视角，培养全球意识和国际竞争力。

2. 国际化的教育资源

全球化带来了丰富的教育资源，学校可以利用全球范围内的先进教育理念、优质教材等资源。这有助于提升教学质量和水平。

3. 全球性问题的解决

全球化背景下，学生需要具备解决全球性问题的能力。教学创新可以引入全球性问题、案例研究等教学内容，培养学生的全球视野和解决问题的能力。

4. 全球化的竞争

学生将来可能面临全球范围内的职业竞争，因此需要具备更强的综合素养。教学创新可以通过培养学生的创新能力、跨文化沟通能力等方面，使他们更好地适应全球化的职业环境。

教学创新的内在动力是多重因素的综合作用，涉及学生需求的响应、教育理念的变革、教师角色的演变、科技的应用及全球化的影响等多个方面。教学创新不仅是为了适应当下社会的变化，更是为了培养更具有综合素养和创新能力的未来公民。只有通过全社会的共同努力，教育体系才能更好地满足学生的需求，推动教学创新走向深入发展，为培养具备全球竞争力的人才作出更大的贡献。

第二节　教学创新的理论体系

一、构建教学创新的理论框架

教学创新是教育领域不断进步的动力，对于适应社会发展、提高学习效果至关重要。构建教学创新的理论框架是为了系统地理解和引导教学创新过程，从而推动教育体系更好地满足学生需求。本书将探讨构建教学创新的理论框架，包括教学设计、学生参与、教师角色、评价机制及技术整合等关键要素。

（一）教学设计

1. 问题驱动的设计

教学创新理论框架的核心应是问题驱动的设计。这意味着教学不仅仅是知识的传递，更是对学生解决实际问题的引导。教学设计应关注引导学生提出问题、分析问题和提出解决方案，并通过实际操作获得经验。

2. 个性化学习路径

构建理论框架需要考虑个性化学习的概念。学生具有不同的学习风格、兴趣和能力，理论框架应支持教育者根据学生的特点设计个性化学习路径。这包括差异化教学、个性化任务设置等。

3. 跨学科整合

教学创新理论框架应当强调跨学科整合。学科之间的界限在现实问题中往往模糊，因此，理论框架应鼓励在教学中融合多个学科的知识和技能，培养学生的综合素养。

4. 实践性教学

真实世界的问题往往需要实践性的解决方案。理论框架应支持教育者通过实践性教学设计，如项目式学习、实地考查等，使学生能够将理论知识应用到实际中。

5. 技术整合

教学设计的理论框架必须融入技术整合的概念。这包括利用在线学习平台、虚拟实验室和多媒体教材等技术手段，以提升教学的互动性和多样性。

（二）学生参与

1. 主动学习

构建教学创新的理论框架需要将学生视为主动学习者。学生不再是被动接受知识的对象，而是通过积极参与、探索和发现来构建自己的知识结构。理论框架应提供支持学生主动学习的策略和环境。

2. 协作学习

学生参与不仅仅体现在个体层面，还包括团队和协作层面。构建理论框架时，应强调协作学习的概念，通过小组项目、团队合作等方式培养学生的团队协作能力。

3. 自主学习

理论框架需要支持学生的自主学习。这包括给予学生更多选择权，让他们根据个人兴趣和学习目标选择学习内容、学习路径，以激发他们的学习兴趣。

4. 反馈和评价

学生参与需要有有效的反馈和评价机制。理论框架应当支持实时的反馈，包括同行评价、教师评价及自我评价等方式，帮助学生更好地了解自己的学习状态。

5. 跨文化体验

全球化背景下，理论框架应鼓励学生参与跨文化体验。这不仅有助于培养学生的国际视野，还能够促使他们更好地理解多元文化背景下的问题与挑战。

（三）教师角色

1. 引导者和激励者

教师在理论框架中应当成为学生学习道路上的引导者和激励者。他们通过引导学生解决问题、提出疑问，激发学生的兴趣和求知欲。

2. 设计者和组织者

教师的角色不仅是知识的传递者，更是课程的设计者和组织者。在理论框架中，教师需要设计富有创意和趣味性的课程，组织实践性的教学活动。

3. 学习者和反思者

在理论框架中，教师需要成为学习者，不断学习新的教学理念、方法和技术。同时，教师还需要成为反思者，审视自己的教学实践，不断调整和改进教学方法。

4. 合作伙伴和社区连接者

理论框架应强调教师的合作伙伴和社区连接者的角色。他们可以与其他教师、行业专业人士、社区组织等建立紧密联系，共同促进学生的综合素养发展。与此同时，教师还可以通过与社区的合作，将实际问题引入教学，增加学生实践经验。

5. 技术整合者

在理论框架中，教师需要成为技术整合者。他们应该能够灵活运用各种技术工具，包括数字化工具、在线教育平台、虚拟实验室等，以提升教学效果和拓展学生的学习体验。

（四）评价机制

1. 综合性评价

构建教学创新的理论框架需要建立综合性评价机制。传统的考试评价难以全面反映学生的能力，综合性评价包括项目评估、实际任务的完成情况和团队合作等多个维度，更能真实地反映学生的学习水平。

2. 形成性评价

理论框架中应强调形成性评价的概念。形成性评价不仅关注学生最终的成绩，更关注学习过程中的发展轨迹。通过实时的反馈和评价，帮助学生及时调整学习策略。

3. 同行评价

同行评价是一种有效的评价方式。在理论框架中，可以鼓励学生之间进行同行评价，通过相互的反馈和讨论，促使学生更深入地理解问题、改进解决方案。

4. 自我评价

学生的自我评价能够培养其自主学习和自我管理的能力。在理论框架中，应当设立机制鼓励学生对自己的学习过程进行反思和评价，促使其形成自主学习的习惯。

5. 多元化评价工具

不同学科和不同任务可能需要不同的评价工具。理论框架中应支持多元化的评价工具，包括口头报告、实际项目、论文写作、展示演示等形式，以

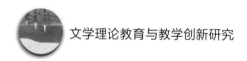

适应多样性的学习需求。

（五）技术整合

1. 在线学习平台

在理论框架中，技术整合应包括利用在线学习平台。这不仅提供了学生灵活的学习时间和空间，还可以通过在线讨论、作业提交等方式促进学生与教师、学生与学生之间的交流。

2. 虚拟实验室和模拟工具

教学创新理论框架需要整合虚拟实验室和模拟工具。这为学科实践提供了更安全、便捷的环境，同时也扩展了学科的实验范围，提高了学科实践的灵活性。

3. 多媒体教材和开放教育资源

创新理论框架应当充分利用多媒体教材和开放教育资源。这包括图像、音频和视频等多媒体形式的教材，以及开放获取的学术资源，为学生提供更多元化的学习资料。

4. 社交媒体和协作工具

技术整合还包括社交媒体和协作工具的使用。通过社交媒体平台和协作工具，学生能够更方便地展开讨论、共享资源，促进团队协作。

5. 人工智能教育工具

随着人工智能技术的发展，人工智能教育工具能够为学生提供个性化的学习支持。构建理论框架时，应考虑如何整合人工智能工具，提高学生学习的效果。

（六）全球化视野

1. 国际合作项目

全球化背景下，理论框架应鼓励和支持国际合作项目。这可以包括学生之间的交流项目、学校之间的合作、国际性的研究项目等，拓宽学生的国际视野。

2. 国际化的教育资源

构建理论框架需要充分考虑国际化的教育资源。通过引入国际化的教材、案例研究和先进的教学理念等，帮助学生更好地了解国际发展趋势。

3. 多元文化体验

理论框架应鼓励学生参与多元文化体验。这不仅包括国际交流，也可以通过国内的跨文化交流活动、实地考查等方式，培养学生的多元文化意识。

4. 全球性问题解决

全球化背景下，学生需要具备解决全球性问题的能力。理论框架可以引入全球性问题和案例研究等内容，培养学生的全球视野和解决问题的能力。

5. 全球化的竞争力

构建教学创新的理论框架需要考虑全球化对学生未来职业的影响。教育者可以通过培养学生的创新能力、跨文化沟通能力和全球合作精神等方面，使其更好地适应全球化的职业环境，提升竞争力。

（七）持续的专业发展

1. 教师培训和发展

教学创新理论框架应包括教师的培训和发展机制。这需要提供定期的培训课程，使教师了解最新的教学理念、技术工具，提升他们的教学水平。

2. 专业社群建设

理论框架中应强调专业社群的建设。通过建立学科或跨学科的专业社群，教师可以分享经验、互相启发，形成共同的教学理念和实践。

3. 反馈和改进机制

持续的专业发展需要建立有效的反馈和改进机制。教师应该有机会接受同行评价、学生反馈，以及通过教学实践不断改进自己的教学方法。

4. 学科研究和创新项目

理论框架中还应该包括学科研究和创新项目的支持。通过参与学科研究和创新项目，教师可以保持学科前沿的敏感性，将最新的研究成果融入教学实践中。

5. 国际合作与交流

持续的专业发展还需要通过国际合作与交流来促进行业经验的分享。教育者可以参与国际性的教育研讨会、学术交流活动，从国际教育领域汲取先进理念和实践经验。

（八）可持续性与适应性

1. 可持续的教学创新模式

教学创新理论框架应当强调可持续的教学创新模式。这需要考虑教育体系的长期发展，确保教学创新不是一时的激情，而是一种可持续的教育理念

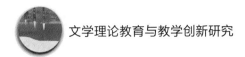

和实践。

2. 适应不断变化的需求

构建的理论框架需要具备适应性，能够灵活应对不断变化的学生需求、社会环境和科技发展。这包括不断更新教学内容、调整教学方法，以适应不同时期的挑战。

3. 追求卓越

教学创新理论框架应当鼓励教育者追求卓越。这包括对教学质量的持续追求，对学生综合素养的不断提升，以及对教育体系整体水平的不懈努力。

4. 反馈机制与改进循环

框架中的评价和反馈机制应当形成一个良性的改进循环。通过不断收集反馈、分析数据，教育者可以及时调整教学设计和实践，保持持续的改进。

5. 社会参与与反哺

可持续性也需要考虑社会参与与反哺的机制。教育体系应该与社会各界建立紧密联系，吸收社会的资源和反馈，为社会培养更多有能力、有担当的人才。

构建教学创新的理论框架是促进教育体系不断发展的关键。这一框架应当涵盖教学设计、学生参与、教师角色、评价机制、技术整合、全球化视野、持续的专业发展及可持续性与适应性等多个关键要素。通过理论框架的建设，教育者能够更系统地理解和引导教学创新，从而为培养具有全球竞争力的人才奠定坚实基础。

二、教学创新的驱动因素

在当今快速变化的社会背景下，教学创新成为教育领域的核心关注点之一。教学创新不仅关系到学生的学习效果，也对教育体系的可持续发展产生深远影响。本书将探讨教学创新的驱动因素，深入分析学生需求、教育理念转变、技术发展、全球化趋势等多个方面对教学创新的推动作用。

（一）学生需求的变化

1. 个性化学习需求

随着社会的发展，学生对于学习的需求变得更加多元和个性化。传统的一刀切教学方法已经难以满足不同学生的学习需求。学生对于更加灵活、个性化的学习方式的追求成为教学创新的动力。

2. 实践性学习需求

学生对实际问题的解决能力的需求日益增强。他们期望通过实践性学习更好地理解知识、培养解决问题的能力。因此，教学创新需要更注重实践性的课程设计，提供更多的实践机会。

3. 数字时代的信息素养

随着数字技术的飞速发展，学生对信息素养的需求日益突显。教育者需要通过教学创新，培养学生对信息的敏感性、分析能力和利用信息解决问题的能力，以适应数字时代的学习环境。

4. 综合素养和跨学科需求

社会对综合素养和跨学科能力的需求逐渐上升。学生不仅需要在自己的专业领域有深厚的知识，还需要具备跨学科思维和团队协作的能力。这促使教育者在教学中引入跨学科教学，注重综合素养的培养。

5. 全球竞争力的需求

随着全球化的发展，学生需要具备更强的国际竞争力。因此，他们对于全球视野、多语言交流和跨文化沟通的需求也在增加。这推动教学创新注重培养学生的国际化背景和全球视野。

（二）教育理念的转变

1. 从知识传授到能力培养

传统上，教育主要侧重知识的传授，但现代社会更加强调学生的能力培养。教育理念的转变促使教学创新更注重培养学生的创新思维、批判性思维和解决问题的能力等实际应用能力。

2. 从教师中心到学生中心

传统的教学往往以教师为中心，教育者是知识的传递者。然而，现代教育理念更强调学生的主体性，注重激发学生的学习兴趣和积极性。因此，教学创新需要更多关注学生的需求和参与。

3. 从单一学科到跨学科

教育理念的变革也表现在对学科的理解上。传统上，教育往往强调单一学科的学习，而现代教育越来越注重跨学科的融合。教学创新需要打破学科的壁垒，促使不同学科之间的有机整合。

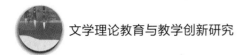

4. 从传统评价到综合评价

传统的评价方法主要以考试为主，强调学生对知识的掌握。而教育理念的变化使得综合评价方式受到更多重视，包括项目评估、实际任务完成情况和团队合作等多个层面的评价，更全面地反映学生的综合素养。

5. 从教室教学到社会参与

现代教育理念倾向于将学生的学习与社会实践相结合。教学创新需要更多地关注社会参与性的教学设计，引导学生将所学知识应用于实际社会问题，提高他们的实际应用能力。

（三）技术发展的推动

1. 数字化技术的普及

数字化技术的广泛应用是教学创新的强大推动力。在线学习平台、虚拟实验室、多媒体教材等数字工具为教育提供了更多可能性，使得教学更加生动、灵活和个性化。

2. 人工智能技术的应用

人工智能技术的发展为教育领域带来了巨大的变革。智能教育工具可以根据学生的学习情境提供个性化的学习建议，帮助教育者更好地了解学生的学习状态。人工智能技术还可以通过自适应学习路径、智能评估等方式，促进学生的个性化学习体验。

3. 虚拟现实和增强现实技术

虚拟现实和增强现实技术的发展为教学创新提供了全新的可能性。通过虚拟现实，学生可以沉浸式地体验各种场景，例如历史事件、科学实验等，从而增强对知识的理解。增强现实技术可以将数字信息与现实场景结合，提供更具互动性的学习体验。

4. 在线协作工具

互联网的普及使得在线协作工具得以广泛使用。这些工具包括在线文档编辑、视频会议和社交媒体等，可以促进学生之间的远程合作和交流。教育者可以通过这些工具构建全球性的学习社区，打破地域限制，促进跨文化交流。

5. 大数据分析

大数据分析技术可以收集、处理和分析大规模的学习数据，从而提供对学生学习行为的深入洞察。教育者可以通过大数据分析了解学生的学习习惯、弱势领域及教学方法的有效性，有针对性地进行教学调整。

6. 在线资源和开放教育资源

互联网的普及使得海量的在线资源变得可访问。开放教育资源是一种共享的教育资源，包括课程材料、教学设计、视频等。这为教育者提供了更多灵活的选择，可以根据学生的需求选用和调整教材，促进教学创新。

（四）全球化趋势的影响

1. 国际化的竞争环境

全球化趋势使得教育面临更为激烈的国际竞争。为了培养适应全球化要求的人才，教育体系需要更加注重全球化视野、跨文化交流和合作。这促使教学创新更关注培养学生的国际背景和全球竞争力。

2. 全球性问题的关注

全球化趋势下，人类面临共同的挑战，如气候变化、环境问题、全球健康等。教育者通过教学创新可以引导学生关注并解决这些全球性问题，培养他们的社会责任感和全球公民意识。

3. 国际合作与交流

全球化背景下，学生参与国际合作和交流的机会增加。教学创新可以通过国际合作项目、跨文化体验等方式，使学生更好地了解不同文化、拓宽视野，拥有国际化背景。

4. 多语言环境

全球化要求学生具备跨文化交流的能力，包括多语言的应用。教学创新应当关注语言教育，通过多语言环境的创设，培养学生的语言能力和跨文化沟通能力。

5. 全球性人才培养

全球化趋势下，社会对全球性人才的需求逐渐增加。教学创新应当致力于培养具有国际化视野、创新精神和跨文化合作能力的人才，使其能够在全球范围内具备竞争力。

（五）社会变革的要求

1. 快速变化的职业要求

社会的快速变化使得职业领域的要求不断发生变化。教学创新需要关注

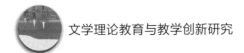

培养学生适应未来职业的核心能力，包括创新能力、适应能力和自主学习能力等。

2. 社会问题的复杂性

当前社会问题日益复杂，需要综合性的解决方案。教学创新应当注重培养学生的综合素养，使其具备分析问题、解决问题的能力，能够在面对复杂情境时有条不紊地应对。

3. 社会责任感和可持续发展

社会对于个体和组织的社会责任感提出了更高要求。教学创新应当通过引导学生参与社会实践、解决社会问题的方式，培养他们的社会责任感和可持续发展意识。

4. 多元文化社会的挑战

当前社会呈现出多元文化的趋势，不同文化之间的融合带来了新的挑战。教学创新需要关注多元文化教育，培养学生的跨文化沟通和包容力，使其能够在多元文化社会中更好地融入和交流。

5. 数字社会的特征

社会正逐步进入数字化时代，数字技术对社会的方方面面都产生了深刻影响。教学创新应当充分利用数字技术，培养学生的信息素养、创新思维和数字化协作能力，使其能够适应数字社会的发展。

（六）教育体制的变革

1. 课程改革

为响应社会的变革和学生需求的多样性，教育体制需要进行课程改革。教学创新可以通过设计更灵活、贴近实际的课程内容，更好地满足学生的学科兴趣和实际需求。

2. 教学方法创新

传统的教学方法在满足现代学生需求上可能显得力不从心。教学创新可以推动教学方法的改革，引入更多的互动式教学、实践性教学，提高学生的参与度和学习效果。

3. 评价机制的变革

教学创新需要伴随着评价机制变革。传统的考试评价难以全面反映学生的实际能力和综合素养。新的评价机制应更加注重学生的综合表现，包括项目评估、实际任务完成情况、团队合作等多个层面。

4. 师资培训

教学创新需要有一支具备创新思维和教学方法的教师队伍。因此，教育体制需要进行师资培训，使教师具备运用新的教学方法、技术工具的能力，不断提升自身的教学水平。

5. 学科整合

传统的学科划分在一些领域可能显得过于狭隘。为适应综合性问题的解决和培养跨学科能力的需求，教育体制需要推动学科整合，打破学科之间的壁垒，促进知识的有机整合。

（七）全球疫情的影响

1. 在线教育的兴起

全球疫情推动了在线教育的兴起。学校和教育机构被迫采用在线教育模式，这促使教育者更深刻地认识到数字技术在教学中的重要性。教学创新可以借助在线教育平台，提供更灵活、多样化的学习体验。

2. 强调自主学习

在线教育强调学生的自主学习，培养学生的独立思考和问题解决能力。教学创新应当借鉴在线教育的经验，推动实施更加注重学生主动参与和自主学习的教学模式。

3. 技术工具的广泛应用

疫情期间，教育者不得不广泛应用各类技术工具来支持远程教学，如视频会议、在线作业等。这促使教学创新更加注重技术工具的应用，提升教学效果。

4. 强调应用能力

疫情期间，社会对于人才的需求更加强调实际应用能力。教学创新可以通过强化实践性教学、项目驱动教学等方式，培养学生更好地适应未来职业发展的能力。

5. 全球化视野的强调

疫情让人们更加深刻地认识到全球化的紧密联系。教学创新应当通过引入全球性问题、国际合作项目等方式，强调全球化视野的培养。

（八）未来展望

教学创新的驱动因素在不断发展和演变，未来仍将受到多方面的影响。

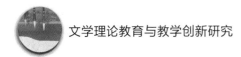

随着科技的进步、社会的变革，教育者需要不断调整教学理念和方法，适应时代的要求。未来教学创新可能呈现以下趋势。

1. 智能化教学

随着人工智能技术的不断发展，智能化教学将成为可能。个性化学习路径、智能辅助教育工具等将更好地满足学生的个性化需求。

2. 虚拟现实和增强现实的深入应用

随着虚拟现实和增强现实技术的进步，它们将在教育领域发挥更大的作用。学生将能够通过虚拟现实与增强现实技术进行更真实的学科体验。

3. 跨学科教学的深入推进

未来教学创新将更加强调跨学科教学的整合。不同学科之间的交叉将为学生提供更全面的视角，帮助他们更好地理解和解决实际问题。

4. 社会互动与合作的加强

教学创新将进一步强调社会互动与合作。通过在线协作工具和社交媒体等平台，学生可以跨越地域界限，参与到全球性的学习社区中，促进更广泛的交流与合作。

5. 终身学习的理念

随着社会变革的不断加速，终身学习的理念将更为普及。教育体系需要更注重培养学生的自主学习能力，使其具备适应未来各种挑战的能力。

6. 教育平等与包容性

未来教学创新将更注重教育的平等性和包容性。通过多样化的教学方法、资源共享和普及高质量教育，促使更多群体能够平等地获得优质教育。

7. 全球性问题的教育

教育者将更多地引入全球性问题，如气候变化、社会不平等，让学生了解并思考这些问题，培养他们的社会责任感和全球公民素养。

8. 教育科技与人文关怀的结合

教学创新将更注重教育科技与人文关怀的结合。虽然技术在教学中发挥着重要作用，但教育者也将更加强调人文关怀，注重培养学生的人文精神、社会责任感和情感智能。

总体而言，教学创新的驱动因素在多方面相互作用的影响下，呈现出日益多元和复杂的趋势。未来，教育者需要继续保持敏感性，紧跟社会变革和技术发展的步伐，灵活运用创新的教学方法，为学生提供更适应未来社会需求的教育。在这个过程中，教育体制的变革和全球合作将是推动教学创新的关键因素。

第三节 先进的教学方法与技术

一、利用现代技术手段的创新教学方法

随着科技的不断进步，现代技术手段已经深刻地影响了教育领域。传统的教学模式在数字时代逐渐显得滞后，而利用现代技术手段的创新教学方法正在成为提高学生参与度、个性化学习和培养综合素养的重要途径。本书将探讨几种利用现代技术手段的创新教学方法，包括在线课堂、虚拟现实、智能化教育工具等，以及它们在提升教学效果和学生综合能力方面的应用。

（一）在线课堂

1. 远程教学与学习平台

利用在线教育平台，教育者可以实现远程教学，突破地域限制，为学生提供更加灵活的学习机会。各种在线学习平台如 Coursera、edX 等提供了全球范围内的高质量课程，学生可以根据自己的兴趣和需求选择学习内容。

2. 互动性学习工具

利用在线互动性学习工具，教育者可以增加课堂的参与度。例如，使用在线投票工具、讨论论坛等，让学生在课堂上积极互动、分享观点，提高学习效果。

3. 多媒体教学

利用多媒体技术，教育者可以创造更生动、直观的教学环境。通过音频、视频和图像等多媒体元素，将抽象的概念变得更具体，提高学生的理解和记忆效果。

4. 在线测评与反馈

利用在线测评工具，教育者可以更及时、准确地了解学生的学习状况。在线测评不仅可以用于课程结束时的总结性评估，还可以用于课程中的随堂测验，及时发现并纠正学生的理解偏差。

5. 自主学习环境

在线课堂提供了更多自主学习的机会。学生可以根据自己的学习节奏和

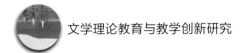

兴趣进行学习，通过观看录播视频、参与在线讨论等方式，更好地掌握知识。

（二）虚拟现实和增强现实

1. 沉浸式学习体验

虚拟现实和增强现实技术可以提供沉浸式学习体验，使学生置身于虚拟场景中。例如，在历史课上，学生可以通过虚拟现实技术亲身体验历史事件，加深对历史知识的理解。

2. 实践性学习

利用虚拟现实和增强现实，学生可以进行更为真实的实践性学习。在医学领域，学生可以通过虚拟现实模拟手术操作，提高实际操作技能，而在化学实验中，学生可以通过增强现实技术进行虚拟实验。

3. 跨学科整合

虚拟现实和增强现实技术有助于打破学科的界限，促进跨学科整合。例如，学生可以通过虚拟现实技术在历史和地理知识中进行交叉学习，形成更为全面的认知。

4. 适应性学习环境

利用虚拟现实和增强现实技术，教育者可以根据学生的个体差异提供更加个性化的学习环境。系统可以根据学生的学习风格、兴趣和水平调整虚拟场景和学习内容，提高学习的适应性。

5. 实时反馈和评估

虚拟现实和增强现实技术可以实现实时反馈和评估。在虚拟现实中，学生的行为可以被实时捕捉和分析，教育者可以及时了解学生的表现，提供个性化的指导和反馈。

（三）智能化教育工具

1. 个性化学习路径

利用人工智能技术，教育者可以为每个学生设计个性化的学习路径。智能化教育工具通过分析学生的学习数据，了解其学科掌握情况和学习偏好，从而为其推荐适合的学习内容和方式。

2. 智能辅助教学

智能化教育工具可以作为教育者的助手，提供个性化的辅助教学。例如，语音识别技术可以用于语言学习，智能教学软件可以根据学生的回答情况调整难度，帮助学生更好地理解知识。

3. 自适应评估系统

利用人工智能技术，教育者可以建立自适应评估系统，根据学生的表现进行即时评估。这有助于更全面地了解学生的学科水平，为进一步教学提供指导。

4. 学习分析与预测

智能化教育工具通过学习分析技术，可以预测学生未来的学习需求和挑战。这使得教育者能够提前采取措施，帮助学生克服困难，提高学习效果。

5. 虚拟导师

利用人工智能创建虚拟导师系统，可以为学生提供全天候的学术支持。虚拟导师可以回答学生的问题、解释知识点，帮助学生更好地理解学习内容。

（四）在线协作工具

1. 远程团队合作

利用在线协作工具，学生可以进行远程团队合作。这有助于培养学生的团队协作能力，同时也打破了地域限制，促进了全球范围内的学术合作。

2. 实时共享与编辑

利用在线文档编辑工具，多人可以同时编辑和共享文档。这种实时协作的方式有助于学生在课外时间进行集体学习，促进了互动和思想碰撞。

3. 虚拟会议和讨论

利用在线会议工具，教育者可以组织虚拟会议和讨论，为学生提供更灵活的参与方式。学生可以通过视频会议参与实时讨论，分享自己的见解。

4. 社交媒体平台

利用社交媒体平台，学生可以在课外进行学术交流和讨论。这种开放的社交平台有助于学生拓宽视野，参与更广泛的学术社区。

5. 在线展示与分享

利用在线协作工具，学生可以轻松地进行在线展示和分享。这有助于培养学生的表达能力和沟通技巧，同时提供更多的学术展示机会。

（五）大数据分析和学习分析

1. 学习数据收集

利用大数据分析技术，学校和教育机构可以收集学生的大量学习数据。

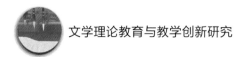

这包括学生在在线平台上的学习行为、测验成绩、参与度等。

2. 学习模式分析

通过对学习数据的分析，可以了解学生的学习模式。这有助于发现学生的学科兴趣、学科偏好，为个性化教学提供参考。

3. 教学效果评估

大数据分析可以帮助教育者更全面地评估教学效果。通过分析学生的学习成绩、参与度等数据，可以及时发现教学中存在的问题，调整教学策略。

4. 学生风险预测

利用学习分析技术，可以对学生的学术风险进行预测。通过监测学生的学习数据，系统可以提前发现学习困难，采取措施防止学业困扰的发生，从而提高学生成绩和学习体验。

5. 个性化教育支持

基于大数据分析的结果，可以为每个学生提供个性化的教育支持。通过了解学生的学科掌握程度、学习风格和需求，教育者可以为其量身定制教学计划和资源，提供更有针对性的辅导。

（六）开放教育资源（OER）

1. 免费开放资源

OER 包括了一系列免费的教育资源，如教科书、课程材料、视频等。这些资源可供全球学生免费获取，为教育提供了更为平等的机会。

2. 教育资源共享

利用 OER，教育者可以共享和获取全球范围内的高质量教育资源。这有助于建立一个开放的教育社区，促进跨地域的教育合作与交流。

3. 灵活的教学设计

OER 为教育者提供了更灵活的教学设计选择。他们可以根据自己的教学需求，选择和调整 OER，以适应不同的学科、学习水平和教学目标。

4. 创新性教学

OER 的使用鼓励教育者更具创新性。他们可以通过整合不同来源的教育资源，设计更富有创意和灵活性的教学活动，提高学生的参与度和学科兴趣。

5. 全球化视野

利用 OER，学生可以接触到来自不同地区和文化的教育资源。这有助于培养学生的全球化视野，增强他们对不同文化、观念和知识的理解。

（七）全球合作与交流

1. 国际化课程设计

利用在线协作工具和开放教育资源，教育者可以设计国际化的课程。这种课程设计有助于学生了解不同国家和地区的文化、历史和社会，促进全球化教育。

2. 跨文化项目合作

利用在线平台，学生可以轻松地参与跨文化的项目合作。这种合作模式有助于学生培养跨文化沟通和团队合作的能力，提升综合素养。

3. 在线国际课堂

利用虚拟现实和在线协作工具，学生可以参与国际性的在线课堂。这为学生提供了与来自世界各地的同龄人交流的机会，拓宽了他们的学术视野。

4. 全球性问题解决

利用在线平台，学生可以合作解决全球性问题。例如，通过虚拟现实技术，学生可以模拟气候变化对地球的影响，共同寻找可持续发展的解决方案。

5. 多语言学习环境

利用在线平台和语言学习应用，学生可以轻松地学习多种语言。这有助于培养学生的语言能力和跨文化交流的技能。

（八）教育体制变革

1. 跨学科整合

利用现代技术手段，教育体制可以更好地促进跨学科整合。通过在线协作工具和虚拟实境技术，不同学科之间的合作更为紧密，有助于培养学生的综合素养。

2. 课程改革

现代技术手段的应用使得教育体制更加注重课程的灵活性和实际性。教育者可以通过在线教育平台和开放教育资源设计更为创新和实用的课程，满足学生的实际需求。

3. 师资培训

教育体制需要加强对教育者的师资培训，使其更好地掌握现代技术手段的教学应用。培养教师的数字素养，使其能够灵活运用各类教育技术，提高教学质量。

4. 评价机制的变革

现代技术手段为教育体制的评价机制提供了更多可能性。教育者可以通过学习分析和大数据分析更全面地评估学生的综合素养，建立更科学和客观的评价标准。

5. 全球化教育合作

利用在线平台，教育体制可以更广泛地进行全球化教育合作。建立国际性的教育网络，推动不同国家和地区之间的教育资源共享与交流，促进全球范围内的教育发展。

现代技术手段的创新教学方法为教育带来了巨大的变革。通过在线课堂、虚拟现实、智能化教育工具、在线协作工具、大数据分析与学习分析、开放教育资源、全球合作与交流等手段，教育者能够更好地满足学生的个性化需求，拓展学生的学科视野，提高教学效果，培养学生更全面的综合素养。

然而，要充分发挥这些创新教学方法的潜力，还需面对一系列挑战和问题。其中包括但不限于以下几方面。

1. 技术差距和数字鸿沟

在一些地区，由于技术设备和网络的限制，学生可能无法充分享受到这些创新教学方法带来的便利。数字鸿沟问题需要通过政府、学校和社会多方面的努力来解决，以确保所有学生都能平等获得先进的教育资源。

2. 教育者的培训和接受度

许多教育者在使用新的技术手段时可能面临培训不足的问题，他们需要掌握新的工具和教学策略。因此，建立完善的教师培训体系，提高教育者的数字素养，是推动创新教学的重要环节。

3. 教学质量与效果的评估

随着创新教学方法的不断涌现，如何科学、客观地评估教学质量和学生学习效果成为一个重要问题。教育界需要建立相应的评估体系，既关注学科知识的掌握，也注重综合素养的培养。

4. 隐私和安全问题

在线教育和大数据分析中，学生的个人信息可能会面临隐私泄露的风险。建立健全的数据安全和隐私保护机制，确保学生信息的安全是至关重要的。

5. 社会认知和接受度

一些传统观念和教育模式仍然存在，可能会对创新教学方法产生抵触情绪。提高社会对于创新教学的认知和接受度，促使教育体制更加开放和包容，是推动教育变革的关键。

6. 资源不均衡

不同地区和学校之间的资源分配可能存在不均衡的问题，一些地区可能无法提供符合需求的设备、带宽和技术支持。需要通过政府和社会的努力，缩小资源差距，确保所有学生都能享受到先进的教育资源。

总体而言，利用现代技术手段的创新教学方法为教育带来了新的机遇和挑战。通过不断的改进和创新，教育者和决策者可以更好地应对这些挑战，使创新教学方法更好地服务于学生的全面发展。教育的未来将更加数字化、智能化，为学生提供更丰富、个性化的学习体验。

二、互动式教学与学生参与度的提高

教育不再仅是知识的传递，更是一次激发学生思考、培养创造力和解决问题能力的旅程。在这个旅程中，互动式教学成为一种备受推崇的教学方式。通过促使学生参与课堂教学活动，互动式教学不仅可以提高学生对知识的理解，还能激发他们的学习兴趣和动力。本书将深入探讨互动式教学的定义、原理，以及如何通过互动式教学方法提高学生的参与度。

（一）互动式教学的定义和原理

1. 互动式教学的定义

互动式教学是一种强调学生与教师、学生与学生之间积极互动的教学方法。在这种教学方式中，学生不再是被动接受信息的对象，而是通过参与讨论、提问和合作等方式，积极地构建自己的知识体系。

2. 互动式教学的原理

互动式教学的核心原理是将学生置于学习的中心，激发他们的学习动机和主动性。这种教学方法强调学生的参与，通过各种形式的互动，促使学生思考、表达观点，并与他人进行交流。互动式教学追求的不仅是知识的传递，更是在知识中培养学生的思维能力和解决问题的能力。

（二）互动式教学的实施方式

1. 小组讨论

小组讨论是一种常见的互动式教学方式。通过将学生分成小组，给予他

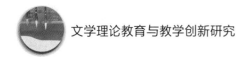

们一个特定的问题或任务，鼓励他们在小组中展开讨论和合作。这种方式不仅促使学生思考，还培养了团队合作和沟通能力。

2. 问题解答

教师可以通过提问的方式引导学生思考，并鼓励他们回答问题。这种互动式教学方法可以促使学生主动参与讨论，激发他们解决问题的兴趣。

3. 角色扮演

通过角色扮演，学生可以更好地理解抽象的概念，培养实际应用能力。同时，角色扮演也能够提高学生的表达能力和自信心。

4. 案例分析

教师可以引入真实案例，让学生分析和解决问题。这种实际案例的引入能够激发学生的学科兴趣，使学习更有深度和实际意义。

5. 游戏化教学

利用游戏元素，设计富有趣味性的教学活动。游戏化教学能够调动学生的积极性，增加学习的趣味性和参与度。

6. 在线平台互动

利用在线学习平台，教师可以设计各种互动式的学习活动，如在线讨论、协作编辑文档等。这种方式不仅能够拓宽学生的学科视野，还能够培养他们的数字素养。

（三）互动式教学对学生参与度的影响

1. 激发学习兴趣

互动式教学通过各种形式的活动，使学习过程更为生动有趣，激发学生对知识的兴趣。学生在积极参与的过程中，更容易产生对学科的浓厚兴趣。

2. 提高学习动机

通过互动式教学，学生能够感受到自己在学习中的主体性，从而提高学习的动机。他们不再是被动地接受信息，而是通过互动参与感受到学习的成就感。

3. 加深理解与记忆

互动式教学能够促使学生主动思考、表达和交流，这有助于加深对知识的理解和记忆。通过与他人讨论，学生可以更全面地考虑问题，形成更深刻的认知。

4. 培养批判性思维

互动式教学鼓励学生提出问题、发表观点，并在讨论中思考问题的不同层面。这有助于培养学生的批判性思维和逻辑思考能力。

5. 促进自主学习

互动式教学中，学生更加主动参与学习过程，这培养了他们的自主学习能力。他们学会通过合作、讨论和研究来获取知识，逐渐形成自主学习的习惯。

6. 提高社交技能

互动式教学中，学生需要与他人合作、交流，这有助于提高他们的社交技能。通过小组讨论、角色扮演等活动，学生学会了有效地与他人沟通、协作，培养了良好的团队合作精神和沟通能力。

7. 个性化学习体验

互动式教学为学生提供了更加个性化的学习体验。不同的学生在互动中能够根据自己的兴趣、水平和学习风格选择合适的方式参与，满足了不同学生的需求。

8. 建立自信心

通过互动，学生不仅能够展示自己的思考和见解，还能够接受他人的反馈。这种经验有助于建立学生的自信心，使他们更愿意表达自己的观点和思考。

（四）提高互动式教学效果的策略

1. 明确学习目标

在进行互动式教学之前，教师应该明确学习目标，并设计相应的互动活动，使其与学习目标相契合。这有助于确保互动的有效性和针对性。

2. 激发好奇心

创造性地引入问题、挑战或案例，能够激发学生的好奇心。好奇心是促使学生主动学习和积极参与的重要动力源。

3. 灵活运用不同的互动形式

教师应该根据教学内容和学生的特点，灵活运用不同的互动形式，如小组讨论、角色扮演、问题解答等，以提供多样性的学习体验。

4. 充分利用技术手段

在现代科技的支持下，教师可以利用在线平台、虚拟现实等技术手段设

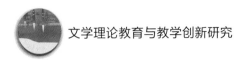

计互动活动。这不仅提高了互动的灵活性，还能够增加学生对学习的兴趣。

5. 及时反馈

提供及时的反馈对于学生的学习至关重要。教师可以通过评价学生的互动表现，指导他们改进和深化思考，从而提高学习效果。

6. 鼓励积极参与

教师的激励和鼓励对于学生的互动至关重要。通过及时表扬、奖励等方式，鼓励学生积极参与，建立良好的学习氛围。

7. 设计具有挑战性的任务

给学生一些具有挑战性的任务，能够激发他们的学习兴趣和动力。这些任务可以激发学生的探索欲望，培养解决问题的能力。

8. 创设良好的互动环境

良好的互动环境是促使学生参与的关键。教室氛围宜活跃而开放，这会让学生感到安全并愿意分享自己的观点。

（五）互动式教学的挑战与应对

1. 时间管理

互动式教学可能需要更多的时间来进行讨论和交流，这可能导致课堂进度较慢。教师需要在时间管理上作出权衡，确保既保持活跃的互动，又完成教学计划。

2. 学生参与度不均

有些学生可能更加内向或者在大型班级中不愿意表达自己。教师需要采取措施，鼓励每个学生参与进来，可以通过小组讨论、匿名提问等方式降低学生的抵触情绪。

3. 技术设备限制

一些学校或地区可能存在技术设备不足的问题，限制了在线互动的展开。在这种情况下，可以采用简单易行的互动方式，如口头讨论、手写反馈等。

4. 教师培训需求

互动式教学需要教师具备一定的教学技能和互动设计能力。因此，教师培训是推广互动式教学的必要环节。学校和机构可以为教师提供相关培训，使其更好地掌握互动式教学的方法和技巧。

5. 评价与考核困难

传统的考核方式可能难以完全覆盖互动式教学的效果，因为互动涉及学生的思维过程和表达能力。教师需要设计创新性的评价方式，如项目作业、小组报告等，更全面地了解学生的学习成果。

6. 教育资源不均衡

在一些地区，教育资源的分配可能不均衡，导致互动式教学的实施受到限制。政府和学校应该致力于改善资源分配，确保所有学生都能够享受到互动式教学的益处。

互动式教学作为一种积极主动的教学方式，通过促使学生参与、合作和表达，不仅能够提高他们的学习效果，还能培养他们的批判性思维、团队协作和沟通能力。在当前信息技术飞速发展的时代，更是有利于充分利用现代科技手段，拓展互动的形式和范围。

然而，互动式教学并非一劳永逸的解决方案，其实施需要教师的不断创新和学校、社会的支持。同时，教育者需要面对挑战，包括时间管理、学生参与度不均等问题，采取切实可行的措施进行化解。只有通过教师的不断努力和获得整个教育系统的支持，互动式教学才能更好地发挥其积极作用，为学生提供更具深度和广度的学习体验。

第四节 跨文化教学创新的挑战与机遇

一、不同文化背景下的教学差异

文化是人类共同的精神财富，也是塑造个体认知、价值观和行为模式的重要因素。在教育领域，不同文化背景对教学产生深远的影响。教学差异不仅涉及语言、教材和教学方法，还关系到学生的学习风格、价值观念等多个层面。本书将深入探讨不同文化背景下的教学差异，分析其影响因素及带来的挑战，同时提出应对策略。

（一）文化对教学的影响因素

1. 语言

语言是文化的核心，它不仅是信息传递的工具，更是文化认同和传承的重要方式。不同文化的语言差异会影响学生的语言理解、表达和沟通能力，进而影响教学的有效性。

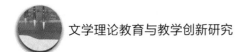

2. 价值观念

不同文化背景下的人们对于教育的价值观念存在差异。一些文化强调集体主义，注重团队协作，而另一些文化则更注重个体的独立和竞争。这影响着学生对学习的态度和动机。

3. 学习风格

文化差异也反映在学生的学习风格上。有些文化更注重口头传统和实践经验，而另一些文化则更注重书面表达和理论推导。这会影响到教师的教学方法选择。

4. 教育体制

不同文化背景的国家可能有不同的教育体制和教学模式。有些国家更注重自主学习和实践，而另一些国家则更注重传统的教师主导型教学。

（二）不同文化背景下的教学差异

1. 亚洲文化

（1）注重尊敬权威：在一些亚洲文化中，尊敬老师和权威是非常重要的。学生可能更倾向于遵循教师的指导，不太习惯提出自己的观点。

（2）高度竞争：一些亚洲文化注重竞争，学生可能更关注分数和排名。这可能导致教育过程更注重考试成绩，而忽略了实际应用能力和创造性思维的培养。

（3）强调记忆：传统的亚洲文化教育可能更强调记忆和死记硬背，这可能导致学生在理解和应用知识方面的能力相对较弱。

2. 西方文化

（1）强调自主学习：西方文化强调个体的独立性和自主学习。学生可能更加习惯于独立思考、自我管理学习进程。

（2）注重实际应用：西方教育更注重培养学生的实际应用能力，强调解决问题的能力而非纯粹的记忆。

（3）鼓励表达观点：西方文化注重让学生表达个人观点和思考，倡导对不同观点的尊重和理解。

（三）不同文化背景下的教学挑战

1. 语言沟通

学生的母语水平差异可能导致教学中的语言障碍，影响教学效果。同时，教师需要适应不同文化的表达方式和用词习惯。

2. 教学方法选择

不同文化的学生对于教学方法和风格的接受程度有所不同。教师需要灵活运用多种教学方法，以满足多元化的学习需求。

3. 价值观念冲突

学生和教师可能因为文化差异而存在价值观念上的冲突，例如对权威的看法、学术诚信的理解等。

4. 学习风格差异

不同文化背景的学生可能有不同的学习风格，有些更适应群体学习，而有些更适应个体学习。教师需要灵活运用教学方法，以满足不同学生的学习风格。

5. 评价体系不同

不同文化可能对于学生表现的评价标准存在差异。一些文化更注重团队协作和实际应用，而另一些文化可能更看重理论推导和个体成就。这可能影响到教学评价的公正性。

（四）跨文化教学的应对策略

1. 了解学生文化背景

教师需要对学生的文化背景有深入的了解，包括语言、价值观和学习风格等方面。通过与学生建立互信关系，促进跨文化理解。

2. 灵活运用教学方法

教师应当灵活运用多样化的教学方法，满足不同学生的学习需求。这包括小组合作、案例教学、实践项目等多种形式。

3. 鼓励跨文化交流

创造一个鼓励学生交流、分享文化经验的环境。通过小组讨论、文化节庆等活动，促进学生之间的跨文化交流。

4. 适应性课程设计

针对不同文化背景的学生，设计能够灵活调整的课程，以满足不同学生的学习需求。课程内容可以涵盖多元文化，反映全球视野。

5. 建立互惠性学习环境

鼓励学生分享自己的文化特色，同时也让他们接触其他文化。通过建立互惠性的学习环境，促进学生之间的相互理解。

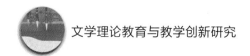

6. 提高教师跨文化教育素养

教师需要提高自身的跨文化教育素养，不断学习和适应跨文化教学的技能。这包括参与培训、跨文化交流等方式。

不同文化背景下的教学差异是一个复杂而丰富的话题，需要综合考虑语言、价值观、学习风格等多个方面。教育者在跨文化教学中应当保持开放心态，注重学生个体差异，努力创造一个既尊重传统文化，又包容多元文化的学习环境。通过合理的教学设计、积极的跨文化交流，可以促进学生在跨文化背景下更好地学习和成长。

二、文学理论在国际化背景下的教学策略

随着全球化的不断深化，文学理论教育在国际化背景下面临新的挑战和机遇。国际化的文学理论教育不仅需要面对不同文化、语言的学生，还需要适应多元的教学环境和知识传播方式。本书将探讨在国际化背景下，如何设计有效的文学理论教学策略，以促进学生跨文化理解、批判性思维的培养和全球视野的形成。

（一）跨文化理解与尊重

1. 文学多元性的强调

在教学中强调文学是多元的，不同文化背景的文学都有其独特之处。教师可以选择涵盖不同文学传统的文学作品，让学生更好地理解和尊重多元文化。

2. 跨文化比较

通过跨文化比较的方式，引导学生理解不同文学理论对于文学作品的解读方式。这有助于拓宽学生的文学视野，培养学生对不同文化的开放性和包容性。

3. 文学理论与本土文学的结合

教师可以结合学生所在国家或地区的本土文学，将国际化的文学理论与本土文学相结合，让学生在熟悉的背景下更好地理解理论概念。

（二）多语言环境下的教学策略

1. 多语言教学

在国际化背景下，学生的母语可能不同，因此教学过程中要考虑到语言的差异。采用多语言教学，允许学生使用他们最擅长的语言进行表达，促进交流。

2. 提供翻译资源

为了帮助学生更好地理解文学理论的专业术语，提供翻译资源是必要的。这有助于降低语言障碍，让学生更好地理解理论概念。

3. 语言文化交流项目

设计跨文化的语言文化交流项目，让学生在语言使用中更好地理解文学理论。这可以包括语言交流小组、语言文学论坛等形式。

（三）培养批判性思维和独立研究能力

1. 文学理论演讲与讨论

强调学生在文学理论课堂上的参与，鼓励他们就所学理论展开演讲和讨论。这有助于培养学生的批判性思维和表达能力。

2. 个性化研究项目

鼓励学生根据兴趣选择个性化的研究项目。这样的项目可以帮助学生更深入地了解自己感兴趣的文学理论，促进独立研究能力的培养。

3. 实践性项目

将文学理论与实际应用相结合，设计实践性项目，让学生通过实际问题应用理论知识。这有助于培养学生的解决问题的能力和实践能力。

（四）全球合作与交流

1. 国际学者讲座

邀请国际知名学者举办讲座，拓宽学生的学术视野。这样的活动有助于将国际化的学术氛围引入课堂，促进学术交流。

2. 国际合作项目

与其他国际高校合作，开展联合项目。这种合作可以包括共同研究、学生交流项目等，为学生提供更广泛的学术资源。

3. 线上国际学术平台

利用线上平台建立国际学术社群，促进全球范围内的学术合作与交流。这有助于学生与国际同行互动，分享研究成果。

（五）技术支持与在线教育

1. 在线课程设计

设计在线文学理论课程，使学生可以在全球范围内参与学习。这种方式

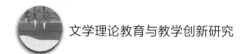

可以充分利用技术手段，打破地理距离带来的限制。

2. 虚拟图书馆资源

利用虚拟图书馆和在线数据库，为学生提供更广泛的文学理论资源。这样的教学策略有助于打破地理限制，使学生能够充分利用全球范围内的学术资源。

3. 数字化教材和多媒体教学

开发数字化教材，利用多媒体手段进行教学。通过图像、音频、视频等多元化的形式，更生动地呈现文学理论的概念，激发学生学习兴趣。

（六）评估与反馈机制

1. 多元评估方式

设计多元化的评估方式，包括论文写作、小组项目和演讲等形式。这有助于照顾到不同学生的学习风格和能力，使评估更加全面和公正。

2. 实时反馈

提供实时的个性化反馈，帮助学生更好地理解和应用文学理论。通过在线平台，教师可以及时回应学生的疑问，提供指导性的建议。

3. 自我评估与同行评价

鼓励学生进行自我评估，激发其自主学习的动力。同时，通过同行评价，培养学生对他人作品的批判性思考。

在国际化背景下，文学理论教育需要更加灵活、多样化的教学策略。通过跨文化的理解、多语言教学、全球合作与交流等手段，可以促进学生在文学理论学科中的全面发展。数字化教学工具和在线教育平台为国际化文学理论教育提供了便捷的方式，同时也需要教育者不断创新，适应不断变化的教学环境。通过这样的努力，文学理论教育可以更好地服务于国际化时代的学生，培养具有全球视野的人才。

第五节　教学创新与学科整合

一、学科整合的定义与形式

随着社会的不断发展和知识的日新月异，学科整合成为当今教育领域的一个重要议题。学科整合旨在超越传统学科之间的划分，促使不同领域的知识相互交融，以更全面、综合的方式解决问题。本书将深入探讨学科整合的定义、形式以及其在教育领域中的意义与挑战。

（一）学科整合的定义

学科整合是一个多义的概念，其定义可以从不同维度进行考察。

1. 超越学科边界的整合

学科整合强调不同学科之间的协同与融合，超越了传统学科之间的划分。它追求在解决问题和理解现象时，将多个学科的知识、理论和方法结合起来，形成更为综合的认知结构。

2. 跨学科与综合性的交汇

学科整合既包括跨学科的整合，涉及不同学科领域之间的交叉，也包括综合性的整合，即将某一学科内的各个方面相互联系。这种整合能够创造出新的知识范式和解决问题的途径。

3. 问题导向的整合

学科整合强调解决实际问题的需要。它关注的是如何将多学科知识整合应用于解决具体问题，而不仅仅是为了整合而整合。问题导向的整合更注重知识的实际应用和解决社会挑战。

（二）学科整合的形式

学科整合可以呈现多种形式，体现在教学、研究和实际应用等多个层面。

1. 跨学科教学

在教育领域，跨学科教学是学科整合的一种重要形式。这种教学模式通过将不同学科的知识结合起来，帮助学生理解问题的多维性，培养综合性的思维能力。例如，将科学与艺术、文学与技术相结合的课程。

2. 研究合作

学科整合在研究领域体现为不同学科的研究者进行合作。通过组建跨学科研究团队，可以充分利用不同学科的专业知识，共同攻克复杂问题。这种合作形式有助于推动创新和知识的交叉融合。

3. 综合性项目

在实际应用中，综合性项目是学科整合的典型体现。这种项目可能需要涵盖多个学科领域的知识，以解决复杂的社会问题。例如，可持续发展项目可能涉及自然科学、社会科学和工程技术等多个学科。

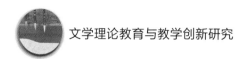

4. 专业学位与交叉学科研究中心

一些高校设立了专门的专业学位和交叉学科研究中心，以促进不同学科领域之间的合作与交流。这为学科整合提供了平台和机制。

（三）学科整合在教育中的意义

1. 培养综合性思维

学科整合教育能够培养学生的综合性思维能力。通过接触多个学科，学生能够更全面地看待问题，形成系统性的思考方式，提高解决问题的能力。

2. 应对复杂问题

现实生活中的问题往往是复杂多样的，需要综合运用多个学科的知识来解决。学科整合教育使学生能够更好地应对这些复杂性问题，为未来的职业发展做好准备。

3. 促进创新

学科整合有助于促进创新。通过不同学科领域的交叉融合，新的理念和方法得以产生，为创新提供了更广阔的空间。

4. 加强学科之间的关联

学科整合有助于加强学科之间的关联，打破学科壁垒。这有助于各个学科更好地相互借鉴，促进学科发展的互补和融合。

（四）学科整合的挑战

1. 学科壁垒

学科整合受到传统学科体系的制约，学科之间的边界和壁垒仍然存在。这使得在教学和研究中进行真正的整合仍然面临一定的困难。

2. 评价体系的不足

传统的评价体系更偏向于对特定学科的专业性评价，对于跨学科和综合性的表现缺乏相应的评价标准。这对于教师和学生在学科整合中的付出和贡献的认可存在一定挑战。

3. 师资队伍的培训

教师在进行学科整合教育时需要具备跨学科的知识和能力，这对师资队伍提出了更高的要求。培训师资队伍，使其具备跨学科教育的能力，是一个亟待解决的问题。

4. 学生跨学科学习动力的提升

由于学科整合要求学生具备更广泛的知识储备，因此需要提高学生在跨学科学习上的兴趣和动力。培养学生对于不同学科的好奇心和热情，有助于激发其参与学科整合的积极性。

（五）学科整合的未来发展方向

1. 建立更灵活的课程结构

学校可以考虑建立更加灵活的课程结构，鼓励学生在学业中进行跨学科的学习。这包括设立选修课、交叉专业课程等，让学生更自由地选择学习内容。

2. 推动教育评价体系的改革

学科整合需要有相应的评价体系来支持。教育机构可以推动评价体系的改革，包括设计新的评价标准、认可跨学科学习的成果，以及给予相关的学分和证书。

3. 加强跨学科研究

学术界可以更加积极地推动跨学科研究，鼓励研究者在解决实际问题时跨足多个学科领域。相关机构可以提供资金支持和研究平台，促进跨学科研究的开展。

4. 加强国际合作

国际合作是推动学科整合的一个重要方向。通过与国际上的高校、研究机构建立合作关系，分享资源、经验和成果，可以更好地促进学科整合的发展。

5. 推广新技术的应用

新技术的应用为学科整合提供了更多可能性。教育机构可以充分利用在线教育平台、虚拟现实技术等工具，创新教学模式，提供更具跨学科特色的学习体验。

学科整合是应对日益复杂和全球化的社会面临的一项重要任务。通过超越传统学科界限、促进跨学科合作及培养学生的综合性思维，学科整合为培养具有创新能力和解决实际问题能力的人才提供了新的途径。然而，要实现学科整合，需要教育机构、教师和学生共同努力，克服各种挑战，推动学科整合在教育领域的深入发展。在未来，随着社会需求的不断变化和教育理念的不断创新，学科整合将会成为教育领域的一项持续发展的重要趋势。

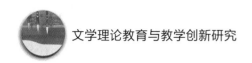

二、文学理论与其他学科的协同教学实践

文学理论作为研究文学的基础学科，其应用不仅局限于文学领域，还可以与其他学科进行协同教学，实现知识的交叉与整合。本书将探讨文学理论与其他学科协同教学的定义、实践方法、意义及面临的挑战。

（一）协同教学的定义

协同教学是指两个或多个学科之间共同合作，通过整合各自的知识、方法和资源，达到共同教学目标的过程。文学理论与其他学科的协同教学，旨在让学生跨足文学领域，将文学理论的思维方式和方法应用于其他学科的学习与实践。

（二）协同教学的实践方法

1. 设计跨学科课程

教师可以设计融合文学理论和其他学科内容的跨学科课程。例如，将文学理论引入历史、社会学或心理学课程中，通过文学作品分析来理解历史事件、社会现象或人类心理。

2. 组建跨学科团队

教师可以组建由文学理论专家和其他学科专家组成的团队。这样的团队可以共同制订教学计划，整合不同学科的视角，为学生提供更全面的学习体验。

3. 项目式学习

采用项目式学习方法，让学生在解决实际问题的过程中运用文学理论。例如，在科学与文学的交叉项目中，学生可以运用文学理论的分析方法来理解科学文献或科技伦理问题。

4. 实践性活动

安排实践性的学科整合活动，让学生亲身体验文学理论在其他学科中的应用。这包括参观博物馆、实地考查、文学创作与科学实验结合等。

（三）协同教学的意义

1. 拓宽学生视野

协同教学能够拓宽学生的学科视野，让他们不仅局限于特定学科的知识，而是能够跨足多个领域，形成更为全面的认知结构。

2. 培养综合性能力

文学理论与其他学科的协同教学有助于培养学生的综合性能力，包括跨学科思维、批判性思维和创新能力等。这是未来职业发展所需要的重要素质。

3. 促进知识交叉与整合

协同教学促进了不同学科之间的知识交叉与整合。学生通过学习文学理论，能够更好地理解其他学科中的概念和问题，形成更为深刻的认识。

4. 增加学科的实用性

将文学理论应用于其他学科，能够使学生更好地理解学科知识的实际应用场景。这有助于提高学科的实用性，让学生更好地应对实际问题。

（四）协同教学面临的挑战

1. 师资队伍构建

协同教学需要具备多学科知识的师资队伍，这对于教育机构来说是一个挑战。培养既擅长文学理论又能理解其他学科的教师需要一定的时间和资源。

2. 学科评估体系不足

传统的学科评估体系主要关注特定学科的专业性，对于协同教学涉及多个学科的复杂情况评估体系不足。建立相应的评估体系是一个亟待解决的问题。

3. 学生兴趣参与度

由于学科整合可能涉及学生并不熟悉或感兴趣的领域，学生的兴趣参与度可能成为一个挑战。教师需要创造性地设计教学活动，激发学生的兴趣和参与度。

4. 教学资源整合

不同学科之间的教学资源往往分散，如何整合这些资源，确保教学的全面性和平衡性，是一个需要解决的难题。

（五）协同教学的未来发展方向

1. 跨学科研究中心的建立

学校可以建立跨学科研究中心，集结不同学科的研究者，推动跨学科研究与教学的协同发展。这样的研究中心可以成为促进学科整合的重要平台。

2. 课程体系创新

学校可以对课程体系进行创新，引入更多跨学科的课程，让学生在学业中更灵活地跨足多个学科领域，形成更为全面的学科素养。

3. 国际合作与交流

学校可以加强国际合作，与其他国家或地区的高校建立合作关系，共同推动跨学科教育的发展。通过国际化的合作，学校可以获取更丰富的学科资源和教学经验。

4. 数字化教育工具的应用

利用先进的数字化教育工具，如在线教育平台、虚拟实验室等，更好地支持协同教学。这些工具可以提供跨学科学习资源，使学生能够更灵活地学习和实践。

5. 建立专业发展机制

学校可以建立专门的专业发展机制，鼓励教师参与跨学科教学的专业发展。这包括提供专业发展培训、设立相关奖励机制等，激励教师更积极地参与协同教学。

文学理论与其他学科的协同教学为学科之间的交叉融合提供了新的可能性。通过设计创新的教学方法、拓展课程体系和加强国际合作，可以更好地促进不同学科之间的互动与合作。然而，协同教学面临师资培训、学科评估、学生参与度等多重挑战，需要教育机构、教师和学生共同努力。在未来，随着对综合性素质的需求日益增加，协同教学将成为推动教育创新、培养具有跨学科思维的学生的有效途径。

第六节　教学创新评价与指标体系

一、教学创新评价的理论基础

教学创新评价是教育领域中的一个关键议题，它旨在确保教育实践能够不断适应社会和学科的发展。本书将探讨教学创新评价的理论基础，包括评价的概念、理论模型、评价标准等方面，以期为促进教学创新提供理论指导。

（一）教学创新评价的概念

教学创新评价是对教学改革、变革或新理念的有效性和质量进行系统评估的过程。它不仅仅是对教学过程的量化评估，更是对教学目标、方法、资源和评价策略等方面的综合性评估。教学创新评价关注教学改革所取得的成果，以及如何更好地满足学生的学习需求。

（二）教学创新评价的理论模型

1. 传统评价模型

传统的教学评价主要关注学生的学科知识掌握程度，评价方法主要以考试成绩为主。这种评价模型过于侧重知识的输入，忽略了学生的综合素质和创新能力的培养。

2. 绩效评价模型

绩效评价模型强调在实际应用中对知识的运用，更注重学生在实际问题解决中的表现。这种模型下的评价包括项目作业、实践报告等，更能反映学生在实际情境中的学习和应用能力。

3. 多元评价模型

多元评价模型综合了不同评价方法，包括书面测试、口头表达、小组讨论、项目制作等。这种模型认为学生的发展不仅仅包括知识层面，还包括技能、情感和态度等多个方面。

4. 社会认知理论模型

社会认知理论强调学习的社会性质，认为学习是一种社会实践，评价应该更注重学生在社会环境中的表现。因此，社会认知理论模型下的评价更强调学生的合作、沟通和解决问题的能力。

5. 反思评价模型

反思评价模型强调学生对自身学习过程的反思和自我评价。这种评价模型关注学生的元认知能力，即对自己学习过程的认知和控制能力。

（三）教学创新评价的理论基础

1. 建构主义理论

建构主义理论认为学生是积极建构知识的主体，教学创新评价应该关注学生的学习过程、思考和问题解决能力。评价方法要能够捕捉学生在学习中

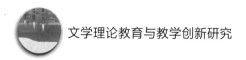

的建构过程和对知识的理解。

2. 认知心理学理论

认知心理学理论强调学习者的认知过程，教学创新评价应该关注学生的认知发展。评价方法可以通过观察学生的问题解决过程、思考方式等来了解他们的认知水平。

3. 社会文化理论

社会文化理论认为学习是社会文化环境中的活动，评价应该考虑学生在社会文化背景下的学习成果。这包括学生的合作能力、沟通能力等社会性技能。

4. 元认知理论

元认知理论认为学习者应该具备对自己学习过程的认知和控制能力。教学创新评价应该关注学生对自己学习的反思和自我调整能力。

5. 情感认知理论

情感认知理论认为情感对学习有着重要的影响，评价应该包括学生的情感体验。这种理论强调评价方法应该能够反映学生对学习的情感态度和动机。

（四）教学创新评价的关键要素

1. 评价目标明确

教学创新评价需要明确评价的目标和标准。这包括明确学科知识、实际应用能力和创新能力等方面的评价目标。

2. 多元化评价方法

采用多元化的评价方法，包括书面测试、口头表达、项目作业、实践报告等。这样能够更全面地了解学生的学习成果。

3. 学生参与与反馈

学生参与评价过程，能够更好地了解他们的学习需求和感受。教师可以通过学生的反馈来调整教学方法和评价策略。

4. 关注元认知和情感

评价应该关注学生的元认知能力和情感体验。这可以通过要求学生进行学习反思、情感表达等方式来实现。

5. 课程设计和实施

教学创新评价的理论基础与实践密不可分。课程设计应该根据教学目标明确评价的重点，并充分考虑学生的多元智能和学习风格。创新的课程设计可以激发学生的兴趣，提高学习效果。同时，实施中的教学活动、资源利用等方面也应与评价目标相协调。

（五）教学创新评价的挑战与应对策略

1. 主观性和客观性的平衡

教学创新评价中，既有主观性的评价（如学生表现、教师评价等），也有客观性的评价（如考试成绩、实际表现等）。挑战在于如何平衡二者，避免片面性。应对策略包括设计多元化的评价方法，强调自我评价和同伴评价，以及引入标准化测试。

2. 复杂性和全面性的挑战

教学创新评价需要考虑到学科知识、技能、情感、态度等多个方面，使得评价变得复杂而全面。应对策略是将评价目标细化明确，采用多元化的评价方法，确保全面而有针对性。

3. 时间和精力的限制

教师和学生在教学过程中可能面临时间和精力的限制，难以投入大量资源进行细致的评价。应对策略是合理规划评价时间，利用技术手段辅助评价，同时注重评价过程中的实时反馈。

4. 评价工具和方法的更新

随着教育理念和技术的不断发展，评价工具和方法也需要不断更新。应对策略是积极引入新的评价工具和方法，关注教育领域的最新研究成果，确保评价体系的时效性和有效性。

5. 学生差异性的考量

学生在学科兴趣、学习风格和认知水平等方面存在差异，因此如何公平而充分地评价每个学生是一个挑战。应对策略是个性化评价，根据学生的特点采用灵活的评价手段，注重发现和培养学生的优势。

（六）未来发展趋势

1. 基于技术的评价工具

随着技术的发展，基于人工智能和大数据的评价工具将逐渐成为主流。这些工具可以更精准地收集和分析学生的学习数据，为教学创新提供更有力的支持。

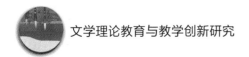

2. 个性化评价体系

未来的教学创新评价将更加注重个性化。评价体系将更多地考虑学生的个体差异，通过个性化的评价方式更好地满足学生的学习需求。

3. 跨学科评价

随着跨学科教育的兴起，未来的评价将更加跨学科化。评价将更加注重学科之间的整合，强调学生在多学科背景下的综合素质。

4. 社会认知评价的强化

未来的教学创新评价将更加关注学生的社会认知能力。评价将更强调学生在社会实践中的表现，注重学生的合作、沟通、团队协作等社会性能力。

教学创新评价作为教育改革的重要组成部分，其理论基础对于推动教育的发展至关重要。综合考虑建构主义、认知心理学和社会文化理论等多个理论模型，形成全面而深刻的评价体系是未来的发展方向。同时，充分关注评价体系的灵活性、个性化和技术化是应对当前挑战和未来发展的有效策略。通过科学合理的教学创新评价，可以更好地引导教学实践，促进教育质量的提升。

二、设计有效的评价指标与体系

教育评价是教育质量保障和提升的关键环节，而设计有效的评价指标与体系是确保评价过程科学、全面和可操作性的基础。本书将探讨设计评价指标与体系的原则、方法和关键要素，以期为教育机构和教育者提供有益的指导。

（一）评价指标与体系的基本概念

1. 评价指标

评价指标是用于度量和评价一个对象（如学校、课程、教师或学生）质量和效果的具体标准或测量要素。它们应该是具体、可操作和可衡量的，以确保评价的客观性和科学性。

2. 评价体系

评价体系是由一系列相互关联的评价指标组成的系统。这种体系能够在多个维度上对评价对象进行全面、系统的评估，从而提供更全面、客观的评价结果。

（二）设计评价指标与体系的原则

1. 明确评价目的

在设计评价指标与体系之前，明确评价的目的是关键的一步。评价可以是用于学生学习效果的、教学质量的、机构运营的等。每个目的都需要不同的指标和体系。

2. 参与利益相关者

制定评价指标和体系时，应该广泛吸纳各方面的意见，特别是与被评价对象密切相关的利益相关者，如学生、教师、家长、行业从业者等。

3. 具体、可衡量

每个评价指标都应该是具体可衡量的，避免过于抽象或主观。这有助于评价的客观性和科学性。

4. 全面性与平衡性

评价体系应该全面考虑被评价对象的各个方面，同时保持平衡。不应该过分强调某一方面而忽略其他重要的因素。

5. 可操作性

评价指标应该是可操作的，即可以通过明确的方法和工具进行测量。这确保了评价的实施的可行性和有效性。

6. 时效性

教育环境和需求在不断变化，评价指标与体系需要具有一定的时效性，能够适应教育发展的变化。

（三）设计评价指标的方法

1. 文献综述与专家咨询

进行文献综述，了解领域内已有的评价指标和体系，同时可以借助领域专家的咨询，获取专业意见和建议。

2. 定量数据分析

利用定量数据进行分析，找出与评价目的相关的关键指标。可以采用统计方法、回归分析等手段，确定具体可测量的因素。

3. 定性研究与访谈

进行定性研究，通过访谈学生、教师、家长等利益相关者，获取他们对于评价的看法和建议，从而获得更全面的理解。

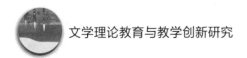

4. 先进技术应用

利用先进的技术手段，如大数据分析、人工智能等，挖掘隐藏在庞大数据中的关键信息，为评价指标的设计提供更科学的依据。

（四）设计评价体系的关键要素

1. 层次结构

评价体系应该具有层次结构，包括总体目标、具体指标和衡量标准。这有助于组织评价信息，使评价体系更为清晰和可操作。

2. 权重分配

对于不同的指标，可以根据其在整个评价体系中的重要性进行权重分配。这有助于确保评价体系的平衡性。

3. 信息收集方法

定义评价体系中各指标的信息收集方法，包括问卷调查、考试成绩、学科成绩、实地观察等。合理选择信息收集方法，确保数据的可信度和有效性。

4. 评价周期

明确评价的周期是长期的、短期的还是定期的。评价周期应与评价目的和被评价对象的特点相匹配。

5. 反馈机制

设计评价体系时，要考虑如何建立有效的反馈机制。及时、具体的反馈可以帮助评价对象更好地理解评价结果，从而更有针对性地进行改进。

（五）实例分析——学校教学质量评价体系

在设计学校教学质量评价体系时，可以从以下几个方面进行考虑。

1. 总体目标

提高学生的学术水平、培养学生的综合素质。

2. 具体指标

（1）学科成绩：考查学生在各学科的学术表现。

（2）教学效果：通过学生评教、教师评估等方式收集信息。

（3）学科竞赛：评价学生在学科竞赛中的表现。

（4）学生毕业就业率：考查学校毕业生的就业情况。

（5）学科研究成果：评价学校的学术研究水平。

（6）学生参与度：考查学生的课外活动参与情况。

（7）权重分配：根据评价目的和学校的重点发展方向，为各指标分配不同的权重。例如，学校可能更重视学科竞赛和学科研究成果，因此可以给予这些指标更高的权重。

（8）信息收集方法：学校可以采用多种信息收集方法，如学生学业成绩统计、学生毕业调查、教师评估、学科竞赛结果汇总等。

（9）评价周期：学校可以每学年进行一次教学质量评价，同时可以根据需要进行定期的中期评价，以及根据发展情况进行战略性的长期评价。

（10）反馈机制：学校可以建立反馈机制，将评价结果及时反馈给教师和学生，帮助他们更好地理解评价结果，并根据反馈信息进行改进。

（六）未来发展趋势

1. 数据驱动的评价

随着大数据和人工智能技术的发展，未来评价将更多地基于数据分析，更为客观和准确。

2. 个性化评价体系

未来的评价体系将更加个性化，根据不同学生和教育机构的需求进行定制化设计。

3. 多元化评价方法

未来的评价方法将更多元化，包括学生自我评价、同伴评价、教师评价、标准化测试等多种方式的综合使用。

4. 跨学科评价

随着跨学科教育的兴起，评价体系将更加跨学科化，能够更好地反映学生的跨学科能力。

设计有效的评价指标与体系对于教育质量的提升和持续改进至关重要。在设计过程中，需要遵循明确评价目的、广泛参与利益相关者、具体可衡量、全面平衡、可操作和时效性的原则。同时，要根据评价对象的不同特点和需求，选择合适的方法和工具，建立有效的反馈机制。随着技术的不断发展和教育理念的不断演进，评价体系也会不断更新和完善，以更好地适应教育的需求和发展。通过科学设计的评价指标与体系，可以更好地指导教育实践，提高教育质量。

第三章　文学理论教学现状分析

第一节　高校文学理论教育的现状

一、高校文学理论课程设置与教学模式

文学理论课程在高校文学专业中具有重要地位，它不仅为学生提供了系统的文学理论知识，更培养了学生对文学作品的深刻理解和批评能力。本书将深入探讨高校文学理论课程的设置与教学模式，包括课程设计、教学内容、教学方法等方面的内容。

（一）文学理论课程设置

1. 基础阶段

（1）文学基础理论：介绍文学的基本概念、起源、发展历程等，为学生建立起对文学整体框架的认识。

（2）文学批评方法：探讨不同文学批评方法的理论基础，如结构主义、后现代主义、女性主义等，培养学生对文学作品进行多维度解读的能力。

（3）经典文学理论：引导学生深入了解经典文学理论，如古典美学、浪漫主义等，为后续文学史研究提供理论支持。

2. 中级阶段

（1）文学流派与学派：介绍不同文学流派和学派的形成与发展，包括现实主义、自然主义、象征主义等，帮助学生理解文学的多样性。

（2）跨学科理论：结合其他学科，如心理学、社会学等，分析文学作品与社会、人性关系的互动，培养学生的跨学科思维。

（3）文学批评史：追溯文学批评的历史沿革，了解不同时期对文学作品的评价标准和方法，帮助学生形成批评观念的历史感。

3. 高级阶段

（1）专题研究与深化：针对特定文学理论领域进行深入研究，如后殖民理论、文学社会学等，提升学生在某一领域的专业水平。

（2）文学理论与创作：结合文学理论，探讨文学创作的原理与方法，促使学生理论联系实际，更好地理解文学创作的背后逻辑。

（3）独立研究与论文写作：鼓励学生选择感兴趣的文学理论问题进行独立研究，并培养学生运用理论进行论文写作的能力。

（二）文学理论课程教学模式

1. 讲授与互动结合

在基础阶段，可以采用讲授的方式介绍文学理论的基本概念和主要流派，通过教师的引导使学生逐渐熟悉理论体系。在中高级阶段，引入互动环节，鼓励学生参与讨论，分享对理论的理解和观点。

2. 案例分析与实例演练

通过具体文学作品的案例分析，将抽象的理论观念具体化，使学生更好地理解理论与实际的联系。可以通过小组或个人演练，让学生亲自运用理论进行分析。

3. 实地考查与社会实践

安排实地考查，让学生走进文学活动的实际场景，感受文学与社会的关系。组织学生参与文学活动、文学社团，培养实际运用文学理论的经验。

4. 跨学科整合

将文学理论课程与其他相关学科整合，设计跨学科的项目，促使学生在多个学科领域建立关联，培养综合素养。

5. 在线教学与数字资源利用

充分利用在线教学平台，提供多媒体资源，如视频讲座、电子书等，使学生能够随时随地获取相关信息。在线讨论和协作工具也可用于促进学生之间的交流。

6. 学术研讨与论文导向

在高级阶段，组织学术研讨，邀请相关领域的专业人士参与，激发学术兴趣。引导学生撰写学术论文，培养独立研究和写作的能力。

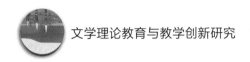

（三）面临的挑战与应对策略

1. 学科交叉难度大

文学理论涉及多学科知识，对学生的学科基础要求较高。应采用分层次、循序渐进的教学方法，确保学生能够逐步理解和掌握。

2. 理论与实际结合难

学生往往觉得理论与实际应用之间存在隔阂。通过案例分析、实地考查等方式，加强理论与实际的联系，使学生能够更好地将理论知识运用到文学作品的解读和创作实践中。

3. 学科研究导向不强

高校文学理论课程通常以学科研究为导向，但有时学生对研究兴趣不足。可以通过设计有趣的研究主题、提供研究项目机会，引导学生逐渐培养对学术研究的兴趣。

4. 教学资源匮乏

一些学校可能面临文学理论教学资源匮乏的问题，无法提供足够的专业师资和学术支持。应鼓励教师积极参与学术研究，同时学校可以通过与其他高校、研究机构合作，共享资源，提升教学水平。

5. 学科更新迭代快

文学理论领域不断发展演变，教材和教学内容需要不断更新。教师应保持学科前沿的教学观念，结合最新研究成果调整课程内容，确保学生接触到最新的文学理论思潮。

6. 评价体系不完善

传统的考试评价方式难以全面衡量学生对文学理论的掌握和应用能力。可以探索多元化的评价方法，包括论文写作、学术研讨、实际应用等，使评价更贴近实际需求。

（四）未来发展方向

1. 跨学科整合

强调文学理论与其他学科的整合，促使学生形成综合性思维。通过与哲学、心理学、社会学等学科的结合，培养学生更全面的知识结构。

2. 实践性教学

强调文学理论与实际应用的结合，加强实践性教学环节。组织实地考察、文学活动参与和实际创作等实践性活动，提升学生的实际运用能力。

3. 数字化教学

利用先进的数字技术手段，构建在线教学平台，提供多媒体资源，拓宽学生的学科视野。通过在线讨论、虚拟实验等形式，促进学生之间的交流与合作。

4. 学术交流平台

建立学术交流平台，包括学术研讨、专题讲座等。邀请国内外知名学者参与，搭建学术交流桥梁，推动文学理论研究的国际化。

5. 实施项目式教学

引入项目式教学，以具体的研究项目为依托，培养学生的独立思考和解决问题的能力。项目可以涉及文学理论应用、实际创作等方面。

高校文学理论课程的设置与教学模式旨在培养学生对文学理论的深刻理解和批评能力，使其能够运用理论工具进行文学作品的解读和创作。随着社会的发展和文学理论的不断更新，高校文学理论课程需要不断调整与创新，适应时代需求，为学生提供更为丰富、实用的学术体验，培养具有国际竞争力的文学理论人才。

二、师资队伍的现状与问题

师资队伍是高等教育事业的核心力量，直接关系到学校的教育质量和学生成长发展。社会的发展对高校师资队伍提出了更高的要求，但与此同时，也面临着一系列的挑战和问题。本书将从师资队伍的现状和存在的问题两个方面展开，以期深入了解高校师资队伍的现状及亟待解决的问题。

（一）师资队伍的现状

1. 学历结构

随着高等教育的普及，师资队伍的学历结构逐渐优化。目前，博士研究生和硕士研究生在高校中的比例逐渐增多，大多数教师具有较高的学术素养。

2. 职称分布

高校师资队伍中，教授、副教授和讲师是主要的职称，其中教授和副教授占比相对较高。一些高校的青年教师队伍也在不断壮大，展现了年轻教师的活力。

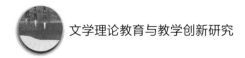

3. 学科结构

学科结构相对完善，覆盖了人文、社会科学、自然科学、工程技术等多个领域。一些高校在某些特定领域具有较强的优势，形成了学科特色。

4. 科研水平

一些高校的师资队伍在科研方面表现突出，取得了一些具有重要影响的科研成果。不少教师在国内外学术界享有一定的声望。

5. 国际化水平

随着国际化办学理念的提倡，一些高校开始加大引进国际化背景的教师的力度，促进国际化师资队伍的建设；一部分教师也积极参与国际合作与交流。

（二）师资队伍存在的问题

1. 结构性矛盾

师资队伍结构存在不均衡的情况，一些学科领域的师资紧缺，而一些学科师资则过剩。这种结构性矛盾直接影响到学校整体的教学和科研水平。

2. 学科交叉不足

一些学科之间的交叉合作相对薄弱，师资队伍在跨学科研究和教学方面存在欠缺。学科交叉不足制约了学科发展的全面性。

3. 青年教师培养不足

青年教师队伍相对薄弱，培养机制不够健全。一些高校在青年教师的科研支持、项目申请等方面亟待加强。

4. 学术与实践结合不紧密

一些高校师资队伍在学术研究上表现出色，但在实际应用与产业合作等方面存在欠缺。学术与实践结合不够紧密影响了人才培养的质量。

5. 师德建设亟待加强

随着社会风气的变化，一些高校的师风存在问题。一些教师在教育教学过程中缺乏责任心，师德建设亟待加强。

6. 国际化水平不一

尽管一些高校在引进有国际化背景的教师上取得了一些成绩，但整体而言，国际化水平参差不齐。一部分学校在推动国际化发展方面仍需加强。

（三）解决问题的对策与建议

1. 优化师资结构

针对学科结构不平衡问题，高校可以通过调整专业设置、设立交叉学科研究机构等方式，优化师资结构，增加短板学科的师资投入。

2. 加强学科交叉培养

设立跨学科研究团队，鼓励师资队伍参与不同学科的研究项目。开设跨学科课程，推动学科之间的交叉培养，培养更具综合素养的教师。

3. 注重青年教师培养

建立健全青年教师培养机制，加强对青年教师的科研支持和项目资助，提供参与国际学术交流的机会，激发其研究潜力。

4. 加强学术与实践结合

高校应当加大与实际产业的合作力度，鼓励师资队伍参与实际项目，推动学术研究与实践相结合。建立产学研合作平台，为教师提供更多实践机会，促进科研成果更好地服务社会和产业。

5. 加强师德建设

高校应重视师德建设，通过开展师德培训、设立师德评价机制等方式，提高教师的专业道德水平。弘扬正能量，树立良好的师德典范，引导教师以身作则，为学生成长做出表率。

6. 强化国际化建设

在招聘中注重引进有国际化背景的优秀教师，鼓励教师参与国际学术交流和合作项目。提升教师的国际竞争力，推动高校师资队伍的国际化水平。

7. 建立评价机制

设立科学的师资评价机制，既包括学术研究水平的评估，也考虑教学质量、学科建设和社会服务等多个方面。建立绩效奖励制度，激励教师更好地发挥作用。

8. 鼓励终身学习

提供良好的教师培训机会，鼓励教师参与终身学习，不断提高自身的学术水平和教学水平。支持教师参与学术会议、研讨会，拓宽学术视野。

（四）未来发展方向

1. 建设高水平师资队伍

高校应建设高水平的师资队伍，提高教职工整体素质。通过引进高层次人才，激励在职教师进一步提升学历、职称等方式，不断提高师资队伍的整体水平。

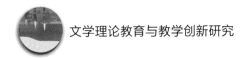

2. 推动产学研深度融合

进一步推动高校与产业、企业深度融合，加强校企合作，使师资队伍更好地参与实际产业项目，推动科研成果更好地转化为实际生产力。

3. 加强国际化交流

鼓励教师参与国际学术合作和交流项目，培养具有国际视野的人才。建立国际化的教学和科研合作平台，拓展教师的国际影响力。

4. 优化培训机制

建立完善的教师培训机制，包括定期的教育培训、学术讲座等。引入外部专家进行培训，提升教师的综合素质和应对新挑战的能力。

5. 加大青年教师培养力度

制订青年教师成长计划，明确培养目标和路径。为青年教师提供更多的科研支持、项目机会，帮助其更快地成长为学科带头人。

6. 加强师资队伍的社会责任感

高校师资队伍应当更加注重社会责任感的培养，使教师在教学科研的同时，能够更主动地参与社会服务、公益活动，为社会作出更多贡献。

高校师资队伍的现状与问题关系到高等教育的质量和发展。解决师资队伍存在的问题，建设高水平、国际化的师资队伍，需要高校加强制度建设、加大投入力度，提高对教师的激励和支持，促进师资队伍的全面提升。这将为高等教育事业的可持续发展奠定坚实的基础。

第二节　中小学文学理论教学的问题与挑战

一、文学理论教学在中小学的定位

文学理论教学在中小学教育中具有重要地位，不仅有助于学生对文学作品的深入理解，还培养了他们的批判性思维和文学鉴赏能力。本书将探讨文学理论教学在中小学的定位，包括其目标、内容、方法及面临的挑战和发展方向。

（一）文学理论教学的目标

1. 培养文学素养

文学理论教学旨在培养学生的文学素养，使其能够通过深入理解文学理论，更好地品味和欣赏文学作品。通过理论的引导，激发学生对文学的兴趣，提高文学审美水平。

2. 拓展思维深度

通过文学理论的学习，学生能够接触到不同的文学观念和思维方式，拓展思维深度。培养学生的逻辑思维和批判性思考能力，使其能够更全面地理解和分析文学作品。

3. 培养独立思考能力

文学理论教学强调学生对文学作品进行独立的思考和解读。通过学习不同的理论方法，学生能够形成自己的文学观点，并能够有理有据地表达自己的见解。

4. 促进文学创作

通过文学理论的学习，学生能够更好地理解文学创作的内在规律和技巧，能够激发学生的文学创作兴趣，培养其表达和沟通的能力。

（二）文学理论教学的内容

1. 经典文学理论

中小学阶段的文学理论教学应当注重对一些经典文学理论的介绍，如古典美学、浪漫主义、现实主义等。通过学习这些理论，学生能够对不同时期的文学有更全面的了解。

2. 基础文学批评方法

引导学生学习一些基础的文学批评方法，如人文主义批评、传统批评等。通过这些方法，学生能够深入分析文学作品的结构、主题、人物等方面。

3. 现代文学理论

适度引入一些现代文学理论，如结构主义、后现代主义、女性主义等。使学生了解不同的文学理论对文学解读的影响，培养其对多元文化的认识。

4. 文学与社会关系

教学内容还应关注文学与社会的关系。通过学习文学理论，学生能够更好地理解文学作品与社会、历史、文化的相互关系。

（三）文学理论教学的方法

1. 案例分析

通过对具体文学作品的案例分析，让学生在具体的文本中学习理论知识。通过案例，学生更容易理解和应用抽象的理论概念。

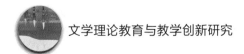

2．小组讨论

组织小组讨论，让学生在集体中交流和分享对文学理论的理解。通过讨论，促进学生思维碰撞，拓宽他们的视野。

3．创设情境

通过创设一些情境，让学生在特定情境中运用文学理论进行分析。这样的教学方法可以激发学生学习兴趣，增强他们的参与度。

4．文学创作结合

将文学理论与文学创作相结合，让学生通过理论的引导更好地进行文学创作。通过实际的创作活动，加深学生对理论的理解。

5．实地考查

利用实地考查的方式，将学生带到文学活动的实际场景，让他们更深刻地理解文学与生活的关系。实地考查有助于学生将理论应用到实际中去。

（四）文学理论教学面临的挑战

1．学科整体素质不足

由于文学理论教学的复杂性，一些中小学教师在文学理论方面的整体素质较低。因此，需要提升教师的专业水平，加强相关培训。

2．学生学科兴趣不高

由于文学理论的抽象性，一些学生对这一学科兴趣不高。需要通过生动有趣的教学方式，激发学生对文学理论的兴趣。

3．教材体系亟待完善

针对中小学的文学理论教学，教材体系相对不完善。需要编写更符合学生认知水平的、具有足够实例的教材。

4．评价体系不健全

文学理论教学的评价体系相对不健全，主要以考试为主。这导致学生在学习文学理论时更多关注应试技巧，而非真正的理解和运用。建立全面的评价体系，包括课堂表现、小组讨论、作业和项目等多个方面，可以更好地反映学生对文学理论的理解和应用水平。

5．师资队伍短缺

中小学师资队伍相对有限，缺乏专业的文学理论教师。解决这一问题需要通过引入外部专业人才、提供进修培训等方式，加强师资队伍建设。

6. 文学理论与实际生活脱节

有时学生难以将文学理论与实际生活联系起来，感到理论脱离实际。教学中应引导学生将所学理论与现实生活相结合，通过案例和实例更好地理解文学理论的实际应用。

（五）未来发展方向

1. 跨学科整合

将文学理论教学与其他学科融合，促进跨学科的整合。通过与历史、哲学、社会学等学科的交叉，使学生更全面地理解文学理论。

2. 注重学科应用

强调文学理论在实际生活中的应用，培养学生将理论知识运用到文学作品解读、创作实践等方面的能力。通过实际案例和活动，提高学生对文学理论的实际运用能力。

3. 借助现代技术手段

利用现代技术手段，如多媒体教学、在线资源等，增强文学理论教学的吸引力和互动性。借助数字化工具，创设更富有趣味性和视觉冲击的教学环境。

4. 强化师资队伍培养

加强文学理论教师的培养和进修，提高他们的专业水平和教学能力。建立健全的培训体系，注重理论和实践相结合，培养出更多热爱文学理论并具备丰富实践经验的教师。

5. 拓展教学资源

通过资源共享、合作办学等方式，拓展文学理论教学的资源。引入专业人才、学术大师举办讲座，搭建学科交流平台，丰富学生的学科体验。

6. 建立社会合作机制

与文学界、出版界和文化机构等建立紧密的合作关系，使文学理论教学更贴近社会和实际需求。通过参与实际项目、文学活动，加深学生对文学理论的认知。

文学理论教学在中小学的定位不仅关乎学生对文学的深刻理解，还关系到其批判性思维和创作能力的培养。未来，随着教育理念的不断更新和教学手段的不断创新，文学理论教学将更好地适应学生的需求，激发学生对文学的浓厚兴趣，培养更具创造力和批判性思维的文学人才。

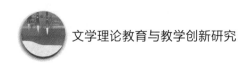

二、学科知识与学生实际需求的匹配问题

教育的目标不仅是传授学科知识，更是培养学生应对未来社会和个人发展需求的综合能力。然而，学科知识与学生实际需求之间存在一定的匹配问题。本书将探讨这一问题的现状、原因、影响及解决策略。

（一）学科知识与学生需求的现状

1. 知识过剩与信息爆炸

当今社会，知识爆炸性增长，学科知识的广度和深度都在扩大。然而，学科知识的涌入与学生的需求之间的匹配度不够，学生面临着信息过载和选择困难的问题。

2. 职业发展需求变化

随着社会的发展和科技的进步，职业市场的需求也在不断变化。学科知识体系未能及时跟进，导致一些传统学科的知识与实际职业需求之间出现脱节。

3. 综合素质需求

除了学科知识，现代社会对学生的综合素质提出更高要求，如创新能力、团队协作能力和跨学科能力等。然而，传统学科知识体系未必能够全面培养这些素质。

4. 全球化视野

全球化时代要求学生具备跨文化交流和全球视野，但传统学科知识体系的设置可能未充分考虑国际化需求，导致学生在跨文化交往中的不适应。

（二）不匹配的原因

1. 教育体制问题

传统的教育体制强调应试教育，导致学科知识的传授过于功利化，难以顾及学生个体的兴趣和发展需求。

2. 教学方法问题

一些传统的教学方法注重知识的灌输，忽略了学生对实际问题的思考和解决问题能力的培养。缺乏实践性的教学可能使学生对学科知识的应用理解不足。

3. 教师能力不足

一些教师可能面临学科知识更新不及时、教学方法陈旧等问题，难以满足学生对新知识和新技能的需求。

4. 社会变革速度快

社会经济、科技、文化等方面的变革速度较快，而学科知识体系的更新相对滞后。这导致学科知识在一定时期内可能无法及时适应社会的发展变化。

（三）不匹配的影响

1. 学生学业压力增大

学科知识与学生实际需求脱节，导致学生在学业上感到迷茫和焦虑。学生可能面临学科知识应付考试与实际需求脱节的问题，增加了学业压力。

2. 职业选择困难

学生在职业选择时可能由于对自身兴趣和职业市场不了解，导致选择困难。部分学生可能在毕业后发现所学学科与实际工作不匹配。

3. 创新能力不足

传统学科知识体系偏向死记硬背，对学生的创新能力培养不足。学生可能缺乏面对新问题的解决方案的能力，对复杂问题缺乏综合性的思考。

4. 社会发展缓慢

学科知识与实际需求的不匹配可能限制社会的整体发展。社会中缺乏具备新知识和新技能的人才，影响了创新和科技发展的速度。

（四）解决策略

1. 更新教育体制

调整教育体制，减轻应试教育压力，注重培养学生的创新精神和实践能力。建立灵活的学科设置和选修制度，使学生能够更自主地选择符合自己兴趣和未来需求的学科。

2. 改进教学方法

推动教学方法的创新，倡导问题导向、项目驱动的教学模式，注重培养学生的实际操作和解决问题的能力。引入跨学科教学，促使学科知识更好地融入实际应用场景。

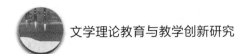

3. 提升教师专业水平

加强教师的专业培训和进修,使其能够及时了解最新的学科知识和教学方法。鼓励教师参与产业实践和研究项目,增加他们的实践经验。

4. 建立与产业的紧密联系

学校与产业界建立更加紧密的联系,了解实际职业市场的需求,调整学科知识的设置。开展产学合作项目,使学生能够更好地接触实际工作场景,提前了解职业需求。

5. 强调跨学科教育

加强跨学科教育,使学生能够在多学科交叉的环境中培养综合能力。通过开设跨学科课程、推动不同学科的整合,促进学生形成更全面的知识结构。

6. 注重实际案例教学

引入更多实际案例和项目,让学生能够在解决实际问题的过程中学到更多的学科知识。实际案例教学有助于学生更好地理解知识的应用场景。

7. 倡导终身学习

强调学生的终身学习观念,培养他们主动获取新知识的能力。鼓励学生参与在线学习、社会实践等,保持对新知识和技能的持续学习和更新。

(五)未来发展方向

1. 个性化教育

发展个性化教育,根据学生的兴趣和特长,定制个性化的学科知识体系。借助现代技术手段,提供个性化的学习资源,满足学生多样化的学科需求。

2. 强化综合素质教育

将综合素质教育纳入学科知识体系,注重培养学生的团队协作、创新精神和跨文化交流等综合素质,使学科知识更好地服务于学生的全面发展。

3. 国际化视野

在学科知识体系中加入国际化元素,提升学生的国际化视野。通过国际化课程、交流项目等方式,培养学生适应全球化社会的能力。

4. 社会责任教育

强调学科知识的社会责任,使学生更加关注社会问题和可持续发展。通过实践项目和社会服务,培养学生的社会责任感和公民意识。

5. 深度融合科技

利用人工智能、大数据等现代科技手段,深度融合科技元素于学科知识教学。通过虚拟实验、在线实践等方式，使学科知识更贴近实际需求，并提供更灵活、创新的学习体验。

6. 跨界合作

加强学校与行业、研究机构等的跨界合作，建立实习、实训基地，使学生能够在真实场景中应用学科知识。与企业建立战略合作伙伴关系，促进学科知识与职业需求的更好对接。

7. 建设开放式学科平台

建设开放式学科平台，整合各类资源，包括在线课程、开放式教材、学科社区等。学生可以更灵活地选择学习内容，实现学科知识与个体需求的更好匹配。

8. 强化创新教育

将创新教育理念贯穿学科知识体系，鼓励学生在学科学习中进行创新实践。设立创新项目、科技竞赛等，培养学生的创新思维和实际动手能力。

学科知识与学生实际需求的匹配问题是当今教育面临的一项重要挑战。通过改革教育体制、更新教学方法、提升教师水平、推动综合素质教育等多方面努力，可以逐步解决这一问题。未来的发展方向应当以个性化、综合素质和社会责任为核心，使学科知识更好地为学生的全面发展和社会需求服务。同时，紧密结合科技创新，打破学科壁垒，提供更灵活、多样化的学科学习路径，使学科知识与学生实际需求实现更为紧密的结合。通过这些努力，可以更好地培养适应未来社会发展需求的全面发展型人才。

第三节　社会培训机构的文学理论教育实践

一、社会培训机构的文学理论课程特色

社会培训机构在文学理论课程的设计和实施上，常常具有灵活性和创新性，以更好地适应学员的需求和社会的变化。本书将探讨社会培训机构的文学理论课程特色，包括课程设置、教学方法、实践活动等方面的创新点。

（一）课程设置的灵活性

1. 定制化课程

社会培训机构通常能够根据学员的需求和水平制定个性化的文学理论

课程。这包括针对特定行业、职业或兴趣领域的文学理论知识，以提供更有针对性的学习体验。

2. 多样化选修课程

为了迎合不同学员的兴趣和需求，社会培训机构的文学理论课程常常设置多样化的选修课程，涵盖不同的文学流派、时期和主题，让学员能够选择符合个人兴趣的内容。

3. 实践项目结合

通过与实际项目的结合，社会培训机构的文学理论课程能够更贴近实际应用。学员通过参与实际文学创作、评论活动等项目，将理论知识更好地转化为实际能力。

（二）注重互动和实践的教学方法

1. 小组讨论和互动

社会培训机构的文学理论课程通常强调小组讨论和互动，通过学生之间的交流与合作，促进理论的深入理解和思考。

2. 案例分析教学法

运用实际文学作品作为案例，通过深入分析和讨论，让学生更好地理解文学理论的应用和实际效果。

3. 导师指导式教学

针对一些实际项目或文学创作，社会培训机构的文学理论课程可能采用导师指导式教学，由专业人士对学生进行一对一或小组指导，提供个性化的学术支持。

4. 实践活动和考查

通过实地考查文学相关场所、参与文学活动等实践活动，将学生带入真实的文学环境中，增加亲身体验和实际操作的机会。

（三）融合跨学科元素

1. 文学与艺术的交叉

社会培训机构的文学理论课程可能融合艺术元素，将文学与绘画、音乐、影视等艺术形式结合，拓展学员对文学的理解维度。

2. 文学与科技的结合

考虑到科技对文学创作和传播的影响，社会培训机构的文学理论课程可能引入数字化创作、网络文学等内容，使学员更好地了解文学与科技的交叉点。

3. 跨文化交流

针对全球化的背景，社会培训机构的文学理论课程可能注重跨文化交流，引入国际文学理论和跨文化研究，培养学员的国际视野。

（四）强化实用性和职业导向

1. 职业技能培养

除了传授理论知识，社会培训机构的文学理论课程还注重培养学员在职业中所需的实际技能。这可能包括写作能力、文学评论技巧和编辑与策划能力等。

2. 就业导向的实践项目

为了提高学员的就业竞争力，一些社会培训机构的文学理论课程可能结合实际就业需求，开设实践项目，使学员在实际项目中锻炼相关技能。

3. 产业对接

社会培训机构可能与文学产业、媒体机构等建立紧密的合作关系，通过行业讲座、实习机会等方式，将学员引入职业领域，为其提供更直接的职业发展支持。

（五）灵活的学习形式

1. 线上线下相结合

社会培训机构的文学理论课程通常采用线上线下相结合的方式，充分利用网络平台提供在线学习资源，同时组织线下讨论和实践活动，确保学员有更灵活的学习机会。

2. 定期短期培训

为了适应学员职业发展的灵活性，社会培训机构可能推出定期的短期培训课程，使学员能够在短时间内获取所需的文学理论知识和技能。

3. 个性化学习计划

提供个性化的学习计划，根据学员的学科背景、兴趣和学习目标，设计灵活的学习路线。这有助于满足学员不同的学科需求和学习节奏。

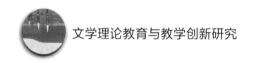

（六）关注学员的学习体验

1. 学员反馈机制

社会培训机构通常建立了健全的学员反馈机制，及时获取学员对课程的反馈和建议。这有助于不断优化文学理论课程，提升学员的学习体验。

2. 导师制度

一些社会培训机构可能设置导师制度，为学员提供个性化的学术辅导和职业指导。导师可以根据学员的需求，制订个性化的学习计划，并提供实时的学术建议。

3. 学员参与文学社群

通过引导学员参与文学社群，社会培训机构可以促进学员之间的互动和交流，提升学员的学科认知和实践经验。

（七）示范与合作

1. 邀请业界专业人士

一些社会培训机构可能邀请业界专业人士、作家和评论家等来举办讲座，为学员提供实际经验和行业动态，使学员更好地融入文学领域。

2. 合作机构

社会培训机构可能与出版社、文学机构和文化公司等建立紧密的合作关系，为学员提供更多实践机会和行业资源。

3. 项目合作

在一些实践项目中，社会培训机构可能与企业、机构合作，将学员融入真实的文学工作项目中，提供更贴近实际职业需求的培训。

社会培训机构的文学理论课程在灵活性、实用性和创新性方面具有独特的特色。通过个性化的课程设置、注重实践和职业导向、融合跨学科元素及灵活的学习形式，社会培训机构为学员提供了更符合现代需求的文学理论学习机会。随着社会对人才需求的不断变化，社会培训机构的文学理论课程将继续不断创新，以更好地服务学员和社会。这样的课程特色不仅满足学员对文学理论的学科追求，更为其未来的职业发展提供了有力的支持。

二、社会培训与职业发展的关系

社会培训与职业发展之间存在着密切的关系，社会培训作为一种提升个体职业素养和适应职场环境的手段，直接影响着个体在职业生涯中的发展。在当今竞争激烈的职业环境中，不断学习和适应新知识、新技能是职业成功的关键。本书将从社会培训对职业发展的影响、社会培训的类型及其优势、社会培训的实施方式等方面展开探讨。

（一）社会培训对职业发展的影响

1. 提升专业技能

社会培训为个体提供了学习新技能和知识的机会，帮助职业人士不断提升自己的专业技能。通过参与培训课程，个体可以学到与自己职业相关的最新知识，掌握最新的工作技能，提高自己在职场中的竞争力。

2. 拓宽职业视野

社会培训通常涵盖多个领域，参与者有机会了解自己所在领域以外的知识和技能。这种多元化的学习经历有助于拓宽个体的职业视野，提高对职业生涯的整体认识，使个体更具战略性地规划自己的职业发展道路。

3. 增强职业适应力

职业环境在不断变化，社会培训可以帮助个体更好地适应职业发展中的变化。通过学习新的工作方法、应对挑战的策略等，个体能够更灵活地应对职场上的各种情境，提高在不同职业阶段的适应力。

4. 促进个人成长

社会培训不仅仅是专业技能的提升，还包括一些软技能的培养，如沟通能力、团队协作能力、领导力等。这些能力在职业发展中同样至关重要，通过培训，个体能够更全面地发展自己，成为更具领导力和综合素质的职业人才。

（二）社会培训的类型及其优势

1. 在职培训

在职培训是指职场人士在工作期间接受的培训，通常由雇主组织。在职培训的优势在于能够直接与工作相关，满足实际工作需要，提高工作效率。

2. 外部培训

外部培训是指职业人士通过参加由专业培训机构或独立讲师组织的培训课程来提升自己的职业能力。这种培训形式通常更加灵活，可以选择更适合个体需求的课程。

3. 在线培训

随着互联网的发展，在线培训成为一种越来越受欢迎的培训方式。个体可以通过网络学习，随时随地获取知识，具有时间和空间上的灵活性，适应了现代人的工作和生活方式。

4. 集体培训

集体培训是一种团体学习的方式，通过团队合作，成员之间可以共同学习、交流经验，培养团队协作精神。这种培训方式有助于建立更强大的团队，提高整个团队的综合素质。

（三）社会培训的实施方式

1. 公司内部培训

一些大型企业会设立专门的培训部门，组织内部培训活动，通过公司内部的专业培训师或邀请外部专家，为员工提供相关培训。这种方式可以更精准地满足公司的特定需求。

2. 外部培训机构

许多专业的培训机构提供各种职业培训课程，个体可以根据自己的需求选择合适的培训机构和课程。这种方式通常更加灵活，个体可以根据自己的时间和经济状况进行选择。

3. 在线培训平台

随着在线教育的发展，许多在线培训平台提供各种职业培训课程，个体可以通过互联网随时随地进行学习。这种方式的便捷性使得更多人能够充分利用碎片化时间进行学习。

4. 职业导师

职业导师是一种个性化的培训方式，通过与导师建立一对一的关系，个体可以获得更为个性化的职业指导和培训。这种方式适用于解决个体在职业发展中的具体问题，帮助其更好地规划职业路径和制订发展计划。

（四）社会培训在不同职业阶段的作用

1. 初入职场阶段

在职场初期，个体通常面临着适应新环境、建立职业基础的任务。社会培训能够帮助新员工更快速地适应职业环境，掌握必要的专业技能和软技能，为其职业生涯奠定良好的基础。

2. 职业拓展阶段

在职业生涯中期，个体可能面临职业发展的瓶颈，需要通过学习新的知识和技能来拓宽职业视野，提升自己的竞争力。社会培训为其提供了机会，使其能够更好地应对职业生涯中的挑战。

3. 领导岗位阶段

对于那些进入领导岗位的个体，领导力和团队协作能力变得尤为关键。社会培训可以帮助他们不断提升领导力、沟通协调等领导者所需的关键技能，更好地引领团队向前发展。

4. 专业领域深化阶段

在职业发展的后期，个体可能需要深化自己在某个专业领域的知识。社会培训通过提供高级专业课程或行业研讨会等方式，满足了个体对于深度学习的需求，使其在专业领域更具权威性。

（五）社会培训的未来发展趋势

1. 科技与培训融合

随着科技的不断发展，虚拟现实和人工智能等技术开始应用于培训领域，为个体提供更真实、高效的学习体验。未来社会培训可能更加注重技术与培训的融合，增强培训效果。

2. 强调终身学习

未来职业发展将更加注重终身学习，社会培训将不再局限于职业初期，而是贯穿整个职业生涯。个体需要时刻更新自己的知识和技能，以适应快速变化的职业环境。

3. 个性化培训

未来社会培训可能更加注重个体的差异性，提供更为个性化的培训服务。通过技术手段，培训可以更好地根据个体的需求、学习习惯和职业目标进行定制，提高培训的效果。

4. 全球化培训资源

随着全球化的推进，未来社会培训可能更加倾向于提供全球化的培训资源。个体可以通过在线平台获取来自世界各地的专业培训，拓展国际化的职业视野。

社会培训与职业发展密不可分，是个体不断提升职业素养、适应职场变化的有效途径。通过培训，个体能够获得专业技能、拓宽职业视野、增强适

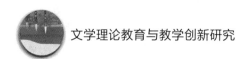

应力，从而更好地应对职业生涯中的各种挑战。社会培训的不断发展，将在未来更好地适应职业环境的变化，为个体提供更为全面、个性化的职业发展支持。因此，个体在职业生涯中应当重视社会培训，不断学习、不断进步，以实现更加成功和有意义的职业发展。

第四节　文学理论教学资源的利用与不足

一、优化教材与多媒体资源的整合

随着科技的不断发展和社会的进步，教育领域也在迅速变革。传统的纸质教材逐渐被数字化教育工具所替代，而多媒体资源的广泛应用也为教学提供了更为丰富、生动的手段。优化教材与多媒体资源的整合成为了提高教学效果、激发学生学习兴趣的关键一环。

（一）教材与多媒体资源整合的意义

1. 提升学习体验

传统教材往往显得枯燥，而通过整合多媒体资源，可以在图文并茂的基础上添加音频、视频、动画等元素，使学习更加生动有趣，提升学生的学习体验。

2. 个性化学习

不同学生有不同的学习方式和节奏，通过整合多媒体资源，可以实现个性化学习。学生可以根据自己的需求选择学习方式，提高学习效率。

3. 培养综合素质

多媒体资源的整合有利于在学习中培养学生的综合素质，如信息获取与分析、创造性思维、团队协作等，有助于更好地适应未来社会的发展需求。

4. 增强教学实效

教学不再仅仅是传授知识，更需要激发学生的学习兴趣和创造力。通过整合优质的多媒体资源，教师能够更生动地呈现知识，提高学生的参与度，从而增强教学的实效。

（二）优化教材与多媒体资源整合的策略

1. 制定明确的教学目标

在整合教材与多媒体资源之前，教师应该明确教学目标。明确的目标有助于选用合适的多媒体资源，并更好地与教材融合，使之更有针对性。

2. 确定适用的多媒体资源类型

多媒体资源包括文字、图片、音频、视频、动画等。根据教学内容和学生需求，选择适用的多媒体资源类型。例如，某些知识点可能适合通过图文结合的方式呈现，而某些实验过程可能更适合通过视频呈现。

3. 注重互动设计

多媒体资源的优势之一在于其互动性。教师在整合多媒体资源时，应注重设计互动环节，让学生参与其中，提高学习的主动性和深度。

4. 结合实际案例和应用场景

多媒体资源不仅能够呈现抽象的理论知识，还能够通过实际案例和应用场景进行展示。通过将理论知识与实际案例相结合，学生更容易理解和应用所学内容。

5. 引入新技术手段

利用新技术手段，如虚拟现实、增强现实、人工智能等，可以为教学增色不少。例如，通过虚拟现实技术，学生可以在虚拟实验室中进行实验操作，增强实践性学习体验。

（三）优化教材与多媒体资源整合的实施步骤

1. 教学需求分析

在整合教材与多媒体资源之前，需要对教学需求进行全面的分析，了解学科特点、学生水平、教学目标等方面的信息，为后续的整合提供基础。

2. 资源收集与筛选

根据需求，收集适合教学内容的多媒体资源。这可能涉及图书、网络资源、教育软件、视频等多种形式的资源。在收集后，需要进行筛选，确保资源的质量和适用性。

3. 教材与多媒体资源融合设计

将收集到的多媒体资源与教材融合设计。这一过程需要精心安排，确保整合后的教学内容既生动有趣，又符合教学目标。

4. 试教与调整

在正式教学之前，进行试教。通过试教，教师可以了解学生对整合后教材的反馈，发现可能存在的问题，并及时调整教学设计，提高教学的针对性和有效性。

（四）未来展望

随着技术的进步和教育理念的不断发展，优化教材与多媒体资源整合将成为未来教育的主流趋势。新兴技术如人工智能、虚拟现实将为多媒体资源的创新和应用提供更多可能性。个性化学习、自主学习也将得到更多重视。教育者需要不断跟进这些发展，不断创新教学方式，以更好地满足学生的需求，培养更具创造力和适应力的未来人才。

优化教材与多媒体资源整合是教育现代化的必然趋势。通过充分发挥多媒体资源的优势，教育可以更贴近学生的学习需求，提高教学效果。然而，整合过程中仍然面临一系列挑战，需要教育机构、教师和技术人员共同努力。只有通过不断优化整合策略，提升教学质量，才能更好地推动教育的进步，培养更具创造力和综合素质的学生。在这个数字化时代，优化教材与多媒体资源整合是教育创新的关键一环，将为学生打开更广阔的知识之门，促使他们更好地迎接未来的挑战。

二、开发线上教育资源的挑战

随着科技的飞速发展，线上教育资源的开发和应用在教育领域取得了巨大的成就。然而，这一过程并非一帆风顺，开发线上教育资源面临着一系列挑战，包括技术、教育理念、学习习惯等方面。本书将探讨开发线上教育资源所面临的主要挑战，并提出相应的应对策略。

（一）技术挑战

1. 网络连接和设备差异

在全球范围内，网络连接和设备的水平存在差异，有些地区的学生可能面临网络不稳定或设备陈旧的问题，影响他们参与线上学习的体验。解决这一问题需要全社会的共同努力，包括政府、学校和科技企业，提升基础设施水平，确保更多学生能够顺利接入线上教育资源。

2. 技术更新和维护

线上教育资源通常采用新技术，这需要不断更新和维护。技术更新可能导致老版本的资源无法正常使用，而维护成本也是一个不可忽视的问题。解决这一挑战需要建立高效的技术团队，定期更新系统，确保线上教育资源的稳定性和可用性。

3. 数据隐私和安全

随着线上教育的普及，学生和教育机构的大量数据被存储在云端。因此，数据隐私和安全成为一个关键问题。开发者需要采取有效的数据保护措施，包括加密技术、权限管理等，确保学生和教育机构的信息不受到恶意攻击或滥用。

（二）教育理念与方法挑战

1. 互动性和参与度

线上教育资源需要更强调互动性，以激发学生的参与度。传统教室中师生面对面的互动在线上环境中难以实现。开发者需要设计更多的互动元素，例如在线讨论、虚拟实验等，以提升学生的参与感和学习兴趣。

2. 个性化学习

每个学生的学习风格和节奏不同，如何实现个性化学习是一个挑战。线上教育资源需要具备灵活性，能够根据学生的学习进度和需求调整内容和难度。这可能需要引入人工智能和大数据分析等技术，实现更精准的个性化教学。

3. 教育质量评估

线上教育如何进行有效的质量评估也是一个重要问题。传统的考试和评估方式在线上教育中可能不再适用。开发者需要设计更具实际意义和适应线上环境的评估方法，包括项目作业、实践操作等，以更全面地评价学生的学习成果。

（三）学习者的挑战

1. 自主学习能力

线上教育强调学生的自主学习能力，但并非所有学生都具备这种能力。有的学生可能需要更多的指导和激励，以克服线上学习的孤立感。教育机构和开发者需要提供相关培训和支持，帮助学生培养自主学习的习惯。

2. 注意力和专注度

在线上学习环境中，学生更容易受到外界干扰，注意力和专注度可能不如传统课堂。开发者需要设计更具吸引力的学习内容，同时学校和教育机构也需要关注学生的心理健康，提供相关的心理辅导和支持。

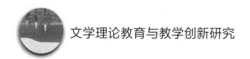

3. 社交与合作

线上学习可能使学生缺乏与同学和老师面对面的交流机会，影响社交和团队合作的能力。为了弥补这一不足，线上教育资源需要设计更多的团队项目、在线讨论和合作任务，促进学生之间的互动。

（四）应对策略

1. 提高技术水平

提高学生和教师的技术水平，包括网络使用、设备操作等，以确保他们能够顺利使用线上教育资源。学校和机构可以提供培训课程，向教育工作者和学生普及相关技能。

2. 多元化教学手段

多元化的教学手段可以缓解线上学习中的单一性。除了视频课程，还可以引入在线实验、虚拟实境和小组项目等，以提高学习的趣味性和深度。

3. 提升互动性

通过引入在线讨论、实时互动和虚拟实验等元素，增加线上教育资源的互动性。这可以通过专门设计的在线平台、社交媒体群组等方式实现。同时，教师还可以采用实时反馈和在线问答等方式，积极参与学生的学习过程，提高学生的参与度。

4. 个性化学习支持

引入智能学习系统和大数据分析技术，根据学生的学习习惯和表现，个性化地推荐学习资源。这可以通过学习平台的个性化设置、自适应学习路径等方式实现，从而更好地满足学生的个性化需求。

5. 在线社交平台

提供在线社交平台，鼓励学生在虚拟空间中进行交流、分享学习心得，促进学生之间的互动和合作。这可以通过在线论坛、博客、实时聊天室等形式来实现，弥补线上学习中的社交缺失。

6. 着重心理健康支持

学生在线上学习中可能感到孤立、焦虑等情绪，因此需要专门的心理健康支持。学校和机构可以提供在线心理咨询服务，为学生提供情绪支持和心理辅导，确保他们在学习中保持积极的心态。

7. 教育质量评估创新

发展更为创新和贴合线上学习特点的教育质量评估方法。这可以包括项目作业、实际操作、开放性问题解答等形式，以全面评价学生的学术水平和实际应用能力。

8. 政策和资源支持

政府、学校和机构需要制定相关政策，提供更多资源，以推动线上教育的发展。这包括提升网络基础设施、购置适当的设备、培训教育工作者等方面的支持。

开发线上教育资源是教育创新的重要一环，然而，伴随着创新也会出现一系列挑战。从技术、教育理念到学习者的多个层面，都需要我们不断探索、创新，提供更为高效、个性化和互动性强的线上教育资源。通过技术升级、教学理念的创新、学习者支持等多方面的努力，可以更好地应对这些挑战，推动线上教育迈向更加成熟和可持续的发展，为广大学生提供更为优质的学习体验。在这个数字时代，线上教育资源的开发将在全球范围内发挥越来越重要的作用，促进教育的普及和提升。

第五节　学生对文学理论学科的认知与态度

一、学生的学科兴趣与动机

学科兴趣和动机是学生学习中至关重要的因素，它们直接影响学习的深度、广度及学业成就。学科兴趣是学生对某一学科或领域的好奇心和愿望，而动机则是驱使学生去实现目标的内在或外在力量。本书将探讨学科兴趣和动机的影响因素，分析它们的相互关系，并提出培养学科兴趣与动机的策略。

（一）学科兴趣的影响因素

1. 个体差异

每个学生的兴趣都是独特的，受到个体差异的影响。这些差异可能源于家庭环境、文化背景和个人经历等多方面因素。一些学生可能对数学感兴趣，而另一些学生可能对文学更感兴趣。

2. 教学方法和内容

教学方法和内容的设计对学科兴趣有着直接的影响。生动有趣、贴近学生生活的教学内容及采用启发性的教学方法能够激发学生的学科兴趣。相反，枯燥的教学内容和单一的教学方法可能导致学生的兴趣减退。

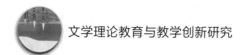
3．社会环境

社会环境中的价值观和认知模式也会对学科兴趣产生深远的影响。家庭、同学、朋友的态度和看法可能塑造学生对不同学科的兴趣。社会对某一学科的认可和重视也会潜移默化地影响学生的兴趣。

4．成就感和经验

学生在某一学科取得好成绩或积累了一些正面的学科经验会增强他们对该学科的兴趣。相反，学科的困难和挫折可能导致兴趣的下降。个体的自我感觉和自我效能感对学科兴趣有着重要作用。

（二）学科动机的影响因素

1．自我决定理论

自我决定理论认为，人们的动机分为内在动机、外在动机和无意识动机。在学科学习中，如果学生认为学习是出于内在兴趣和价值，而不是为了外部奖励或避免惩罚，他们的学科动机将更高。

2．目标取向

学生对学科的动机与他们的学习目标密切相关。如果学生认为学科能够帮助他们实现个人目标、提高自身水平，他们的学科动机就会更强。相反，如果学生认为学科无助于他们的个人发展，动机就可能下降。

3．期望和回馈

学生对于自己能否完成学业的期望和对完成学业的回馈也对学科动机产生影响。成功的经验和积极的回馈能够增强学生的学科动机，而经常的失败和消极的反馈可能导致动机的下降。

4．培养兴趣与动机的相互关系

学科兴趣和动机之间存在着相互影响的关系。学科兴趣可以激发学生对学科的动机，而动机的高低也会影响学科兴趣的培养。在这一相互作用中，教育者和家长可以采取一系列策略，帮助学生培养对学科的兴趣与动机。

（三）培养学科兴趣与动机的策略

1．设计生动有趣的教学内容

教育者应设计能够引发学生兴趣的生动有趣的教学内容。可以借助现代科技手段，如多媒体资源、虚拟实验等，使学科内容更具吸引力。

2. 个性化学习体验

个性化学习体验有助于满足学生的不同需求和兴趣。通过差异化教学、个性化学习计划等方式，教育者可以更好地满足学生的学科偏好，增强学科动机。

3. 引入实践和应用

将学科知识与实际应用结合起来，让学生看到学科在实际生活中的应用，能够激发学生的学科兴趣和动机。实践性的学习体验有助于提高学科的吸引力。

4. 建立正向的学习环境

创造一种正向、鼓励的学习环境，通过奖励、表扬等方式增强学生的学科动机。教育者和家长的态度和行为对学生的学科兴趣和动机有着深远的影响。鼓励学生、赞赏他们的努力和进步，可以帮助建立积极的学习氛围，从而提高学科兴趣和动机。

5. 提供挑战和支持

为学生提供适度的挑战，让他们感到学科学习是有趣的同时也是具有挑战性的。适量的挑战有助于激发学生的兴趣和动机。同时，及时提供支持，帮助学生克服困难，保持学科动机。

6. 设立明确的学习目标

为学生设立明确的学习目标，让他们能够明白学科学习的意义和目的。清晰的学习目标可以帮助学生建立明确的学科动机，明白他们为何要学习某一学科，有助于提高学科的兴趣。

7. 培养自主学习意识

鼓励学生培养自主学习的意识，让他们能够更主动地参与学科学习。自主学习能够增强学生对学科的主观兴趣，提高学科动机。为此，可以引导学生学会自我管理、设立学习计划，并激发他们自发地去追求知识。

8. 提供积极的反馈

提供及时、积极的反馈是培养学科兴趣与动机的关键。正面的反馈可以加强学生对学科学习的信心，增强他们的学科动机。教育者可以通过定期的评价、赞扬学生的优点和努力来实现积极的反馈。

学科兴趣和动机是学生学习过程中的动力源泉，它们相互作用、相互影响，共同塑造了学生的学习态度和行为。在培养学科兴趣与动机的过程中，教育者和家长应关注学生的个体差异，注重个性化的教学设计和学习支持。

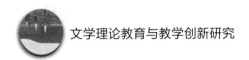

通过创造积极的学习环境、激发学科兴趣、设定明确的学习目标及提供积极的反馈，可以有效地培养学生对学科的浓厚兴趣和积极动机。在这个过程中，教育者和家长的角色至关重要，需要成为学生学科兴趣与动机的引导者和支持者，共同助力学生实现更好的学业成就和全面发展。

二、学生对文学理论教育的期望

文学理论教育作为文学专业中的一项重要内容，涵盖了对文学现象的深刻思考和理论研究。随着时代的变迁和文学研究的不断发展，学生对文学理论教育的期望也在发生变化。本书将探讨学生对文学理论教育的期望，分析其影响因素，并提出提升文学理论教育质量的策略。

（一）学生对文学理论教育的期望

1. 知识深度与广度

学生期望通过文学理论教育，能够深入了解文学的基本理论体系，包括结构主义、后现代主义、女性主义等。同时，他们也期待能够涉足更广泛的文学领域，不仅局限于西方文学，还包括亚洲、非洲等地区的文学理论。

2. 理论与实践结合

学生追求文学理论教育的实用性，期望理论知识与实际文学创作相结合。他们希望能够通过理论学习，更好地分析文学作品，并在自己的创作中有所体现。理论知识不仅是死板的概念，更要能够指导实际写作和文学批评。

3. 多元文化视角

随着全球化的发展，学生对文学理论教育提出了更多元的文化期望。他们希望能够通过文学理论了解各种文化的独特性，理解文学作品背后的文化脉络，从而拓宽自己的文学视野。

4. 与时代接轨

学生希望文学理论教育能够与时代接轨，涵盖当代文学理论的发展。新的文学形式、新的思潮都应该在文学理论教育中得到反映，以更好地引导学生理解和参与当代文学的创作和研究。

（二）影响学生期望的因素

1. 个体兴趣和志向

不同的学生有不同的兴趣和志向，这将直接影响他们对文学理论教育的期望。一些学生可能对结构主义更感兴趣，而另一些学生可能更偏向后现代主义。教育者需要了解学生的个体差异，为其提供更有针对性的文学理论教育。

2. 教育背景和前期知识储备

学生的教育背景和前期知识储备也是影响其对文学理论教育期望的重要因素。一些具有文学背景的学生可能对深度理论研究更感兴趣，而一些初涉文学领域的学生可能更注重基础概念的理解。

3. 社会和文化背景

学生所处的社会和文化背景会影响他们对文学理论的理解和期望。不同文化传统中对文学的理解方式可能有所不同，因此，教育者需要考虑学生的文化背景，为其提供更贴近其实际情境的文学理论教育。

4. 教学方式和材料选择

文学理论教育的教学方式和使用的材料也会对学生的期望产生影响。生动有趣的教学方式、多样化的案例分析都能够激发学生的学习兴趣，使其更积极地投入到理论学习中。

（三）提升文学理论教育的策略

1. 创设多元化的学习环境

为了满足学生对文学理论教育多元化的期望，教育者可以创设一个多元化的学习环境。这包括选择多元的教学材料，引入来自不同文化背景的理论观点，以及鼓励学生在课程中分享自己对文学的理解和看法。

2. 整合实践与理论

为了满足学生对实用性的期望，文学理论教育需要更加注重实践与理论的整合。可以通过让学生参与实际的文学创作、进行文学评论等方式，使理论知识更加贴近实际写作和创作实践。

3. 引入当代文学理论

为了使文学理论教育与时代接轨，教育者应该不断更新课程内容，引入当代文学理论的研究成果。可以通过邀请当代文学理论研究者举办讲座、组织学术研讨会等方式，让学生深入了解并参与到当代文学理论的研究中。

4. 个性化学习支持

考虑到学生个体差异，文学理论教育应提供个性化的学习支持。这包括针对不同学生的兴趣和水平设立不同难度的课程，提供个性化的导师指导，

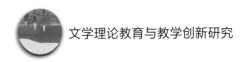

以满足学生的学科兴趣和需求。

5. 培养批判性思维

文学理论教育的目标之一是培养学生的批判性思维能力。通过引导学生主动参与文学理论的讨论和争论，培养他们对理论观点进行批判性思考的能力。这不仅有助于深化学生对文学理论的理解，还能够促使其形成独立的见解。

6. 制定清晰学习目标

为了提升文学理论教育的效果，教育者应该制定清晰的学习目标，让学生明确理解自己为何学习文学理论、学习的具体内容是什么，以及如何应用这些理论知识。明确的学习目标有助于激发学生的学科兴趣和动机。

7. 持续反馈与评价

为了更好地满足学生的期望，教育者需要提供及时、具体和积极的反馈。通过反馈，学生能够更好地了解自己的学习进展，增强对文学理论学科的自信心，从而更积极地参与学习。

学生对文学理论教育的期望是多元而复杂的，受到个体差异、教育背景和社会文化因素等多方面影响。教育者应该不断关注学生的需求，调整教学策略，使文学理论教育更好地满足学生的期望。通过创设多元化的学习环境、整合实践与理论、引入当代文学理论、提供个性化学习支持等措施，可以更好地激发学生对文学理论的兴趣和动机，使其在学科学习中更具深度和广度。在这个过程中，教育者的角色不仅仅是传授知识，更是引导学生探索、思考，培养他们对文学理论的主动学习兴趣和独立研究能力。通过共同努力，文学理论教育将更好地服务于学生的成长和学科发展。

第四章　教学创新策略与方法

第一节　基于信息技术的文学理论教学创新

一、虚拟现实在文学理论教学中的应用

随着科技的飞速发展，虚拟现实技术逐渐渗透到各个领域，为教育提供了新的可能性。在文学理论教学领域，虚拟现实技术的应用为学生提供了更为丰富、沉浸式的学习体验。本书将深入探讨虚拟现实技术在文学理论教学中的应用，探讨其优势、挑战及未来的发展方向。

（一）虚拟现实技术概述

1. 虚拟现实的定义

虚拟现实是一种通过计算机技术模拟出的一种全新的、具有交互性的体验环境。使用者可以通过虚拟现实设备，如头戴式显示器、手柄等，与虚拟环境进行实时交互，拥有身临其境的感觉。

2. 虚拟现实的关键技术

虚拟现实技术主要包括三个关键方面：虚拟化、交互性和实时性。虚拟化技术通过计算机图形学和模拟技术，将用户带入虚拟环境；交互性则是通过各种输入设备，使用户能够与虚拟环境进行实时交互；实时性则确保用户在虚拟环境中的操作能够得到即时反馈。

（二）虚拟现实技术在文学理论教学中的应用

1. 文学理论的三维呈现

虚拟现实技术可以通过三维建模和虚拟环境设计，将抽象的文学理论概念呈现为具体的三维场景。例如，结构主义的概念可以通过虚拟建筑的形式来展示，后现代主义的思想可以在虚拟空间中通过非线性结构进行呈现，使

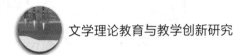

学生更直观地理解理论概念。

2. 文学历史时空穿越

虚拟现实技术可以模拟各个历史时期的文学环境，使学生仿佛穿越到不同的文学时代。这样的体验有助于学生更好地理解不同时期的文学思潮、风格和背景，加深对文学发展历程的认知。

3. 文学作品的沉浸式解读

通过虚拟现实技术，学生可以沉浸式地进入文学作品的场景中，感受作品中的情感、氛围和文学语言。这种沉浸式的体验能够激发学生对文学作品的兴趣，使其更深入地理解和解读作品。

4. 虚拟文学讨论和合作

在虚拟现实环境中，学生可以通过虚拟角色与其他学生进行文学讨论和合作。这种虚拟的社交互动能够促进学生之间的合作学习，拓展思维，分享不同的文学解读，从而提高学生对文学理论的理解水平。

5. 文学理论案例的模拟

虚拟现实技术可以模拟不同文学理论在实际文学作品中的应用。学生可以在虚拟环境中参与模拟案例分析，通过实际操作来理解不同理论对文学作品的影响，从而更好地掌握文学理论的应用方法。

（三）虚拟现实在文学理论教学中的优势

1. 沉浸式学习体验

虚拟现实提供了一种沉浸式学习体验，使学生能够更深刻地感受和理解文学理论。通过身临其境的虚拟环境，学生可以更好地体验文学理论的实际应用，增强学习的深度和广度。

2. 个性化学习路径

虚拟现实可以根据学生的兴趣和水平，提供个性化的学习路径。学生可以根据自己的学科偏好选择不同的虚拟场景进行学习，从而更好地满足不同学生的学习需求。

3. 实时反馈和互动性

在虚拟现实环境中，学生的操作和反馈能够得到即时的响应。这种实时的反馈和互动性有助于学生更积极地参与学习，及时纠正错误，加深对文学理论的理解。

4. 跨越时空限制

虚拟现实能够消除时空的限制，使学生能够随时随地进行学习。不论是在课堂上、图书馆中，还是在家中，学生都能够通过虚拟现实设备进行文学理论学习，提高学习的便捷性和灵活性。

5. 激发学生学习兴趣

虚拟现实的沉浸式体验和互动性能够激发学生的学习兴趣。学生在虚拟环境中能够更好地融入学科内容，感受到学习的乐趣，从而提高学习的主动性和积极性。这对于提升学生对文学理论的学科兴趣具有积极的影响。

（四）虚拟现实在文学理论教学中的挑战

1. 技术成本与设备限制

虚拟现实技术的应用需要相应的硬件设备和软件支持，这些设备的成本较高，不是所有学校和学生都能够轻松获得。同时，一些学生可能对新技术的使用感到陌生，需要一定的适应期，这可能成为应用虚拟现实技术的一项挑战。

2. 内容创作和维护难度

虚拟现实环境中的内容创作和维护是一项复杂而烦琐的任务。为了呈现丰富的文学理论场景，需要投入大量的人力和物力。同时，不同的文学理论内容可能需要不同的虚拟环境，这对于教育者而言也是一项挑战。

3. 学习效果评估

虚拟现实环境下的学习效果评估相对复杂。传统的考试和测验形式可能无法全面评估学生在虚拟环境中的学习成果。因此，如何有效地评估学生在虚拟现实中的学习效果，是一个需要深入研究的问题。

4. 心理和生理反应

长时间的虚拟现实体验可能对学生的心理和生理产生一定的影响。一些学生可能对虚拟环境中的模拟体验产生过度投入，影响到现实生活。同时，长时间的虚拟现实使用可能对视觉和神经系统产生一定的负担，需要引起足够的重视。

（五）未来发展方向与建议

1. 教育者培训与支持

随着虚拟现实技术的不断发展，教育者需要接受相关的培训，了解虚拟

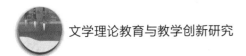

现实技术的应用方法和原理。学校和教育机构可以为教育者提供相关支持，鼓励其积极尝试虚拟现实技术，并分享经验。

2. 多元化的虚拟内容

为了满足不同学科、不同学生的需求，虚拟现实环境中的内容应该更加多元化。可以开发不同风格、不同难度的虚拟场景，以适应不同层次和学科背景的学生。

3. 融合其他技术手段

虚拟现实技术可以与其他教学手段结合，形成多元化的教学模式。例如，可以将虚拟现实与在线教育平台相结合，实现文学理论在线课堂的互动学习，提高学生的学习便捷性。

4. 关注学生心理健康

在推广虚拟现实技术的同时，学校和教育机构需要重视学生的心理健康。可以定期组织心理辅导，引导学生正确使用虚拟现实技术，防范潜在的心理问题。

5. 着重研究学习效果评估

针对虚拟现实环境下的学习效果评估问题，需要加强相关研究。教育研究者可以探讨不同评估手段的有效性，设计科学合理的评估方法，以确保学生在虚拟现实环境中的学习得到科学有效的评价。

虚拟现实技术在文学理论教学中的应用为学生提供了更为丰富、沉浸式的学习体验。通过虚拟现实，学生可以在三维场景中感受文学理论的具体应用，体验历史文学时空的穿越，沉浸式解读文学作品，参与虚拟文学讨论和合作等。然而，虚拟现实在文学理论教学中仍面临技术成本、设备限制、内容创作难度、学习效果评估等一系列挑战。

在未来，通过教育者培训与支持、多元化的虚拟内容、融合其他技术手段、关注学生心理健康及着重研究学习效果评估等方面的努力，可以进一步拓展虚拟现实在文学理论教学中的应用。这将为学生提供更为优质、个性化的学习体验，推动文学理论教育朝着更加创新和有效的方向发展。

二、人工智能与教学个性化

随着人工智能技术的迅速发展，教育领域也在逐渐探索如何将人工智能融入教学过程中，以提高教育质量和满足学生个性化学习需求。本书将深入探讨人工智能在教学个性化方面的应用，分析其优势、挑战，并探讨未来的发展趋势。

（一）人工智能在教育中的角色

1. 教学辅助与智能教育

人工智能在教育中的应用包括教学辅助和智能教育两个主要方向。教学辅助主要指利用人工智能技术提供的工具、平台等辅助教学资源，如智能白板、在线教学平台等；而智能教育则更强调通过人工智能算法和技术实现对学生个性化需求的识别和满足，以提升教学效果。

2. 学习分析与预测

人工智能可以分析学生的学习行为、模式和成绩，从而预测学生可能的学习需求和问题。通过对大数据的分析，人工智能系统可以帮助教育者更深层次地了解学生，有助于个性化教学的精准实施。

3. 智能导师与自适应学习系统

智能导师系统通过个性化的学习路径和反馈，模拟人类导师的作用，为学生提供更为贴近其需求的教学服务。自适应学习系统则根据学生的学习表现实时调整教学内容和难度，以确保学生在适当的挑战下进行学习。

（二）人工智能在教学个性化中的优势

1. 个性化学习路径

人工智能能够根据学生的学习习惯、兴趣和水平，为每个学生制定个性化的学习路径。通过分析学生的学科知识点掌握情况和学习进度，人工智能系统能够为每个学生提供最适合他们的教学内容和顺序，从而提高学习效率。

2. 即时反馈与调整

人工智能系统能够在学生学习的过程中提供即时的反馈，指导学生在错误中学习，并鼓励在正确的方向上继续努力。同时，系统可以根据学生的反馈和学习表现调整教学策略，确保学生在适宜的学习环境中不断成长。

3. 提供个性化资源

基于学生的兴趣和学科需求，人工智能系统可以推荐个性化的学习资源，包括教材、视频、练习题等。这有助于学生更好地融入学科学习，提高学科的吸引力和可感知的实用性。

4. 精准预测学习需求

通过分析学生的学习数据，人工智能系统能够精准地预测学生可能遇到

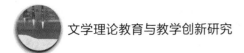

的学习难点和需求，为教育者提供更有针对性的指导和支持。这有助于在学生遇到问题之前进行干预，提高学生的学科自信心。

（三）挑战与问题

1. 隐私和数据安全问题

个性化教学离不开对学生学习数据的收集和分析。然而，这也带来了隐私和数据安全的问题。如何保障学生的个人信息安全，避免滥用学生数据成为一个亟待解决的问题。

2. 技术应用的不均衡

由于教育资源和技术水平的不均衡，一些地区和学校可能无法充分享受到人工智能在教学个性化中的好处。这会导致教育资源的不平等分配，需要政府和学校加强对教育技术的投入和支持。

3. 对教育者的要求

人工智能技术的引入需要教育者具备一定的数字化技能和对人工智能系统的了解。一些教育者可能需要接受相关培训，以更好地利用人工智能技术进行个性化教学。

4. 机器算法的局限性

机器学习算法和人工智能系统的决策过程可能受到局限，难以完全理解学生的复杂心理和学习过程。这使得一些决策可能缺乏人性化和情感化的因素。

（四）未来发展趋势

1. 强化个性化学习体验

未来，人工智能系统将更加强调提供更丰富、个性化的学习体验。通过整合更多元的教学资源、采用更灵活的学习路径设计，人工智能系统将更好地满足学生个体差异，促使学生在学习过程中更深入、更主动地参与。

2. 结合增强现实和虚拟现实技术

未来，人工智能可能会与增强现实和虚拟现实等技术相结合，创造更为沉浸式的学习环境。学生可以通过增强现实和虚拟现实体验更直观、更实践的学科内容，提高学科学习的深度和广度。

3. 进一步优化学习分析和预测

人工智能系统将更加精准地分析学生学习数据，实时预测学生的学科需求。通过引入更先进的机器学习算法和数据挖掘技术，系统能够更好地理解学生的学习模式，提供更个性化的学科建议和支持。

4. 推动教育领域的国际合作

面对全球化的教育需求，未来人工智能在教学个性化方面的发展可能会加强国际合作。不同国家和地区可以共享先进的技术、最佳实践和数据资源，共同应对教育不平等和技术发展不均衡的问题。

5. 深入研究人工智能的伦理和社会影响

随着人工智能在教育中的应用不断深入，必须加强对其伦理和社会影响的研究。人工智能系统如何保护学生隐私，如何避免算法歧视，以及其对教育公平性的影响等问题，都需要深入探讨并建立相应的规范和政策。

（五）教育者和决策者的角色

1. 教育者的角色

教育者在人工智能时代将扮演更加关键的角色。他们需要不断学习和适应新的技术，积极参与人工智能系统的使用和优化。同时，教育者需要保持对学生的关爱和引导作用，确保个性化教学不仅仅关注学科知识，还关注学生的全面发展。

2. 决策者的角色

政府和学校领导者在推动人工智能在教育中的应用方面起着关键作用。他们需要提供足够的支持和资源，以确保教育机构能够顺利采用人工智能技术。同时，决策者还需要建立相关政策，保障学生隐私和数据安全，并推动人工智能在教育领域的良性发展。

人工智能在教学个性化中的应用为教育领域带来了新的机遇和挑战。通过个性化学习路径、即时反馈和提供个性化资源等方面的优势，人工智能为学生提供了更为定制和高效的学习体验。然而，随之而来的隐私和数据安全问题、技术应用的不均衡和对教育者的要求等方面的问题也亟待解决。

未来，随着技术的不断发展和教育理念的更新，人工智能在教学个性化中的角色将进一步强化。通过全球合作、技术创新和伦理研究等方面的努力，人工智能有望成为教育领域更加智能化、人性化的重要推动力量，为学生提供更为优质、多元的学习体验。同时，教育者和决策者需要共同努力，确保人工智能技术的合理应用，培养更具创新力和适应力的未来人才。

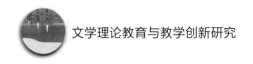

第二节 项目式学习在文学理论教学中的应用

一、项目式学习的基本原理

传统的教育模式往往侧重于知识的传授和学科的划分，而在这个信息爆炸的时代，学生更需要培养的是跨学科的综合能力、实际解决问题的能力及团队协作的能力。项目式学习因其注重实际应用、学科整合和跨学科技能的培养，越来越受到教育界的关注。本书将深入探讨项目式学习的基本原理，包括其定义、核心要素、实施步骤及对学生和教育的影响。

（一）项目式学习的定义

项目式学习是一种基于问题、任务或项目进行学习的教学方法。学生通过参与真实世界中的项目，运用跨学科的知识和技能，解决实际问题，从而实现对知识的深层次理解和能力的全面提升。与传统的课堂教学不同，项目式学习强调学生的主动参与和自主学习，培养学生的创造力、批判性思维和解决问题的能力。

（二）项目式学习的核心要素

1. 真实世界的问题或任务

项目式学习的核心在于提供真实的问题或任务，这些问题或任务通常来源于学生所处的社区、行业或世界。这样的问题能够激发学生的兴趣和好奇心，使学习更具有针对性和实际意义。

2. 跨学科的整合

项目式学习不仅仅强调学科知识的单一传授，更注重跨学科的整合。学生需要运用来自不同学科的知识和技能解决问题，这能够促使他们理解知识之间的关联性，提高学科之间的综合应用能力。

3. 学生的主动参与

在项目式学习中，学生扮演着积极的角色。他们需要在团队中自主分工，通过合作和协作完成项目。学生的主动参与不仅培养了团队协作的精神，还加深了他们对学科内容的理解。

4. 产出有实际意义的成果

项目式学习强调的不仅是学科知识的学习，更是通过解决问题来产出实际的成果。这些成果可以是报告、展示、模型、产品等，能够在真实社会中发挥作用，增加学生对学习的投入感和成就感。

5. 反馈和评价

在项目式学习中，反馈和评价是持续的过程。学生不仅接收来自老师的评价，还需要通过团队成员和自身对项目的反思来不断改进。这种循环的反馈机制有助于学生全面发展，同时培养他们对自身工作的负责态度。

（三）项目式学习的实施步骤

1. 选择合适的问题或任务

教师在设计项目时需要挑选与学科知识相关、能够激发学生兴趣的问题或任务。问题的设计要贴近学生的实际生活，具有一定的挑战性和启发性。

2. 制定明确的目标和标准

在项目开始前，明确项目的学习目标和评价标准是必要的。学生需要清楚他们将学到什么，以及如何被评价。目标和标准的明确有助于学生更好地聚焦学习方向。

3. 学生分组和角色分配

学生通常以小组形式进行项目工作，因此教师需要负责分组和角色分配。合理的分组可以激发学生之间的合作精神，确保团队内每位成员能够发挥其所长。同时，可以尝试给学生分配不同的角色，如项目经理、研究员、设计师等，以模拟真实工作环境。

4. 提供资源和指导

教师在项目进行过程中需要提供必要的学科资源和指导。这可以包括书籍、文章、互联网资源等。同时，教师作为导师需要提供一定的指导，引导学生学习如何展开研究和解决问题。

5. 学生独立研究和合作实践

学生在项目中有一定的自主权，可以进行独立研究。这有助于培养学生的自主学习能力和问题解决能力。同时，团队合作也是项目式学习的核心，学生需要在小组中合作完成任务，分享资源和经验。

6. 制作成果和展示

学生最终的任务是制作项目成果，并进行展示。这可以是一份报告、一

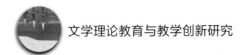

个演示文稿、一个模型、一个应用程序等。展示是学生对所学知识进行复习和总结的机会，也是向同学和老师展示成果的时刻。

7. 提供反馈和评价

在整个项目过程中，教师需要提供及时的反馈，指导学生在正确的方向上前进。同时，学生之间也可以进行互相的评价。最终，教师会根据制定的评价标准对学生的项目进行评估。

（四）项目式学习对学生的影响

1. 培养实际问题解决能力

通过解决真实的问题，学生能够培养实际问题解决的能力。他们需要分析问题、搜集信息、提出解决方案，并最终将解决方案应用到实际项目中。

2. 提高团队协作和沟通能力

在小组合作的过程中，学生不仅需要与组员合作完成任务，还需要进行有效的沟通。这有助于提高学生的团队协作和沟通能力，使得他们在团队中更好地发挥作用。

3. 培养批判性思维和创造力

项目式学习鼓励学生提出问题、质疑现象，培养批判性思维。同时，在解决问题的过程中，学生需要发挥创造力，提出创新的解决方案，从而培养创造性思维。

4. 增强学科知识的综合运用能力

项目式学习要求学生跨学科整合知识，将多个学科的知识应用到实际问题中。这有助于增强学生对知识的综合运用能力，使他们更好地理解学科之间的关系。

5. 提升自主学习和解决问题的能力

在项目式学习中，学生有更多的自主权和选择权，需要自己制订学习计划、进行研究、解决问题。这有助于培养学生的自主学习和解决问题的能力，使他们具备更好的学习动力和能动性。

（五）项目式学习的挑战与解决方案

1. 时间管理和项目设计的挑战

项目式学习需要一定的时间，而学校的课程表通常较为紧凑。教师需要合理安排时间，确保项目的设计和实施不会影响到其他学科的学习。同时，可以考虑将项目分解为较小的任务，分阶段实施。

2. 学科知识的覆盖问题

一些教师可能担心项目式学习会导致学科知识的覆盖不够全面。为解决这个问题，可以设计综合性的项目，确保项目中涵盖了学科知识的多个方面。

3. 团队合作问题

在小组合作中可能会出现团队合作问题，比如沟通不畅、分工不均等。教师可以在项目开始前进行团队建设，让学生了解团队成员的优势和弱点，设立明确的角色和任务分工，提前解决潜在的合作问题。

4. 评估和反馈的难题

对于教师来说，如何评估学生在项目中的表现是一个挑战。可以采用综合评估方法，包括最终成果的评价、学生个人反思和团队合作表现等多个方面。此外，及时的反馈也是解决问题的关键，教师可以通过小组会议、个别指导等形式提供反馈。

（六）未来发展趋势

1. 教育技术的支持

未来，教育技术有望为项目式学习提供更多支持。虚拟现实、增强现实等技术可以为学生提供更为沉浸式和真实的学习体验，使项目更加生动有趣。在线协作工具和平台也有望进一步提高团队合作和跨地域合作的便利性。

2. 跨学科知识整合的深化

未来，项目式学习可能更加注重跨学科知识的整合。社会问题往往是复杂多元的，需要不同学科的知识协同解决。项目式学习有望成为跨学科整合教育的重要手段，促使学生跨足不同学科领域，形成更为全面的素养。

3. 个性化学习路径的应用

随着教育个性化理念的深入，未来项目式学习可能更加注重个性化学习路径。教师可以根据学生的兴趣、学科水平和学习风格设计更贴合个体差异的项目，使学生在项目学习中更好地发挥自身特长。

4. 全球化项目合作

未来，全球化将成为项目式学习的一个趋势。学生可以通过互联网参与国际性的项目合作，与来自不同文化背景的学生一同解决全球性的问题。这不仅能够拓宽学生的视野，还能够培养国际化的合作意识。

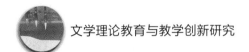

5. 教育政策的支持

随着对创新教育模式的认可，未来的教育政策可能更加支持和鼓励项目式学习的实施。政府和学校可能会提供更多资源，加强对教师的培训，并通过政策引导促进项目式学习的发展。

项目式学习作为一种注重实践、跨学科整合和学生主动参与的教学方法，为培养学生的实际问题解决能力、团队协作和创造力提供了独特的机会。其核心要素包括真实问题、跨学科整合、学生主动参与、实际成果和反馈评价。项目式学习的实施步骤包括选择问题、制定目标、分组角色分配、提供资源和指导、学生独立研究和合作实践、制作成果和展示、提供反馈和评价。

虽然项目式学习在培养学生综合能力方面有很多优势，但也面临着时间管理、学科知识的覆盖、团队合作和评估等挑战。通过合理安排时间、综合评估方法、团队建设等方式，可以有效解决这些挑战。未来，项目式学习有望在教育技术的支持、跨学科整合、个性化学习路径和全球化项目合作等方面进一步发展，为学生提供更为丰富和有意义的学习体验。

二、设计文学理论项目课程的方法与实践

文学理论是文学研究中至关重要的一部分，它深化我们对文学作品的理解，拓展思维边界，培养批判性思维。设计文学理论项目课程是一项具有挑战性的任务，需要结合理论与实践，使学生在课程中能够全面掌握文学理论的核心概念，并能运用这些概念分析和解读实际文学作品。本书将探讨设计文学理论项目课程的方法与实践，旨在为教育工作者提供一些建议和启示。

（一）方法论的选择

1. 综合性方法

采用综合性方法，将不同的文学理论流派融合在一起，让学生了解各种理论之间的联系与区别。通过这种方式，学生能够建立更为全面的文学理论认知体系，不仅限于特定流派。

2. 案例分析法

引入案例分析法，通过分析具体文学作品，将理论应用到实际情境中。这种方法能够加深学生对理论的理解，同时培养其分析问题和解决问题的

能力。

3. 小组合作学习

采用小组合作学习，让学生在团队中共同研究文学理论，并在小组中应用这些理论分析文学作品。这有助于培养学生的团队协作能力和交流能力。

（二）实践环节的设置

1. 文学作品解读

在课程中设置专门的文学作品解读环节，要求学生选择一部文学作品，运用所学理论进行深度解读。这有助于培养学生对文学作品的批判性思维和分析能力。

2. 写作与表达训练

强调写作与表达训练，要求学生在课程中完成论文、评论或其他文学批评性写作。通过这一实践环节，学生能够更好地理解并应用所学的文学理论。

3. 实地考察与文学活动

安排实地考查和参与文学活动，例如参观文学展览、文学座谈会等。这种实践能够拉近学生与文学实践的距离，使他们更好地理解文学理论在实际生活中的应用。

（三）评价体系的建立

1. 多元评价方式

建立多元评价方式，包括论文评定、小组项目评估、参与度等。这样能够全面了解学生在理论学习和实践过程中的表现，避免单一评价方法的片面性。

2. 反馈机制

设立及时的反馈机制，对学生的学术成果和实践表现进行及时评价和指导。通过反馈，帮助学生不断改进和提升自己的能力。

设计文学理论项目课程需要综合运用不同的方法与实践环节，使之成为一门既具有理论深度又贴近实际的课程。通过这样的设计，学生可以在理论学习中培养批判性思维，同时在实践中提升文学分析和解读的能力，为其未来在文学领域的深入研究或相关职业的发展奠定坚实基础。

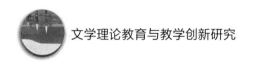

第三节　跨学科教学模式的构建

一、跨学科教学的理论基础

跨学科教学作为教育领域的一项创新实践，旨在打破学科之间的壁垒，促使学生在多领域知识中建构更为综合的认知体系。本书将探讨跨学科教学的理论基础，分析支撑跨学科教学的相关理论框架，以及这些理论在实践中的应用。

（一）建构主义理论

跨学科教学的理论基础之一是建构主义理论。建构主义认为知识不是简单地从教育者传递给学习者，而是通过学习者的个体经验和思考建构出来的。在跨学科教学中，学生通过融合不同学科的知识，建构更为综合和深入的理解。构建主义强调学生在学习过程中的主动性和参与性，这与跨学科教学的目标相契合。

（二）综合性学科认知理论

综合性学科认知理论强调学科之间的相互关系，主张通过整合不同学科的知识来促进深层次的学习。该理论认为，学科之间存在共同的认知过程，通过将这些过程整合在一起，可以促使学生更全面地理解复杂的现象。跨学科教学通过将相关学科的知识融合，使学生能够形成更为综合性的认知结构，有助于提高他们的学科综合素养。

（三）融通思维理论

融通思维理论是跨学科教学的关键理论之一，其核心概念是能够跨越学科界限，将不同学科的知识、思维方式和方法有机地结合起来。这种思维方式有助于学生超越学科的条条框框，形成更为灵活和创新的解决问题的能力。跨学科教学通过培养融通思维，使学生在解决实际问题时能够更全面地考虑多个方面，从而更好地应对复杂的现实挑战。

（四）系统整合理论

系统整合理论强调整体性思维，认为世界上的事物是相互联系、相互作用的系统。跨学科教学通过引入系统整合理论，帮助学生从整体的角度理解问题，而不是仅从单一学科的角度看待。这有助于培养学生的综合分析和综合解决问题的能力，使其具备更强的系统思维能力。

（五）情境学习理论

情境学习理论认为学习最有效的方式是将知识放置在具体的情境中。跨学科教学通过将学科知识应用于实际情境，使学生能够更好地理解知识的实际应用价值。这种理论基础使得跨学科教学更加注重将知识与实际问题相结合，促进学生更深层次的理解。

（六）社会建构主义理论

社会建构主义理论认为知识是在社会互动中建构出来的，而不仅是个体内部的产物。跨学科教学通过鼓励学生合作、交流和共建知识，符合社会建构主义理论的核心理念。学生在跨学科环境中通过互动、合作，共同构建出更为综合的知识结构。

1. 实践中的应用

在实践中，跨学科教学的理论基础不仅是理念上的支持，更是指导具体操作的指南。教育者可以通过设计跨学科的学习活动、项目和课程，将以上理论融入教学实践。

（1）项目驱动型学习：基于建构主义理论，设计跨学科项目，让学生通过实际问题解决来建构知识。

（2）综合性评价：采用多元的评价方式，不仅关注学科专业知识，还注重学生跨学科能力的培养。

（3）情境化教学：利用真实情境或模拟情境，将知识应用到实际问题中，符合情境学习理论的原则。

（4）小组合作学习：借助社会建构主义理论，强调学生之间的合作互动，共同建构知识。

（5）跨学科教师团队：在教学团队中引入不同学科的教师，通过合作互动，实现跨学科教学的有机整合。

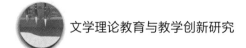

跨学科教学的理论基础是多层次、多元化的，它既包括对学科认知的理论支持，也融入了对学习过程、思维方式和社会互动等方面的深刻理解。在实践中，跨学科教学的成功应用需要结合这些理论基础，精心设计教学活动和评价机制，以促进学生的全面发展。

跨学科教学的理论基础突显了一种更为综合、灵活和创新的教育理念，强调培养学生的批判性思维、问题解决能力及跨领域的综合素养。以下是一些在跨学科教学中应用理论基础的具体策略。

（1）整合教学内容：在教学设计中，教师应该有意识地整合不同学科的知识，使之形成一个有机的整体。通过构建主题或问题驱动的教学内容，引导学生跨足多学科领域，理解知识的交叉点。

（2）引入真实情境：情境学习理论强调将知识应用于实际情境。在跨学科教学中，可以通过引入真实案例、实地考查等方式，让学生在实际问题中运用多学科知识进行思考和解决。

（3）跨学科项目设计：以项目为导向，设计跨学科的学习任务，让学生在项目中运用各种学科知识和技能，在完成任务的过程中培养跨学科思维和合作能力。

（4）促进学生合作：采用社会构建主义理论的理念，强调学生之间的互动与合作。小组合作学习、互动讨论等方式可以有效促进学生共建知识，培养团队协作能力。

（5）跨学科评价体系：设计综合性的评价体系，除了考察学科专业知识外，还要注重跨学科能力的评价。通过论文、项目报告、小组展示等方式全面评估学生的综合素养。

（6）教师跨学科协作：在教学团队中引入不同学科领域的教师，共同设计和实施跨学科教学。这有助于丰富教学资源，提供多元的视角，促进跨学科整合。

2. 挑战与展望

尽管跨学科教学具有丰富的理论基础和实践经验，但在实施过程中仍然面临一些挑战。其中包括以下几方面。

（1）学科之间的差异：不同学科之间存在语言、理论和方法的差异，教师需要花费额外的精力来协调这些差异，确保学生能够理解并整合这些知识。

（2）评价体系的建立：跨学科教学的评价不仅仅需要考察学科专业知

识，还需要评估学生的跨学科能力。构建合理有效的跨学科评价体系是一个较为复杂的任务。

（3）教师培训与发展：跨学科教学需要教师具备广泛的学科知识，以及跨学科整合的能力。因此，教师培训和发展是推动跨学科教学的重要环节。

（4）课程设计的复杂性：跨学科教学需要教师重新思考课程设计，整合不同学科的内容。这需要教师具备创新思维，同时投入更多的时间和精力。

（5）然而，尽管存在这些挑战，跨学科教学在推动学生全面发展、培养综合素养方面有着巨大的潜力。未来，随着对跨学科教学的理论认识的深入和教育体系的不断完善，跨学科教学将更加成为培养具有创新能力和综合素养的学生的有效途径。

跨学科教学的理论基础涵盖了建构主义、综合性学科认知、融通思维、系统整合、情境学习和社会构建主义等多个理论框架。这些理论为跨学科教学提供了坚实的理论基石，强调学科之间的互动、整合和综合，为培养学生的跨学科能力和综合素养提供了理论指导。在实际操作中，教育者应灵活运用这些理论，结合具体教学场景，设计丰富多彩、具有挑战性的跨学科教学活动，以促进学生全面发展。跨学科教学的未来将取决于教育者的创新意识、教育体系的支持，以及对学生全面发展需求的不断认识。

二、文学理论与艺术、哲学等学科的整合案例

文学理论、艺术和哲学等学科各自拥有独特的视角和方法论，它们之间的整合既能够拓展各自领域的研究深度，又能够促进跨学科思维和综合素养的培养。本书将通过分析具体案例，探讨文学理论与艺术、哲学等学科的整合，以展示这种跨学科整合的实际应用。

（一）文学理论与艺术的整合

1. 案例背景

在现代艺术中，文学理论对于艺术创作的影响越发显著。以具体的实例为例，让我们看看一位当代艺术家是如何整合文学理论与艺术创作的。

2. 整合方式

艺术家选择了后现代主义文学理论为创作基础，将文学理论中对于叙事结构、主体性的颠覆与重新解构引入艺术创作。这反映在他的绘画作品中，通过模糊的线条、多层次的色彩叠加，传递出一种主观感知的多维度表达。

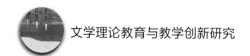

3. 实际效果

通过将文学理论引入艺术创作，艺术家成功地打破了传统绘画的界限，使观者在作品中感受到更多的情感和思想。这种整合方式使艺术作品具有更多层次的解读可能，同时也赋予了文学理论更具体的表达途径。

（二）文学理论与哲学的整合

1. 案例背景

在哲学领域，存在着对语言和意义的深入探讨，而这些议题与文学理论中关于符号和符号学的研究有着紧密的联系。以下是一个展示文学理论与哲学整合的案例。

2. 整合方式

一位哲学家以后结构主义的思想为基础，探讨语言和现实之间的关系。他将后结构主义中关于符号的解构思想引入哲学探讨，并通过文学理论中的符号学概念，分析文学作品中语言的建构和解构过程。

3. 实际效果

这位哲学家通过整合文学理论，为哲学的语言哲学提供了新的视角。他的研究使得对语言本质的思考更加贴近实际应用，同时也为文学理论中的符号学提供了哲学的理论支持。这种整合方式有助于推动哲学和文学理论的共同研究，丰富了两个领域的理论资源。

（三）文学理论、艺术与哲学的三维整合

1. 案例背景

在某学术机构的研究项目中，文学理论、艺术和哲学三个学科共同参与，旨在通过整合这三个领域的研究方法，深入探讨人类主体性与现实的关系。

2. 整合方式

该项目设立了跨学科研究小组，由文学理论学者、艺术家和哲学家组成。研究小组通过定期的讨论和合作，将文学理论中关于主体性的理论与艺术中关于表达主体性的方式相结合，同时借助哲学的思辨力量，深入探讨人类在不同语境下的主体性经验。

3. 实际效果

通过三个学科的整合，研究小组产生了一系列有关主体性的综合性研究成果，包括学术论文、艺术作品展览及哲学讨论会。这些成果不仅推动了各

个领域内部的研究，也为跨学科研究提供了成功的案例。

（四）挑战与启示

1. 学科边界的挑战

在整合文学理论、艺术和哲学等学科时，首要挑战是学科边界的模糊性。学者和研究者需要共同协作，超越各自学科的限制，形成有机的整合。

2. 理论框架的一致性

不同学科有着各自独特的理论框架，整合时需要确保这些框架在某种程度上是一致的。这要求学者对各自领域的理论深度有充分了解，并能够找到共通的研究点。

3. 跨学科团队的协作

有效的整合需要学者具备跨学科协作的能力。建立一个良好的跨学科团队，提倡开放的沟通和平等的合作关系是成功整合的关键。团队成员需要能够理解并尊重其他学科的研究方法和思维方式，从而形成一种协同合作的氛围。

4. 方法论的统一

在整合文学理论、艺术和哲学时，需要统一研究方法。这并不意味着要求所有学科都采用相同的研究方法，而是需要建立一种共同的方法论框架，使得各自的研究方法能够有机地结合在一起。

5. 跨学科教育的培养

为了培养更多有跨学科思维的学者，需要加强跨学科教育。跨学科课程和培训项目可以帮助学生更好地理解和应用不同学科的知识，培养他们的跨学科能力。

第五章　教学评价与质量提升

第一节　教学评价体系的构建

一、教学评价体系的理论基础

教学评价是教育领域中的重要组成部分，它通过对教学质量、学生学业水平和教学过程的综合评估，为教学改进、教育决策提供依据。教学评价体系的构建需要坚实的理论基础，以确保评价的科学性、公正性和有效性。本书将深入探讨教学评价体系的理论基础，包括其核心理论框架、关键概念和实践原则。

（一）建构主义理论

建构主义理论为教学评价体系提供了重要的理论基础。建构主义认为学习是一种主动、个体化的过程，学生通过与外部环境的互动，建构自己的知识结构。在教学评价中，建构主义理论强调考查学生对知识的理解、应用和创造能力，而非仅关注记忆和重复。

在建构主义视角下，教学评价的关键是了解学生是如何建构知识的，他们如何将所学知识整合到自己的思维体系中。评价不仅应该关注学生的成绩，更要通过开放性问题、项目作业等方式，了解学生的深层次认知水平、问题解决能力及对学科的整体理解。

（二）认知理论与学科特性整合

认知理论提供了评价学生学习过程的关键框架。认知理论关注学生是如何接收、处理和存储信息的，以及他们在学习中如何运用这些信息。在教学评价体系中，结合认知理论，评价者可以更全面地了解学生的学习方式、思考能力和问题解决策略。

不同学科具有不同的特性，因此教学评价体系需要根据学科特性进行有针对性的设计。例如，在科学课程中，可以通过实验设计、科学探究项目等方式评价学生的科学思维和实践能力；在文学课程中，可以通过文章分析、写作作业等方式评价学生的文学理解和表达能力。

（三）行为主义理论的启示

虽然行为主义理论在现代教育理论中的地位相对较低，但它对教学评价体系的设计仍有一定的启示。行为主义理论关注可观察的学习行为和结果，其强调在评价中使用客观的、可量化的指标。

在教学评价中，行为主义理论启示我们可以利用测验、考试等方式量化学生的学习成果，通过明确的评分标准来实现评价的客观性。然而，行为主义理论也提醒我们不应仅仅依赖于表面的行为，更要关注学生的深层次理解和能力发展。

（四）社会认知理论的综合运用

社会认知理论将学习视为社会互动的过程，认为学生通过参与社会实践和交流获得知识。在教学评价体系中，社会认知理论强调了学生在协作中学习的重要性，以及评价过程中要考虑学生在社会互动中的表现。

评价不仅应关注个体学生，还应关注学生在小组合作、团队项目中的协作能力和社会交往能力。通过对团队项目的评价，可以了解学生在协作中的角色定位、团队合作氛围的建立等方面的表现，为综合素养的培养提供更多信息。

（五）形成性评价与终结性评价的结合

形成性评价强调对学生学习过程的连续性关注，目的是及时调整教学策略，帮助学生更好地发展。终结性评价则注重对学生最终成绩的总结和总体评价。这两者的结合可以提供更全面的评价体系。

形成性评价的理论基础可以追溯到建构主义和认知理论，而终结性评价则更多地依赖于行为主义理论。在教学评价体系中，形成性评价和终结性评价应相互补充，既要关注学生的学习过程，又要对学生的整体学业水平进行总结和评估。

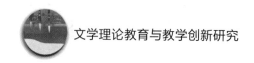

（六）个性化评价与差异化教学的关联

个性化评价强调考虑学生的个体差异，关注每个学生的独特需求和潜力。这种评价方式与差异化教学理念相辅相成，共同致力于满足学生的个性化学习需求。

个性化评价的理论基础在于认知理论中的差异性学习和发展理念，强调学生在认知、情感和社会方面的差异。评价者需要深入了解学生的个体差异，通过多元化的评价手段，如学科兴趣调查、学习风格分析等，更好地为差异化教学提供依据。

（七）综合素养评价的框架建构

综合素养评价体系旨在全面评价学生的各方面发展，包括学科知识、学科能力、学科情感态度和学科价值观等多个层面。其理论基础涵盖了建构主义、认知理论、社会认知理论及形成性评价等多个方面。

在评价综合素养时，建构主义理论强调学生对知识的建构过程，认知理论关注学生对多种知识和能力的掌握，社会认知理论注重学生在社会交往中的发展，形成性评价则强调对学生学习过程的及时反馈。这些理论相互融合，形成了一个全面、多层次的评价体系，有助于更准确、全面地把握学生的发展状况。

（八）实践原则与教学评价体系

在搭建教学评价体系时，一系列的实践原则需要被充分考虑，以保障评价的有效性和公正性。

1. 公正性

评价体系应确保对所有学生公平、公正。这涉及评价内容的合理性、评价标准的明确性以及评价过程的透明性。

2. 全面性

评价体系应该全面反映学生的各方面发展，包括学科知识、学科技能、社会情感态度等多个层面。

3. 可操作性

评价体系应具备可操作性，评价指标要清晰、可量化，便于评价者理解和操作。同时，评价过程应该能够在合理的时间范围内完成。

4. 形成性和终结性结合

教学评价体系既要关注学生的学习过程，及时提供反馈，也要关注学生的整体学业水平，形成全面评估。

5. 差异化

考虑学生的差异性，采用差异化的评价方式，以满足不同学生的个性化需求。

6. 与教学目标一致

评价体系的建构应与教学目标一致，确保评价内容和方式对于实现教学目标具有指导性。

7. 多元化评价手段

利用多种评价手段，如考试、作业、项目、口头报告等，以获取更全面的学生表现。

8. 透明度

评价体系的设计和执行应该是透明的，使学生、教师和家长都能够理解评价的依据和过程。

（九）面向未来的发展趋势

1. 技术的应用

随着信息技术的发展，教学评价体系将更多地借助于技术手段，如在线评估工具、大数据分析等，提高评价的效率和精确性。这样的技术应用还有助于更好地跟踪学生的学习轨迹，为形成性评价提供更及时的反馈。

2. 个性化评价的深入发展

随着对个性化教育理念的重视，个性化评价将更加深入发展。评价体系将更加灵活地考虑学生的个体差异，采用更多样化的评价方式，以更好地满足学生的学习需求。

3. 跨学科评价

面对现实生活中复杂的问题，跨学科能力日益受到重视。未来的教学评价体系可能更加注重对学生跨学科能力的评价，通过项目、综合性考试等方式，全面了解学生的学科整合能力。

4. 社会情感态度的评价

除了学科知识和技能，未来的评价体系可能更加关注学生的社会情感态度，包括团队协作、社会责任感和创新精神等。这将有助于培养学生全面发

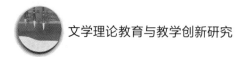

展的综合素养。

5. 多元数据的整合分析

教学评价将更多地借助大数据和人工智能等技术，对多元数据进行整合分析。通过综合分析学生在不同评价维度上的表现，更精确地描绘学生的学业水平和发展趋势。

6. 教学评价与教学改进的紧密结合

教学评价将更加紧密地与教学改进结合在一起。评价结果将直接反馈给教师，帮助教师更好地调整教学策略，提高教学质量。

7. 全球性评价标准的制定

随着全球化的进程，可能会出现更为统一和通用的全球性评价标准，以便更好地比较和对比不同地区、不同文化背景下的学生学业水平。

8. 终身学习的评价体系

随着终身学习理念的普及，未来的评价体系可能会更注重个体的终身学习能力。这需要评价体系更好地考虑学生在不同学习阶段的成就和发展。

教学评价体系的理论基础直接关系到评价的科学性和有效性。建构主义、认知理论、行为主义、社会认知理论等多种理论为教学评价提供了深厚的理论基石。随着教育理念的不断发展和社会需求的变化，教学评价体系也在不断演变。

未来，教学评价体系将更加注重全面素养的培养，更加关注个性化发展，更加紧密地与教学改进结合，更加充分地利用技术手段。这需要教育者和评价专家们不断深入研究理论，积极借鉴国际先进经验，以期建构更科学、更有效的教学评价体系，为学生的全面发展提供更有力的支持。

二、不同层次的教学评价指标体系

教学评价是教育体系中的关键环节，旨在全面、客观、科学地了解教学效果，为教学改进和学生发展提供依据。不同层次的教学评价指标体系是建构一个系统而全面的评价框架的基础。本书将深入探讨不同层次的教学评价指标体系，包括其设计原则、内容特点及在实际教学评价中的应用。

（一）基础层次的教学评价指标体系

1. 学科知识掌握

基础层次的评价首要关注学生对学科知识的掌握程度。包括对基本概念、基础理论的理解，学科知识的基础应用能力。

2. 学科技能运用

评价学生在具体问题解决中的学科技能运用，包括实验技能、分析问题的能力、运用学科方法的能力等。

3. 学科基本概念

重点关注学生对学科基本概念的理解，以及能否正确运用这些概念解决相关问题。

4. 记忆与理解

在基础层次中，学生的记忆和理解能力是关键评价指标，检验他们是否能熟记学科知识点，并理解其内涵。

5. 书面表达与表述

评价学生的书面表达能力，包括语法准确性、逻辑清晰性，以及对学科知识的正确表述。

基础层次的评价体系着眼于学生对学科基础知识的掌握，是教育教学的起点。这一层次的指标体系有利于教师对学生学科基础能力的把握，并在后续教学中有针对性地进行辅导。

（二）中层次的教学评价指标体系

1. 分析与解决问题

中层次评价关注学生是否能够运用学科知识和技能分析和解决复杂问题，体现学生的学科实践能力。

2. 批判性思维

评价学生是否具备批判性思维，包括对信息的分析、评价和提出合理的批判性观点的能力。

3. 综合应用能力

中层次的评价关注学生能否在不同情境下综合运用学科知识，将理论知识应用到实际问题中。

4. 创造性表达

中层次评价学生是否具备一定的创造性思维，包括对学科问题提出新颖见解、创造性地解决问题的能力。

5. 实验设计与实践

对于实验型学科，评价体系将关注学生是否具备设计和进行实验的能

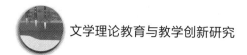

力，以及对实验结果的分析和总结能力。

中层次的评价体系强调学生对学科知识的深层次理解和应用，是培养学生综合能力的关键环节。这一层次的评价不仅关注知识本身，更注重学生的学科实践能力和创新能力。

（三）高层次的教学评价指标体系

1. 扩展性思维

评价学生是否具备跨学科的扩展性思维，能够将学科知识与其他领域进行联接。

2. 学科研究与创新

高层次的评价体系关注学生是否具备进行学科研究的基础，是否具备独立思考和创新的能力。

3. 学术论文写作

针对研究型学科，评价学生是否具备撰写学术论文的能力，包括文献综述、研究设计、数据分析和结论撰写等。

4. 团队协作与领导力

评价学生是否能够在团队中有效协作，同时是否具备领导团队的潜力。

5. 社会责任感

考查学生是否具有社会责任感，是否能够将学科知识应用于社会问题解决。

高层次的评价体系关注学生更为复杂和深层次的能力，涵盖了综合性的思考、创新性的能力及对社会的责任感。这一层次的评价旨在培养学生成为具有高水平综合素养的专业人才。

（四）教学评价指标体系设计原则

1. 综合性原则

教学评价指标体系应当全面、综合地考查学生在各个方面的能力。包括知识的广度和深度，能力的运用和创新，以及对社会的责任感。

2. 阶段性原则

指标体系应当根据学生的学习阶段分层次设置。不同阶段的学生在知识、技能和素养方面有着不同的重点和期望，评价指标需要与学生的发展水平相适应。

3. 可操作性原则

指标体系需要具有实际操作性，能够被教师和学生理解和运用。评价指标应该能够通过具体的教学活动和任务来实现，便于实施和管理。

4. 灵活性原则

指标体系设计应当具有一定的灵活性，以适应不同学科、不同类型的课程和不同教学目标。教育领域的多样性需要评价体系能够灵活调整，以满足不同需求。

5. 连续性原则

教学评价应当是一个连续性的过程，从基础到高级，不同层次的评价指标之间应该有一定的衔接和延续。这有助于形成学生学科能力的渐进发展路径。

6. 反馈性原则

教学评价体系应该具有明显的反馈功能，通过评价结果能够向学生、教师和学校提供有效的反馈信息，以促进学生的进一步发展和教学的不断优化。

（五）教学评价指标体系在实际教学中的应用

1. 个性化教学

不同层次的评价指标体系有助于实施个性化教学。教师可以根据学生在各个层次的评价结果，有针对性地设计个性化教学计划，帮助每个学生发展到他们的最佳水平。

2. 教学改进

教学评价指标体系是教学改进的有力工具。通过分析学生的评价结果，教师可以发现教学中存在的问题，及时进行调整和改进，提高教学效果。

3. 学科发展

评价指标体系也对学科的发展起到指导作用。通过分析学生在不同层次的评价结果，学科负责人和教师团队可以了解到学科的整体强项和薄弱点，有针对性地进行教学资源和师资的投入。

4. 培养综合素养

不同层次的评价体系有助于全面培养学生的综合素养。从基础到高级，学生逐渐发展学科知识、学科技能和学科情感态度，形成全面发展的综合素养。

5. 课程设计

在设计课程时，评价指标体系提供了对课程目标和内容的指导。教师可

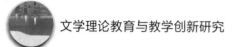

以根据评价体系确定课程的关键点和重点，有助于形成科学合理的教学设计。

6. 学生发展跟踪

教学评价指标体系支持学生发展的跟踪。通过多次的评价，教师可以了解到学生在学科能力上的成长轨迹，帮助他们更好地规划未来的学习路径。

（六）面向未来的发展趋势

1. 技术应用

随着教育技术的发展，未来教学评价体系可能更多地借助大数据、人工智能等技术手段，实现对学生学习过程的更为精准和全面的监测，为个性化教学提供更强有力的支持。

2. 跨学科发展

随着社会对综合素养的需求，未来的评价体系可能更加注重跨学科能力的培养。评价指标将更多地涵盖不同学科领域，促使学生形成更为全面的综合能力。

3. 社会情感态度的评价

未来的评价体系可能更加关注学生的社会情感态度，包括团队协作、社会责任感和创新精神等。这有助于培养更具社会责任感的专业人才。

4. 国际化标准

随着教育国际化的趋势，未来可能出现更为通用和国际化的评价标准，以便更好地比较不同国家和地区的学生学业水平。

5. 个性化评价

针对学生的个体差异，未来评价体系可能更加注重个性化评价。通过更精细化的评价指标，更全面地了解学生的学科特长和发展需求。

6. 持续性反馈

未来的评价体系可能更加强调对学生的持续性反馈。通过实时的、动态的评价，帮助学生更及时地调整学习策略，促进其更好地发展。

不同层次的教学评价指标体系是建构一个科学、全面的评价框架的基础。基础层次关注学生对学科知识的掌握，中层次注重学生对知识的深层次理解和应用，高层次则关注学生更为复杂和深层次的能力和素养。这三个层次相互衔接，构成了一个有机的发展体系，为学生在不同阶段的学科发展提供了有效的引导和支持。

教学评价指标体系的设计原则，如综合性、阶段性、可操作性、灵活性、连续性和反馈性，保证了评价体系的科学性和实用性。这些原则使得评价体系能够在实际教学中得到有效的应用，促进学生全面发展和教学质量的不断提升。

在实际教学中，教学评价指标体系具有多方面的应用，包括支持个性化教学、促进教学改进、推动学科发展、设计课程、跟踪学生发展等。这使得评价不仅是对学生的一次性测评，更是教育系统中的一项动态而有意义的工作。

随着科技的进步、教育国际化的趋势及对综合素养的不断强调，未来教学评价指标体系可能会更加注重技术的应用、跨学科发展、社会情感态度的评价、国际化标准的制定和个性化评价等方面。这将进一步推动教学评价体系的不断创新和发展，更好地适应教育的多样性和复杂性。

综合而言，不同层次的教学评价指标体系是教育体系中至关重要的一环。其科学性和实用性直接影响到对学生和教学的全面理解，为学校和教育机构提供科学的数据支持，有助于培养更具综合素养的人才。在教育的持续发展中，需要不断优化和完善这一体系，以更好地适应社会的需求和学生的发展。

第二节　文学理论教育与学生综合素质评估

一、文学理论教育与学生综合素质培养的关系

文学理论教育是高等教育中一项重要的任务，其与学生综合素质培养之间存在密切的关系。文学理论不仅是传承文学传统、培养学生文学鉴赏力的工具，更是涉及思辨、批判性思维和文化理解等多方面素养的载体。本书将深入探讨文学理论教育与学生综合素质培养之间的关系，分析其相互作用和互惠效应。

（一）文学理论教育的基本任务与内容

1. 传承文学传统

文学理论教育的首要任务之一是传承文学传统。通过学习文学理论，学生能够深入了解文学的渊源、发展历程及不同文学流派的演变，从而建立对

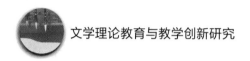

文学传统的认知和理解。

2. 培养文学鉴赏力

文学理论教育不仅仅是对理论的传授，更是为了培养学生的文学鉴赏力。通过理论的引导，学生能够更加敏锐地捕捉文学作品中的艺术特点、文学语言的运用等，提升他们的文学审美能力。

3. 激发思辨精神

文学理论涉及对文学现象的深入思考和分析，有助于激发学生的思辨精神。学生在理论的引导下，能够提出问题、深入思考，形成独立的文学见解，培养批判性思维。

4. 引导文学创作

通过对文学理论的学习，学生可以更好地理解文学创作的内在规律和技巧。这有助于激发学生的文学创作兴趣，培养他们的写作能力。

（二）学生综合素质培养的内涵

学生综合素质培养是高等教育的一项根本任务，旨在培养全面发展的个体，使学生在知识、能力、情感、品德等多方面具备高水平的素养。学生综合素质培养包括但不限于以下几个方面。

1. 学科知识

包括专业领域内的基本知识和核心能力。

2. 科学素养

包括批判性思维、问题解决能力、创新意识等。

3. 人文素养

包括对人文历史、文化传统的理解和尊重，以及对社会价值观的思考。

4. 社会责任感

包括对社会问题的关注、参与社会实践和服务的能力。

5. 团队协作与领导力

包括在团队中协作工作的能力和在一定范围内担任领导角色的能力。

（三）文学理论教育与学生综合素质培养的关系

1. 拓展知识面

文学理论教育不仅涉及文学专业知识，还扩展至哲学、社会学、心理学等多个领域。学生通过学习文学理论，能够接触到更广泛的知识领域，为其全面素质的培养提供丰富的学科基础。

2. 培养批判性思维

文学理论教育注重对文学现象的深刻思考，培养了学生的批判性思维能力。这种思维方式不仅在文学领域有着重要价值，也对学生在其他学科和实际生活中的问题解决能力产生积极影响。

3. 提升人文素养

文学理论教育紧密联系着文学与人文的关系，培养了学生对文学作品中所包含的人文精神的感知和理解能力。这有助于提升学生的人文素养，培养对文学作品和人类文化的敬畏之情。

4. 激发创造性思维

文学理论的学习有助于激发学生的创造性思维。对文学创作和文学现象的深刻理解，能够启发学生在文学领域及其他领域展开创新性思考。

5. 培育社会责任感

文学作为一种反映社会、人类生活的艺术形式，通过文学理论的学习，学生更容易理解社会的多样性和复杂性，从而培养起对社会的责任感和使命感。

6. 发展团队协作与领导力

在文学理论课程中，学生常常需要进行小组讨论、合作项目等。这有助于培养他们的团队协作能力。同时，对于一些研究型文学理论课程，学生可能需要独立完成研究项目，这有助于锻炼他们的领导力和独立工作能力。

7. 促进情感智力的发展

文学作为一种表达情感的艺术形式，通过文学理论的学习，学生能够更深刻地理解情感的表达和传递。这有助于培养学生的情感智力，提高他们对自己和他人情感的认知能力。

8. 培养跨学科思维

文学理论涉及多个学科领域，包括文学、哲学和社会学等。学生在学习文学理论时，需要运用不同学科的知识进行思考和分析，促使他们形成跨学科思维的能力。

（四）文学理论教育与学生综合素质培养的互动机制

1. 互为支撑

文学理论教育和学生综合素质培养相互支撑。学生在理解文学理论的过程中，不仅丰富了自己的知识储备，同时也培养了批判性思维、创造性思维

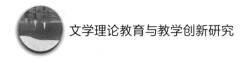

等多方面的素质。

2. 相辅相成

文学理论教育和学生综合素质培养相辅相成。学生通过对文学理论的学习，不仅提升了专业知识水平，同时也加深了对人文精神的理解，提升了人文素养。

3. 共同发展

文学理论教育和学生综合素质培养是共同发展的过程。学生在理论学习中提高了自身素养，这种素养又反过来促进了文学理论的深入理解和传承。

4. 相互激发

文学理论教育和学生综合素质培养相互激发。学生通过对文学理论的学习，激发了对文学创作和文学表达的兴趣，这促使他们更积极地参与创作和实践，从而促进了综合素质的全面提升。

（五）文学理论教育与学生综合素质培养的挑战与对策

1. 挑战

文学理论教育与学生综合素质培养中面临的挑战有以下几方面。

（1）理论脱离实践：有时文学理论教育可能陷入纯粹的理论讲解，脱离实际文学创作和实践。为应对这一挑战，可加强实际案例分析，将理论与实践相结合，让学生更好地理解理论的应用。

（2）知识碎片化：文学理论领域知识广泛而深入，学生可能面临知识碎片化的问题。为应对这一挑战，可设计有机整合的课程体系，将知识融合在案例、讨论等教学环节中。

（3）兴趣缺失：一些学生对文学理论可能缺乏兴趣，认为其过于抽象和烦琐。为应对这一挑战，可采用生动有趣的案例和实际应用，引导学生从实践中感知理论的魅力。

（4）跨学科整合难度：跨学科的特点使得文学理论的教育需要整合多个学科领域的知识。为应对这一挑战，可加强不同学科领域的师资培训，提高教师的跨学科教学能力。

（5）综合评价困难：学生综合素质的培养难以通过传统的考试来评价。为应对这一挑战，可采用多元化的评价手段，包括课堂表现、小组讨论、综合报告等方式，全面了解学生的发展情况。

文学理论教育与学生综合素质培养之间存在紧密的关系，两者相辅相成、互为支撑。通过文学理论教育，学生不仅能够深入了解文学传统，培养文学鉴赏力，还能够培养批判性思维、激发创造性思维、提升人文素养等多方面的综合素质。文学理论的学习不仅为学生提供了广阔的知识视野，更为他们的全面发展奠定了坚实的基础。

2. 对策

在实践中，应当充分认识到文学理论教育与学生综合素质培养之间的互动机制，并注重解决存在的挑战。通过合理的课程设计、教学手段创新及多元化的评价方式，进一步加强文学理论教育与学生综合素质培养之间的关系，使两者更加紧密地结合在一起。具体对策有以下几种。

（1）建设实践导向的教育体系：为了避免理论脱离实践的问题，可以建设一个实践导向的教育体系。通过与文学实践、创作、文化活动等结合，使学生在理论学习中能够更好地应用和体验。

（2）构建跨学科整合的教学团队：面对跨学科整合的难度，可以构建涵盖文学、哲学、社会学等多个学科领域的教学团队。教师之间的跨学科合作，使文学理论教育更具有整合性和协同性。

（3）激发学生兴趣的教学方法：针对学生兴趣缺失的问题，可以采用更具吸引力的教学方法。例如，通过生动的案例、有趣的教学活动、与学生实际生活和兴趣相关的内容，引导学生主动参与学习。

（4）培养综合素质的评价机制：针对综合素质培养难以用传统考试进行评价的问题，可以建立更为全面的评价机制。包括课堂参与度、小组讨论、学术论文、综合项目等多元化的评价手段，全方位了解学生的发展状况。

（5）持续教师专业发展：面对跨学科整合的挑战，应注重教师的专业发展。通过提供相关的培训、交流平台、研究项目支持等，帮助教师不断提升跨学科教学的能力。

在未来，随着教育理念的不断创新和社会需求的变化，文学理论教育与学生综合素质培养之间的关系将更加紧密。在这一过程中，不仅需要教育者深入思考教学内容和方式的创新，还需要构建更加灵活、开放和跨学科的教育体系，以更好地适应学生的多样化需求和社会的快速变化。只有通过不断的努力和改进，文学理论教育和学生综合素质培养才能实现更为有机的融合，为学生的全面发展提供更加坚实的基础。

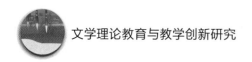

二、设计符合学科特点的素质评估方法

素质评估是教育领域中一项至关重要的任务，它涉及对学生全面素养的评估，而不仅仅是对学科知识的测评。不同学科有着各自独特的特点和目标，因此，为了更准确地反映学科特点，需要设计符合学科特点的素质评估方法。本书将探讨如何设计适应学科特点的素质评估方法，以实现更全面、有效的教育目标。

（一）不同学科的特点与素质评估的关系

1. 文学与语言学科

（1）学科特点：文学与语言学科注重学生的语言表达能力、文学鉴赏能力和创造性思维。除了知识的传授，更注重学生对文本的深度理解和个人情感的表达。

（2）素质评估方法：可以采用开放性的写作任务、文学作品分析、小组讨论等方式。评估不仅关注语言表达的准确性，还关注对文学作品的深刻理解和独立见解的表达。

2. 数学与自然科学学科

（1）学科特点：数学与自然科学学科注重学生的逻辑思维、问题解决能力和实验设计能力。强调严密的逻辑推理和实践能力的培养。

（2）素质评估方法：可以采用解决实际问题的数学建模、实验报告撰写、科学项目设计等方式。评估不仅关注计算和实验的准确性，还注重学生的问题提出和解决思路。

3. 艺术与美术学科

（1）学科特点：艺术与美术学科注重学生的创造性表达、审美感知和艺术实践。强调对形式、色彩、结构等艺术要素的理解和运用。

（2）素质评估方法：可以采用创作作品展示、艺术品评析、艺术活动参与等方式。评估不仅关注技术的掌握，更注重学生对艺术意境的表达和对艺术作品的理解。

4. 社会科学学科

（1）学科特点：社会科学学科注重学生的社会意识、批判性思维和社会实践能力。要求学生理解社会现象、参与社会问题的讨论与解决。

（2）素质评估方法：可以采用社会调查报告、社会问题研究、小组合作项目等方式。评估不仅关注学科知识的理解，还注重学生对社会问题的分析和解决方案的提出。

（二）设计符合学科特点的素质评估方法的原则

为了设计符合学科特点的素质评估方法，需要考虑以下原则。

1. 整合学科知识和素质要求

素质评估方法应该整合学科知识和素质要求，既能够测量学科知识水平，又能够评估学生在解决实际问题、进行创造性思考等方面的素质。

2. 注重实践性和应用性

素质评估方法应该具有一定的实践性和应用性，能够让学生运用所学知识解决实际问题，培养他们在实际工作中的能力。

3. 多元化的评价手段

考虑到学科的多样性，素质评估方法应该采用多元化的评价手段，包括但不限于写作任务、实验报告、项目设计、展示演示、小组讨论等。

4. 关注过程与结果

素质评估不仅仅关注学生最终呈现的结果，更应该关注学生在解决问题的过程中所展现的学科思维、创造性思考和团队协作等能力。

（三）学科特定的素质评估方法示例

1. 文学与语言学科

（1）任务：学生撰写一篇批评性的文学评论，分析一部文学作品的主题、结构和语言运用等，并表达个人对作品的情感和评价。

（2）评估标准：文学分析的深度、语言表达的准确性、个人情感和观点的表达。

2. 数学与自然科学学科

（1）任务：学生参与一个数学建模项目，选择实际问题，运用数学知识建立模型，提出解决方案并撰写报告。

（2）评估标准：模型的建立是否合理、问题解决的思路、报告的清晰度和逻辑性。

3. 艺术与美术学科

（1）任务：学生进行一个创作项目，选择一个主题，以所学艺术形式表

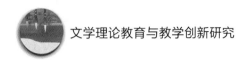

达个人创意，完成艺术作品，并在展示中进行艺术品评析。

（2）评估标准：创意表达的独特性、对艺术元素的运用、作品整体的审美效果及对他人作品的理解和评价。

4. 社会科学学科

（1）任务：学生参与社会问题研究小组，选择一个社会问题，进行调查研究，提出解决方案，并通过小组报告呈现。

（2）评估标准：对社会问题的深刻理解、研究方法的科学性、解决方案的可行性，以及小组合作和报告表达的效果。

（四）素质评估方法的实施策略

1. 明确评估目标

在设计素质评估方法之前，需要明确评估的具体目标，明确想要评价学生哪些素质和能力。

2. 根据学科特点设计任务

针对不同学科特点，设计具体的任务，确保任务既符合学科知识体系，又能够考查学生的综合素质。

3. 提供明确的评估标准

为了保证评估的客观性和公正性，需要提供明确的评估标准，让学生和评估者都清楚什么是期望的表现。

4. 引导学生自主学习

素质评估方法应该鼓励学生进行自主学习和实践，培养他们的主动性和创造性。

5. 关注反馈和改进

在评估过程中，要注重给予学生及时的反馈，帮助他们了解自己的不足并提供改进建议。

6. 综合考虑多方因素

素质评估不应该只看重一个方面的表现，而是需要综合考虑学科知识、思维能力、创造性、团队协作等多方面因素。

7. 充分利用技术手段

在实施素质评估方法时，可以充分利用现代技术手段，例如在线平台、多媒体工具等，提高评估的效率和准确性。

（五）素质评估方法的挑战与未来发展趋势

1. 挑战

（1）主观性难以避免：一些素质评估方法存在一定的主观性，评估者的主观判断可能会影响评估结果的客观性。

（2）工作量大：一些综合性的任务可能会导致评估工作量的增加，特别是在大班级情况下更为显著。

2. 未来发展趋势

（1）人工智能辅助评估：随着人工智能技术的发展，将更多地利用人工智能辅助进行素质评估，提高评估的客观性和效率。

（2）个性化评估方法：越来越多地关注学生个体差异，未来的发展趋势将更加注重设计个性化的素质评估方法，考虑到学生的兴趣、特长和发展需求。

（3）跨学科评估：面对知识交叉融合的趋势，未来的素质评估方法可能更加注重跨学科的综合评估，考查学生在多个学科领域的综合素养。

（4）在线教育与评估：随着在线教育的普及，未来的素质评估方法可能更多地融入在线教育平台，实现更灵活、便捷的评估方式。

设计符合学科特点的素质评估方法是教育领域中的一项挑战性工作。通过深入理解不同学科的特点，制定明确的评估目标，设计多元化的评估任务，并充分利用技术手段，可以更好地实现对学生全面素质的评估。在未来，随着教育理念的不断创新和技术的发展，素质评估方法将更加趋向个性化、多元化，更好地适应学生的多样化需求和社会的变革。

第三节　教学质量监控与改进机制

一、利用数据分析优化教学过程

随着信息技术的迅猛发展，教育领域也在积极应用数据分析技术，以优化教学过程。数据分析不仅为教育者提供了更多关于学生学习情况的信息，也为制定更科学、个性化的教学策略提供了有力支持。本书将探讨如何充分利用数据分析技术，以优化教学过程，提高教学效果。

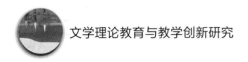

（一）教育数据的类型与获取

1. 学生学业数据

学生成绩、考试得分、作业完成情况等。

2. 学生行为数据

学生在学习过程中的行为，如在线学习时长、参与讨论的频率等。

3. 教学资源使用数据

教师教学资源的使用情况，包括课件浏览次数、在线资源点击率等。

4. 学生反馈数据

学生对教学的评价、建议等信息。

这些数据可以通过学校管理系统、在线学习平台、调查问卷等途径获取，形成庞大而丰富的教育数据资源。

（二）数据分析在教学中的应用

1. 个性化学习路径设计

基于学生学业数据和行为数据，可以通过数据分析确定学生的学习兴趣、擅长领域和学习习惯，从而制定个性化的学习路径，提供个性化的学习资源。

2. 早期干预与学业预警

通过监测学生学业数据，及时发现学习困难或行为异常，进行早期干预，以避免学业滑坡，提高学生成绩。

3. 教学资源优化

分析教学资源使用数据，了解学生对不同资源的偏好，进而优化教学资源，提高资源利用效率。

4. 教学效果评估

利用学生学业数据和反馈数据，对教学效果进行全面评估，为教师提供改进教学的依据。

5. 课程调整与改进

基于学生的学习数据，及时调整课程内容、教学方法和评估方式，以适应学生的学习需求。

（三）数据分析在教学过程中的优势

1. 个性化教学

数据分析为教师提供了更多学生个体差异的信息，支持个性化教学，满足不同学生的学习需求。

2. 实时性与及时反馈

数据分析可以实现对学生学习状态的实时监测，教师可以及时发现问题并提供帮助，使学生能够更迅速地调整学习策略。

3. 科学决策支持

基于大数据分析，教师可以更科学地制订教学计划、调整课程设置，以及进行课程改革。

4. 教学质量提升

数据分析有助于识别教学中的问题和瓶颈，为教师提供改进的方向，从而提高整体教学质量。

5. 学科研究与创新

教育数据的积累为学科研究提供了更为丰富的素材，促进教育领域的创新与发展。

（四）教学过程中的数据分析策略

1. 明确分析目标

在进行数据分析之前，需要明确分析的目标是什么，例如，是优化个性化学习路径、改进教学方法，还是提高学生成绩等。

2. 选择合适的分析工具

根据不同的分析目标，选择合适的数据分析工具。常用的包括 Excel、Python、R 等，以及一些专业的教育数据分析软件。

3. 整合多源数据

教学数据通常来自多个来源，需要进行数据整合，确保数据的一致性和可比性。这可能涉及不同平台数据的导入和整合。

4. 制订分析计划

制订详细的分析计划，明确每一步的操作，确保数据分析的流程清晰、有序。这包括数据清洗、数据转换、探索性数据分析、模型建立等步骤。

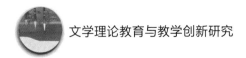

5. 建立模型与预测

对于某些问题，可以建立模型进行预测。例如，可以利用学生历史数据建立预测模型，识别可能出现学业问题的学生，以便进行及时的干预。

6. 可视化呈现

利用可视化工具呈现分析结果，例如制作图表、图形、仪表盘等。直观的可视化有助于教育者更好地理解数据，发现规律和趋势。

7. 实时监测与反馈

数据分析的过程应具有实时性，教育者可以通过监测数据实时了解学生学习状态，及时调整教学策略，为学生提供即时的反馈。

8. 建立反馈机制

建立教师与学生之间的反馈机制，让学生参与到数据分析的过程中。通过讨论分析结果，学生更好地理解自己的学习情况，从而更主动地参与学习。

（五）教育数据分析的应用场景

1. 个性化学习路径设计

基于学生学业数据和行为数据，制定适合不同学生的学习路径，提供个性化的学习资源，促进每个学生的发展。

2. 学业预警系统

利用学生学业数据，建立学业预警系统，及时发现学习问题，进行干预，防范学业困扰。

3. 在线学习平台优化

分析学生在线学习平台的使用数据，改进平台设计，提高学生的使用体验和学习效果。

4. 教学方法改进

利用学生反馈数据和学业数据，评估教学方法的效果，优化教学过程，提高教学效果。

5. 课程设置与调整

分析学生的学业数据，了解学科热点与难点，有针对性地调整课程内容与设置，提升教学质量。

6. 招生与录取策略

利用历年学生的招生数据，分析各种招生策略的效果，优化招生工作，提高录取率与学校声誉。

（六）面临的挑战与应对策略

1. 隐私和伦理问题

数据分析涉及大量学生个人信息，涉及隐私和伦理问题。教育机构需要建立健全的数据管理制度，确保数据安全，并明确数据使用的伦理原则。

2. 数据质量问题

数据质量直接关系到分析结果的准确性。应对数据质量问题，需要在数据采集和整合阶段加强质量控制，确保数据的准确性和完整性。

3. 技术与人才不足

一些教育机构可能缺乏数据分析的专业人才和技术支持。解决这个问题需要投资培训计划，提高教育工作者的数据分析能力。

4. 学生对数据使用的抵触情绪

一些学生可能对自己的数据被分析表示抵触。在使用数据时，教育机构需要明确目的，充分沟通，建立透明的数据使用机制，消除学生的担忧。

5. 系统集成难度

数据分析需要整合不同来源的数据，而一些教育机构可能存在不同系统之间集成难度大的问题。解决这个问题需要采用更先进的信息系统，提高系统集成的灵活性。

（七）未来展望与发展方向

1. 智能化辅助教学

未来教育数据分析将更多地与人工智能技术结合，实现智能化辅助教学。智能教育系统将根据学生的学习数据提供个性化的学习建议和辅导。

2. 更全面的教学评价体系

数据分析将推动教学评价体系的创新，不仅关注学科知识的掌握，还注重学生的综合素养和创新能力的培养。

3. 跨学科研究

教育数据分析将更加注重跨学科研究，以更全面的视角探讨学生学习背后的多方面因素，包括心理、社交和情感等因素的影响。

4. 个性化教育的深入实践

利用更为精准的数据分析，个性化教育将得到更深入的实践。通过深度了解学生的个性、兴趣和学习方式，实现更加有针对性的个性化教学。

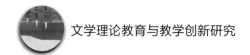

5. 全球化合作与数据共享

随着教育全球化的趋势，不同国家和地区的教育机构将更多地进行合作与数据共享，共同探讨全球教育问题，分享教学经验和数据分析成果。

6. 更广泛的教育领域应用

教育数据分析将不仅仅局限于学校教育，也将渗透到企业培训、在线教育、社区学习等更广泛的教育领域，实现教育资源更为高效的利用。

7. 可视化分析工具的普及

随着可视化技术的不断进步，更直观、易懂的数据可视化分析工具将会得到更广泛的应用，使教育从业者更容易理解和应用分析结果。

8. 学生参与度的提升

未来的发展趋势将更加注重学生对自己学习数据的了解和参与。学生将更主动地参与到数据分析的过程中，更深刻地认识自己的学习特点，从而更有效地调整学习策略。

在未来，随着技术的不断创新和教育理念的不断深化，教育数据分析将扮演更为重要的角色。通过更智能、精准的数据分析，有望实现真正意义上的个性化教育，满足每个学生的学习需求，促进教育的全面发展。

教育数据分析作为教育领域的一项重要技术，已经在提高教学效果、促进个性化教育方面展现出强大的潜力。通过对学生学业数据、行为数据等多方面信息的深入挖掘和分析，教育者能够更好地了解学生，制定更科学的教学策略，提高教学效果。

在应用教育数据分析时，我们需要重视数据的隐私和伦理问题，确保学生数据的安全使用。同时，要注重教师和学生对数据分析的培训，提升他们的数据分析能力，使其更好地利用数据服务于教学。

未来，教育数据分析将与人工智能、可视化技术等更多领域相结合，共同推动教育的发展。通过更深入的研究和实践，我们有望构建更为智能、灵活和个性化的教育体系，为每个学生提供更优质的学习体验。

二、教师培训与教学质量改进

教育是社会进步和个体成长的关键因素之一，而教学质量直接关系到教育的效果和社会的未来。为提高教学质量，教师培训成为一个至关重要的环节。本书将深入探讨教师培训的重要性、方法和教学质量改进的策略。

（一）教师培训的重要性

1. 适应教育变革

教育领域在不断发展，教育理念、教学方法等也在不断创新。教师培训能够使教师更好地适应教育变革，更新知识和理念。

2. 提高教育专业水平

通过系统的培训，教师能够提高自身的教育专业水平，拓展知识面，提升教育教学的能力。

3. 增强教育实践经验

通过培训，教师可以获得更多的教育实践经验，学习到成功的案例和有效的教学方法，为实际教学提供有力支持。

4. 促进专业发展

教师培训是教师专业发展的重要途径，有助于形成良好的职业素养，提高教师的综合素质。

5. 提高学生学习效果

优质的教师培训能够直接提高教学质量，从而增强学生的学习效果，培养更优秀的人才。

（二）教师培训的方法与实践

1. 专业知识培训

针对教师的学科知识和专业素养进行培训，更新最新的学科发展动态，提高教师在特定领域的专业水平。

2. 教学方法培训

引导教师了解和掌握多样化的教学方法，包括互动式教学、案例教学、项目制学习等，使其能够更灵活地应对不同的教学场景。

3. 教育技术培训

针对现代教育技术的发展，要培训教师熟练使用教育技术工具，如在线课程设计、多媒体教学等，提高教学效果。

4. 学科交叉培训

鼓励跨学科的培训，使教师能够更好地整合不同学科的知识，提高综合素养，为跨学科教学提供支持。

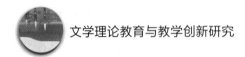

5. 课程设计与评估培训

引导教师设计有趣、富有挑战性的课程，并培训其运用有效的评估方法，以更全面地了解学生的学习情况。

6. 团队合作培训

鼓励团队合作培训，促进教师之间的交流与合作，形成共同的教学理念和团队文化。

7. 专业发展规划

帮助教师制订个人职业发展规划，明确职业目标，通过培训提供支持，实现教师的专业成长。

（三）教学质量改进的策略

1. 反思与自我评估

鼓励教师进行反思和自我评估，不仅关注学生的学习情况，还要反思自己的教学方法和效果，发现问题并及时调整。

2. 多元化教学方法

提倡多元化的教学方法，根据学科特点和学生需求，采用不同的教学策略，激发学生的学习兴趣。

3. 学生参与与互动

强调学生的参与与互动，通过小组讨论、问题解决等方式，促使学生更积极地参与学习过程，提高学习效果。

4. 实践与应用导向

课程设计将更加注重实践和应用，让学生在实际操作中掌握知识，培养解决问题的能力，使学习更具实用性。

5. 及时反馈与调整

设立及时的反馈机制，通过作业、测验、学生评价等方式获取反馈信息，及时调整教学策略，满足学生的学习需求。

6. 关注学生个体差异

教师应注意学生个体差异，了解学生的学习风格、兴趣和能力水平，采用灵活的教学方法，满足不同学生的学习需求。

7. 鼓励创新思维

在教学中鼓励学生的创新思维，引导他们提出问题、解决问题，培养创新和独立思考的能力。

8. **跨学科整合**

促进不同学科之间的整合，推动跨学科教学，培养学生综合运用知识的能力，提高他们的综合素质。

9. **综合评价体系**

建立综合的评价体系，包括考试成绩、作业质量、参与度、课堂表现等多个方面，更全面地评估学生的学习情况。

（四）教师培训与教学质量改进的结合实践

1. **定期组织专业培训**

学校或教育机构可以定期组织专业培训，针对教师的不同需求提供多样化的培训内容，包括学科知识更新、教学方法研讨等。

2. **建立反思机制**

鼓励教师建立个人的反思机制，定期总结自己的教学经验，发现问题，并通过培训提升解决问题的能力。

3. **引入新教学技术**

通过专业培训引入新的教学技术，例如虚拟实验、在线学习平台等，提高教学的科技含量，增强吸引力。

4. **分享教学经验**

组织教师分享会，让有成功经验的教师分享自己的教学方法和经验，促进教育者之间的交流与学习。

5. **实施教学观摩**

安排教学观摩活动，让教师观摩其他同行的课堂教学，吸收优秀的教学理念和方法。

6. **建设教学团队**

建设学科教学团队，促进跨学科整合，通过团队合作提高教学水平，共同研究和解决教学中的问题。

7. **实施教学质量评估**

建立教学质量评估体系，通过学生评价、同行评审等方式，全面了解教学质量，为进一步的培训提供反馈。

8. **培养教育领导力**

教师培训不仅应关注教育教学方面的提升，还应注重培养教育领导力，使教师在学科和教育改革中发挥更大的作用。

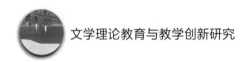

（五）面临的挑战与未来发展趋势

1. 时间和资源投入

教师培训需要一定的时间和资源，而学校和机构可能会面临预算有限、时间紧迫的问题。

2. 培训效果评估

如何科学评估教师培训的效果成为一个挑战。需要建立科学、全面的培训评估体系，量化培训的实际效果。

3. 个性化培训需求

不同教师的需求存在差异，如何实现个性化的培训，满足不同教师的成长需求是一个挑战。

4. 教育科技融合

未来，教育科技的融合将是一个趋势，如何更好地将新技术融入教师培训中，提高培训的效果，是一个需要解决的问题。

5. 全球化视野

随着全球化的推进，未来教师培训需要更多关注国际化、跨文化的视角，使教师在全球化的教育环境中更好地发展。

6. 专业发展与职业认可

如何更好地将教师培训与职业发展相结合，使教师培训得到更多的职业认可，是未来需要探索的方向。

教师培训与教学质量改进是教育体系中相辅相成的两个重要环节。通过有针对性的培训，教师能够提升自身专业水平、适应教育变革，实现个体和教育系统的共同发展。而教学质量改进则需要通过培训将教师的专业能力和创新意识不断提升，以适应不断变化的学习环境。

在实际操作中，学校和教育机构可以通过建立完善的培训机制，包括定期的培训计划、多元化的培训方式、有效的评估机制等，确保培训的质量和效果。同时，也需要关注教师的个性化需求，为其提供有针对性的培训内容，激发其学习的主动性。

随着科技的不断发展和全球化的推进，未来的教师培训将更加注重创新、全球视野和科技融合。借助先进的技术手段，可以实现在线培训、远程培训等多样化的培训形式，使教育者能够更方便地获取知识和技能。同时，全球化的视野将为教师提供更广泛的学习资源和合作机会，促进全球范围内的教育发展。

在未来的发展中，教育机构和决策者需要密切关注教师培训与教学质量改进的关系，推动两者有机结合，形成良性循环。通过共同努力，让教育培训成为教育体系中更为关键和有效的一环，为培养更优秀的学生和提高整体教学水平作出更大的贡献。

第四节　学术研究与文学理论教学

一、学术研究与文学理论教学的互动

学术研究与文学理论教学相辅相成，二者的互动不仅有助于提升文学理论教学的深度和广度，同时也为学术研究提供了理论指导和实践平台。本节将探讨学术研究与文学理论教学之间的关系，以及它们相互促进的机制。

（一）学术研究与文学理论教学的关系

1. 相辅相成的关系

学术研究和文学理论教学是相辅相成的关系。学术研究为文学理论教学提供了新的理论视角和深刻的思考，而文学理论教学则为学术研究提供了具体案例和实践场景。

2. 理论指导与实践结合

学术研究提供了文学理论教学的理论指导，使教学更有深度和系统性。同时，文学理论教学将理论知识应用到具体文学作品中，促使学术研究更贴近文学实践，实现理论与实践的有机结合。

3. 教学案例的来源

学术研究成果为文学理论教学提供了丰富的教学案例。研究者通过对文学作品的深入分析，提炼出理论观点和方法，成为文学理论教学中生动而实用的案例，丰富了教学内容。

4. 学科知识更新

学术研究推动了学科知识的不断更新，为文学理论教学提供了新的素材和新的研究方向。这使得文学理论教学不仅能够传承经典，还能够关注当代文学理论的最新发展。

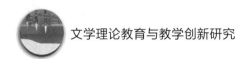

5. 研究成果的应用

学术研究的成果可以直接应用到文学理论教学中。教师可以通过引入最新研究成果，使学生更好地理解文学理论的实际应用和现实意义。

（二）学术研究在文学理论教学中的作用

1. 拓宽教学视野

学术研究为文学理论教学提供了更为广阔的视野。通过研究不同文学流派、时期的理论观点，教学能够超越狭隘的教材范围，让学生接触更多元的文学思潮。

2. 引入新颖的理论观点

学术研究为文学理论教学引入了新颖的理论观点。这不仅能够激发学生对文学的兴趣，还能够培养他们对于不同理论框架的理解和应用能力。

3. 深化教学内容

学术研究使得文学理论教学内容更加深入。通过深度解读文学作品，分析其中蕴含的文学理论，教学能够更具深度，能帮助学生更好地理解文学作品的内涵。

4. 培养批判性思维

学术研究鼓励批判性思维，这一特点能够渗透到文学理论教学中。教师可以通过引导学生分析学术著作的观点、评判其优劣，培养学生独立思考和批判性分析的能力。

（三）文学理论教学对学术研究的促进

1. 理论验证与实践检验

文学理论教学提供了理论验证和实践检验的平台。教师通过将学术理论引入教学实践，可以验证理论在实际教学中的效果，进一步完善和发展理论。

2. 激发研究兴趣

文学理论教学能够激发学生对文学理论的兴趣。学生在课堂上接触到的理论观点和方法可能成为他们未来学术研究的切入点，推动他们深入探究相关主题。

3. 学术交流与合作

通过文学理论教学，教师和学生之间建立起学术交流的桥梁。教师可以借助教学平台与学生进行深入的学术交流，同时也可能促使学生在学术领域形成团队合作的意识。

4. 激励教师进一步研究

通过教学，教师可能会发现一些新的问题、挑战或者有待深入研究的方向。这种发现可能激励教师投入到更深层次的学术研究中。

（四）学术研究与文学理论教学的互动机制

1. 学术研究成果在教学中的应用

学术研究的成果可以直接应用到文学理论教学中。教师在研究中获得的新颖理论观点、研究方法等可以成为教学案例，丰富课程内容，使教学更具前瞻性。

2. 研究动态反映在教学中

学术研究的动态变化可以迅速反映在文学理论教学中。教师可以关注最新的学术研究成果，及时将新的理论观点融入教学中，保持教学内容的时效性。

3. 教学实践为研究提供场景

文学理论教学中的实际操作为学术研究提供了具体场景。教师通过实际教学可以深入了解学生的理解难点、学科认知状况等，为后续研究提供实证基础。

4. 学术讨论与研究启示

在文学理论教学中，教师与学生的学术讨论可能激发出一些新的研究问题。这些讨论不仅能够促进学生的学术思考，也为教师提供了新的研究启示。

（五）挑战与应对策略

1. 教学和研究平衡

教师在教学和研究之间需要取得平衡。为了更好地应对这一挑战，学校可以制定合理的教学和研究任务分配，鼓励教师在教学实践中发展研究兴趣。

2. 培养学生的学术兴趣

学术研究和文学理论教学的互动需要学生的积极参与。为了培养学生的学术兴趣，教师可以采用更灵活的教学方法，引导学生主动思考，参与讨论。

3. 促进学术交流

学术交流是促进研究和教学互动的关键。学校可以建立学术交流平台，

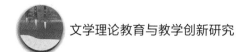

定期组织学术讲座、研讨会等，激发教师和学生的学术研究热情。

4. 提供研究资源支持

学术研究需要资源支持，包括文献检索、实验设备、研究资金等。学校可以通过建设图书馆、提供科研基金等方式，为教师提供更好的研究条件。

（六）未来发展趋势

1. 数字化技术在教学与研究中的融合

随着数字化技术的不断发展，未来学术研究和文学理论教学将更加依赖于先进的数字化技术。数字化工具可以提供更多的学术资源，同时也可以丰富教学手段。

2. 跨学科研究与教学

未来的发展趋势将更加强调跨学科的研究和教学。文学理论教学将更多地融入其他学科的理论体系，促进跨学科思维的培养。

3. 全球化视野与多元文化

随着全球化的推进，未来的学术研究和文学理论教学将更加关注多元文化的交流。全球化的视野将为学术研究提供更广阔的背景，为文学理论教学引入更多元的文学作品。

4. 开放教育资源与合作

未来教学和研究将更加注重开放教育资源和国际合作。学校可以通过建设开放教育平台，共享教学资源，促进全球范围内的学术交流与合作。

学术研究与文学理论教学的互动是推动文学领域发展的重要力量。通过这种互动，学者们在理论研究中找到了更多的实践场景，教师们在教学实践中汲取了更多的理论养分。未来，随着社会和科技的不断发展，学术研究与文学理论教学的互动将更加紧密，为培养更具学术素养的学生和推动文学领域的创新发展提供更多可能。

二、提升教师学术水平与教学质量的关系

教师既是知识的传递者，又是学科领域的专业人士。提升教师的学术水平对于教学质量的提高具有重要作用。本书将探讨提升教师学术水平与教学质量的关系，分析学术水平对于教学的积极影响，并提出促进教师学术水平提升的策略。

（一）教师学术水平对教学质量的重要性

1. 专业知识深度

教师学术水平的提升意味着其在学科领域的专业知识更加有深度。具有深厚的专业知识使教师能够更全面、深入地理解教学内容，为学生提供更丰富、系统的知识体验。

2. 跟上学科发展潮流

学科知识是不断发展的，特别是在科技、社会等领域。提升学术水平可以帮助教师紧跟学科发展潮流，及时更新教材和教学内容，保持教学的时效性和前瞻性。

3. 独立研究能力

学术水平的提升通常伴随着独立研究能力的增强。拥有独立研究的能力使教师能够更深入地挖掘学科知识，为学生提供更有深度的学术引导和实践指导。

4. 激发学生学术兴趣

高水平的学术素养使得教师在课堂上能够深刻地阐释学科的精髓，激发学生的学术兴趣。教师的热情和深刻的解读能够使学生更加积极地投入学习，提高学习效果。

5. 提升教育质量

教师的学术水平与教育质量直接相关。学术水平高的教师能够更好地组织课堂，设计富有挑战性的教学活动，提高学生的学术水平和实际应用能力，从而提升整体教育质量。

（二）学术水平提升与教学质量的相互促进机制

1. 学术研究与教学互动

学术研究和教学是相辅相成的。教学过程中的问题和反馈可以成为学术研究的切入点，而学术研究的成果可以指导和丰富教学内容。

2. 理论与实践结合

高水平的学术水平使教师能够更好地将理论知识与实际教学相结合。教师通过自身的学术研究，能够更深刻地理解理论，并能够将理论知识应用到实际教学中，提高教学的实效性。

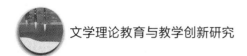

3. 学科知识更新与教学创新

学术水平的提升通常伴随着对学科知识的不断更新。教师通过参与学术研究，能够获取最新的学科知识，进而在教学中引入创新的理念和方法。

4. 独立研究能力与问题解决

高水平的学术水平培养了教师独立解决问题的能力。当教学中遇到问题时，教师能够通过独立的研究思路寻找解决方案，提高教学的质量。

5. 激发学术兴趣与引导学生研究

学术水平的提升可以激发教师对学科的浓厚兴趣，这种兴趣会在教学中表现出来，从而影响学生。同时，教师还能够通过自身的学术研究引导学生进行独立研究，培养学生的创新能力和解决问题的能力。

（三）提升教师学术水平的策略

1. 专业发展计划

学校可以为每位教师制定专业发展计划，明确学术水平提升的目标和路径。计划可以包括参与学术研究项目、发表学术论文和参加学术会议等方面，以全面提升教师的学术素养。

2. 学术培训与研修

学校可以定期组织学术培训和研修活动，邀请资深学者分享最新的学术动态和研究方法。通过培训，教师可以了解学科前沿，提高研究水平。

3. 鼓励教师参与学术研究项目

学校可以提供项目经费和支持，鼓励教师参与学术研究项目。通过参与研究项目，教师能够深入学科领域，提高自身的学术水平。

4. 建设学术交流平台

学校可以建设学术交流平台，包括学术沙龙、学术讲座等形式。教师可以在这些平台上分享自己的学术研究成果，与同行进行交流，促进共同进步。

5. 提供学术资源支持

学校应该提供充足的学术资源支持，包括图书馆、数据库、实验室等。这些资源将有助于教师进行深入的学术研究。

6. 建设学术导师制度

学校可以建设学术导师制度，由有丰富学术经验的老师担任新教师的学术导师，指导其学术成长，提供学术指导和建议。

（四）促进教学质量提升的策略

1. 课程设计与更新

教师在提升学术水平的同时，应注重课程设计和更新。借鉴最新的学术研究成果，结合实际教学需要，设计富有创新性的教学内容，提高课程吸引力和实用性。

2. 激发学生学术兴趣

在教学中，教师应该注重激发学生的学术兴趣。通过引导学生参与讨论、提出问题、进行小组研究等方式，激发其主动学习的兴趣，培养学生的学术思维。

3. 实践性教学

将学术理论与实际教学相结合，开展实践性教学。例如，组织实地考查、实验操作等活动，让学生在实际操作中理解学科知识，提高实际应用能力。

4. 鼓励学生独立研究

教师可以鼓励学生进行独立研究，提供相关的指导和支持。这有助于培养学生的创新思维和解决问题的能力。

5. 评估与反馈机制

建立科学的评估与反馈机制，包括学生评价、同行评审等。通过评估教学效果，及时调整教学方法，提高教学质量。

6. 教育技术融合

教师可以充分利用教育技术，引入多媒体教学、在线学习平台等手段。这有助于提升教学效果，使教学更具互动性和趣味性。

（五）教师学术水平与教学质量关系的挑战

1. 时间压力

教师在学术研究和教学之间可能面临时间上的压力。学术研究需要花费大量时间，而教学任务也很繁重。因此，如何在有限的时间内平衡两者仍然是一个挑战。

2. 资源支持不足

一些学校可能缺乏足够的资源支持，包括学术研究所需的图书馆资源、实验设备、科研经费等。这会限制教师进行深入的学术研究，影响其学术水平的提升。

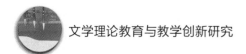

3. 培训机会不足

有些教师可能因为培训机会不足而无法充分提升自己的学术水平。缺乏系统性的培训，教师可能难以了解最新的学科动态和研究方法，从而影响其教学质量。

4. 教学评价机制不完善

如果学校的教学评价主要侧重于学生的评价，而对于教师的学术研究贡献较少考虑，教师可能会更注重教学而忽视学术研究。

（六）未来发展趋势

1. 学科交叉与跨界研究

未来教师的学术水平提升将更加注重学科交叉与跨界研究。跨学科的教学和研究能够拓宽视野，促进不同学科领域的融合。

2. 数字化技术在教育中的应用

随着数字化技术的发展，未来教师将更加依赖先进的技术手段，提高学术研究的效率，同时通过在线教学平台等形式提升教学质量。

3. 开放教育资源与全球合作

未来学术研究和教学将更加注重开放教育资源的共享，借助互联网技术进行全球合作。这将为教师提供更多的学术资源和合作机会，促进学术水平的提升。

4. 教育评价的多元化

未来教育评价将更加多元化，不仅仅关注学生的学习效果，还会更加综合地考量教师的学术研究、教学质量等方面的综合素养。

提升教师学术水平与教学质量之间存在密切的关系，二者相辅相成。教师通过不断提升自己的学术水平，可以更好地指导学生，设计富有创新性的教学内容，提高教学质量。同时，优质的教学实践也能够为教师的学术研究提供实际案例和问题，促进学术研究的深入。

在未来，学校和教育机构应该加强对教师的培训和支持，建立完善的学术导师制度，提供充足的学术资源和研究经费，鼓励教师参与学术研究项目。同时，教育评价体系也需要更加全面地考量教师的学术贡献，使得教学与学术研究真正形成良性循环。通过这样的努力，可以更好地提升教师队伍整体的学术水平和教学质量，为培养更具素质的学生作出更大的贡献。

第五节 标准化考核与教学质量提升

一、制定文学理论教学的标准与规范

文学理论教学的标准与规范对于确保高质量的教学活动、促进学科的健康发展具有重要意义。本书将探讨制定文学理论教学的标准与规范的必要性，分析标准与规范的内容和原则，并提出具体的制定方法。

（一）制定文学理论教学标准与规范的必要性

1. 确保教学质量

文学理论教学的标准与规范能够为教师提供明确的教学目标和指导，确保教学活动的质量。通过规范的教学过程，学生能够更好地理解文学理论知识，提高学科素养。

2. 促进教学创新

标准与规范可以鼓励教师在教学中探索新的方法和手段，促进教学创新。有明确的标准可以降低教师的不确定性，使其更加愿意尝试新的教学策略。

3. 提高评估效度

通过制定标准与规范，可以建立科学、客观的教学评估体系。这有助于更准确地评估教学效果，为学生提供更有针对性的教育服务。

4. 促进课程建设

标准与规范有助于促进文学理论课程的建设和发展。明确的目标和要求可以引导课程内容的设计，使其更符合学科发展和学生需求。

5. 提高教育公平性

制定标准与规范有助于提高教育的公平性。明确的教学目标和评估标准可以减少主观性因素的影响，确保每个学生都有平等的学习机会。

（二）文学理论教学标准与规范的内容和原则

1. 教学目标明确

标准与规范应该明确文学理论教学的总体目标，包括学科知识的传授、学术思维的培养和学生综合素质的提升等方面。目标要与学科发展、社会需

197

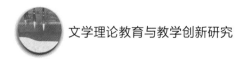

求相一致。

2. 课程设置科学

标准与规范需要规定文学理论课程的基本结构和内容安排。课程应该覆盖主要的文学理论流派、经典著作，同时关注前沿研究和跨学科的融合。

3. 教学方法多样

标准与规范应该鼓励多样化的教学方法。文学理论教学可以通过讲授、讨论、研讨、实践等多种方式进行，以满足不同学生的学习需求。

4. 评估体系完备

制定标准与规范时，需要建立科学合理的评估体系。评估应该包括学科知识的掌握程度、学术能力的发展和综合素质的提升等多个方面，以全面反映学生的学习状况。

5. 师资队伍建设

标准与规范要求学校建立健全的文学理论教师培训机制，提高教师的学科素养和教学水平。培训内容包括学科知识更新、教学方法研究等。

6. 教育科研一体化

标准与规范应该鼓励教育科研一体化。教师需要在教学中积极参与学科研究，将研究成果应用到教学实践中，实现教学与研究的良性互动。

（三）制定文学理论教学标准与规范的方法

1. 专家咨询

在制定标准与规范的初期，可以邀请一些文学理论领域的专家进行咨询。专家可以提供学科发展的前沿信息，为标准的制定提供专业指导。

2. 教育研究

进行广泛的教育研究，了解国内外文学理论教学的最新动态。通过分析不同学校、不同地区的文学理论教学实践，吸收先进经验，为制定标准提供参考。

3. 教师参与

教师是直接参与文学理论教学的主体，因此他们的经验和意见至关重要。可以组织教师座谈会、调研问卷等方式，收集他们对于文学理论教学标准的建议。

4. 学生反馈

学生是教学的受益者，他们对于教学的满意度和建议也应该被充分考虑。可以通过匿名调查、小组座谈等方式，收集学生对于文学理论教学的看法，了解他们对于课程设置、教学方法和评估方式等方面的期望和建议。

5. 国家标准借鉴

可以借鉴其他国家或地区已经建立的文学理论教学标准与规范。通过比较和分析，吸收先进的经验和做法，为本地区的标准制定提供参考。

6. 社会各界参与

文学理论教学涉及广泛的社会层面，可以邀请文学评论家、作家和出版界人士等社会各界的代表参与标准的制定，以确保教学内容贴近社会实际需求。

（四）文学理论教学标准与规范的实施与监测

1. 制定实施计划

制定文学理论教学标准与规范后，需要建立详细的实施计划。计划包括逐步推进的步骤、相关培训与支持和实施时间表等，确保标准能够有效贯彻执行。

2. 教师培训与支持

实施标准需要教师全面理解和接受，因此要进行相关的培训。培训内容可以包括新的教学方法、评估标准的应用等，同时为教师提供相关的支持。

3. 建立监测机制

建立健全的监测机制，定期对文学理论教学的实施情况进行评估。可以通过教学评估、学生反馈和教师自我评估等多种方式，全面了解实施效果。

4. 持续改进

根据监测结果，及时发现问题并进行持续改进。标准与规范是灵活的，需要不断根据实践情况进行修订和更新，确保其能够适应学科发展和教学需求的变化。

5. 信息共享

将实施文学理论教学标准的经验进行信息共享。可以通过学术研讨会、教学经验交流会等形式，让各学校之间分享成功经验和教训。

（五）面临的挑战与未来展望

1. 多元化需求

学生对文学理论教学的需求可能是多元化的，标准与规范需要灵活适应不同学生的学习特点，包括不同层次的学生和不同文化背景的学生。

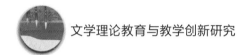

2. 跨学科整合

文学理论不是孤立的学科，与其他学科有着密切的关系。因此，在标准与规范的制定中，需要考虑与其他学科的整合，促进跨学科的发展。

3. 教育技术应用

随着教育技术的发展，文学理论教学也需要适应新的教学工具和平台。标准与规范要考虑如何合理利用教育技术，提升教学效果。

4. 国际化视野

随着社会的全球化，文学理论教学需要更加注重国际化视野。标准与规范的制定应该考虑国际学术标准，培养具有国际竞争力的人才。

通过制定文学理论教学的标准与规范，可以引领教育实践朝着更科学、规范和创新的方向发展。这将有助于提高文学理论教学的质量，培养更具有综合素质的学生，促进学科的健康发展。

二、标准化考核对教学质量的促进作用

教育标准化考核是近年来教育领域的一项重要举措，旨在通过建立统一的评估标准和流程，提高教学质量，促进教育的公平与有效。本书将探讨标准化考核对教学质量的促进作用，分析其实现方式、优势及可能面临的挑战。

（一）标准化考核的定义与背景

1. 标准化考核定义

标准化考核是指在教育领域建立一套统一的、客观的评价标准和流程，用于对教育机构、教育者及学生的表现进行全面评估的一种评价体系。

2. 背景

随着教育的大众化和多元化，传统的评估方式已经不能满足对教学质量全面评估的需求。标准化考核作为一种改革举措，致力于建立公平、客观和可比较的评估体系，从而提高整体的教学质量。

（二）标准化考核对教学质量的促进作用

1. 明确教学目标和期望

标准化考核通过设立明确的教学标准和评估指标，为教学活动明确目标和期望。教育者可以清晰了解教学的核心要求，有利于提高教学的针对性和有效性。

2. 确保教学内容的广度和深度

标准化考核通常包含全面的教学内容和能力要求，有助于确保教育机构在课程设置和知识传递上既有广度，涵盖多个方面，又有深度，确保学生在重要领域获得扎实的知识基础。

3. 提高教学效果的客观性

标准化考核以客观、量化的方式进行评估，减少了主观因素的干扰，使得对教学效果的评估更为公正。教育者可以更精准地了解学生的学习水平，进而调整教学策略，提高效果。

4. 促进教育质量的动态提升

通过周期性的标准化考核，教育机构能够及时了解教学质量的变化趋势。这有助于发现问题，采取针对性的改进措施，实现教育质量的动态提升。

5. 激励教育者的专业发展

标准化考核结果可作为评价教育者业绩和专业水平的依据。通过对教育者的表现进行客观评估，可以激励其进行进一步的专业发展，不断提升自身的教学水平。

6. 建立公平竞争环境

标准化考核有助于建立公平的竞争环境。通过对不同教育机构和教育者的标准化评估，可以更公正地评价他们的业绩，促使各方在提升教学质量上形成压力与动力。

（三）标准化考核的实现方式

1. 建立统一的评估标准体系

制定并确立全国性、地区性或学科性的评估标准，以确保评估的公正性和客观性。

2. 设计多元的评估工具

采用多元化的评估工具，包括考试、作业、项目评估、口头表达等多个方面，以全面评估学生的学业水平。

3. 实施定期的评估和监测

设立定期的评估周期，对学校、教育机构和教育者进行定期的评估和监测，及时发现问题，推动教学的动态提升。

4. 建立专业评估机构

设立独立的专业评估机构，负责对教育机构和教育者进行评估。这样的

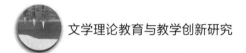

机构应该具备专业的评估团队，确保评估的客观性和专业性。

5. 引入外部评价

引入外部评价，例如邀请行业专业人士、学科领域的专家等，以提高评估的客观性和专业性。外部评价可以为学校和教育者提供更全面的视角。

（四）标准化考核的优势

1. 提高教学质量的透明度

标准化考核通过明确的标准和评估流程，提高了教学质量的透明度。学校、教育机构和教育者可以清晰地了解自己的优势和不足，有针对性地进行改进。

2. 促进教育公平

标准化考核有助于建立公平的教育评估体系，减少了主观因素的干扰，为每个学生提供了更公正的评价。这有助于缩小不同学校、不同地区之间的教育质量差距。

3. 提高教学效果的可量化

通过标准化考核，教学效果可以被更具体、可量化地呈现。这有助于形成数据支持的教学改进策略，让教育者更加科学地调整教学方法和内容。

4. 激发教育者的积极性

标准化考核结果可以作为教育者业绩评价的重要依据，从而激发其积极性和责任心。有了明确的标准和目标，教育者更容易找到自己的发展方向，不断提升专业水平。

5. 推动教育质量的整体提升

通过标准化考核，教育机构和教育者在面临竞争的压力下，更有动力采取有效措施提升教育质量。这有助于整个教育系统的不断提升。

（五）标准化考核可能面临的挑战

1. 机械化教学

针对考核标准，一些学校和教育者可能过度追求标准化，导致教学变得机械化，过于注重对标准的追求，而忽略了学生个性化发展的需求。

2. 应试教育倾向

过于依赖标准化考核可能导致教育过于应试化，教育者过度关注应试技能的培养，而忽略了学生综合素质的培养。

3. 资源分配不均

在一些地区，资源不均衡可能导致标准化考核的不公平。相对贫困的学校可能面临更大的挑战，难以提供与更富裕学校相媲美的教育资源。

4. 评估体系不全面

考核标准可能无法全面覆盖学生的个性差异和综合素质。过于注重学科知识的考核，而忽略了学生创新能力、团队协作等方面的能力。

5. 学生过度焦虑

高压的标准化考核体系可能导致学生过度焦虑，注重应试技能的培养，而忽视了学生全面发展的需求。

（六）未来展望

1. 个性化评价

未来标准化考核可以更加注重个性化评价，通过多元化的评价手段更全面地了解学生的个性差异，更好地促进其全面发展。

2. 综合素质评价

标准化考核应更加注重学生的综合素质，包括创新能力、团队协作能力等方面。这有助于培养更具综合素质的人才。

3. 教育资源均衡

未来标准化考核需要更注重教育资源的均衡分配，确保各个地区和学校都能够获得足够的支持和投入，以提升整体教育质量。

4. 促进教学创新

标准化考核应当促进教学创新，而不是采用僵化的教学模式。鼓励教育者采用新的教学方法、引入前沿科技，以提高教学的灵活性和实效性。

5. 关注教育公平

未来标准化考核应更加注重教育公平，确保每个学生都有平等的学习机会。应对不同地区、不同学校和学生的差异性进行更为细致的考量。

6. 引入多元化评价视角

在考核中引入多元化评价视角，包括学生、家长、社会等多方面的参与，形成更加全面、多层次的教育质量评价。

7. 强化学科交叉

未来标准化考核可以更强调学科之间的交叉与整合。培养学生具备跨学科思维和综合应用知识的能力，适应未来社会的需求。

　　标准化考核作为教育改革的一项举措，在促进教学质量方面发挥了积极作用。通过明确的评估标准、客观的评价流程，标准化考核提高了教学质量的透明度，拓展了教学内容的广度和深度，激发了教育者的积极性，促进了整体的教育质量提升。

　　然而，标准化考核也面临一些挑战，包括机械化教学、应试教育倾向、资源分配不均等问题。未来，需要在保留标准化考核的优势的同时，更加注重个性化评价、综合素质培养、教育公平和教学创新等方面的发展。通过不断优化标准化考核体系，可以更好地适应社会的发展需求，为培养具有创新精神和全面素质的新一代人才作出更大的贡献。

第六章 文学理论教育与社会需求

第一节 文学理论人才培养与社会发展需求

一、文学理论专业人才的社会需求

文学理论专业是培养具备文学研究、批评和创作能力的专业，涵盖了文学的理论体系、批评方法和文学史等多个方面。文学理论专业人才在当代社会中扮演着重要的角色，其培养与社会需求密切相关。本书将分析文学理论专业人才在社会中的需求，探讨其职业前景、岗位需求及社会对其综合素质的期望。

（一）文学理论专业人才的职业前景

1. 学术研究岗位

文学理论专业人才在高校、研究机构等地从事学术研究工作，参与文学理论体系的构建、研究方法的创新，为学科发展提供理论支持。

2. 文学批评与评论

在出版机构、文学期刊、文化传媒等领域，文学理论专业人才可以担任文学批评家、评论员，参与文学作品的评价、解读和传播，推动文学艺术的繁荣。

3. 文学编辑与策划

在出版行业，文学理论专业人才可以从事文学作品的编辑、策划工作，参与选题、修订和出版计划的制定，推动文学作品的出版与传播。

4. 文学教育

文学理论专业人才可以从事高中、大学等层次的文学教育工作，培养学生对文学理论的理解与应用能力，传承文学精神。

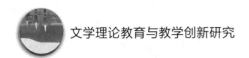

5. 文化传媒与新媒体

随着信息时代的发展，文学理论专业人才可以参与文化传媒和新媒体平台的运营，从事文学推广、内容创作、媒体管理等工作。

（二）文学理论专业人才的岗位需求

1. 高校文学理论教师

高校需要文学理论专业人才担任文学、文艺、汉语言文学等相关专业的教学工作，传授文学理论知识，培养学生的批评与分析能力。

2. 研究机构文学研究员

科研机构需要文学理论专业人才从事文学研究工作，参与国家级和地方级项目，推动文学理论的创新与发展。

3. 文学出版社编辑

文学出版社需要具备文学理论素养的专业人才担任编辑职务，负责文学著作的选题、审定和编辑工作。

4. 文学期刊批评员

文学期刊需要文学理论专业人才担任批评员，对投稿进行专业评价，推动优秀文学作品的发表。

5. 文学策划师

文学理论专业人才可以从事文学策划工作，参与文学活动、展览和文学节的策划与组织。

6. 文学传媒与新媒体工作者

文学理论专业人才可以在传统媒体和新媒体平台从事文学传媒工作，负责文学内容的创作、编辑、推广等工作。

（三）社会对文学理论专业人才综合素质的期望

1. 深厚的文学理论功底

社会对文学理论专业人才期望其具备深厚的文学理论功底，能够熟练运用各种文学批评方法，对文学作品有深刻的理解和分析能力。

2. 广泛的文学知识面

除了专业的文学理论知识，社会也期望文学理论专业人才具备广泛的文学知识面，涉猎多个文学领域，能够对不同文学流派和时期的作品进行理解与评价。

3. 优秀的写作与表达能力

社会对文学理论专业人才的写作与表达能力提出高要求，期望其能够清晰准确地表达对文学作品的观点和评价，具备良好的文字表达能力。

4. 跨学科的学科素养

随着跨学科研究的兴起，社会对文学理论专业人才提出了更广泛的学科素养要求，期望其能够与其他学科领域进行深度交叉，推动文学研究的多元化发展。

5. 创新与实践能力

社会对文学理论专业人才寄予希望，希望其具备创新与实践能力，能够在传统文学理论的基础上进行创新性研究，将理论运用于实际文学创作与传播中。

6. 国际视野与跨文化交流

随着全球化的发展，社会对文学理论专业人才的期望越来越强调国际视野，希望他们能够参与国际学术交流、理论对话，促进中外文学的交流与融合。

7. 团队协作与领导力

在工作中，社会期望文学理论专业人才具备团队协作和领导力，能够与其他领域专业人才协同工作，推动文学事业的全面发展。

8. 社会责任感

社会对文学理论专业人才有社会责任感的期望，希望他们在文学研究与批评中能够关注社会问题，引导文学力量为社会发展、人类精神文明建设作出积极贡献。

（四）应对社会需求的文学理论专业人才培养策略

1. 创设多元化的课程体系

通过构建多元化的文学理论课程体系，涵盖文学批评方法、文学理论体系和跨文化交流等内容，提高学生的学科综合素养。

2. 加强实践教育

注重学生实践能力的培养，通过实习、社会实践、文学创作等活动，使学生能够将理论知识应用于实际工作中。

3. 推动国际交流与合作

建立国际学术交流平台，鼓励学生参与国际性的学术活动、交流项目，

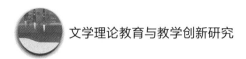

拓宽他们的国际视野，提升跨文化交流能力。

4. 引导学生参与实际项目

通过与出版社、文化机构等合作，引导学生参与实际项目，提高他们在编辑、出版、策划等方面的实际操作能力。

5. 注重科研能力培养

鼓励学生参与科研项目，培养他们的独立研究能力，提高在学术领域的竞争力。

6. 开设跨学科课程

引入与其他学科相关的课程，帮助学生建立跨学科的思维方式，培养他们对不同学科的理解和应用能力。

7. 强化综合素质培养

除专业知识外，注重培养学生的综合素质，包括沟通能力、团队协作能力、创新思维等。

8. 提倡社会参与

鼓励学生参与社会活动，培养其社会责任感，让他们认识到文学理论专业在社会发展中的重要作用。

文学理论专业人才的社会需求日益显现，不仅需要具备深厚的文学理论知识，还需要具备广泛的文学知识面、卓越的写作与表达能力、创新与实践能力、国际视野等多方面的素质。为了满足社会对文学理论专业人才的需求，高校应通过多元化的课程设置、实践教育、国际交流等方式，培养学生的全面素质，使其能够胜任各类文学理论相关的工作，为文学事业的繁荣与发展作出贡献。

二、行业对文学理论人才的期望与标准

文学理论人才在当今社会中扮演着重要的角色，其对文学作品的解读、批评及对文学理论的贡献都对文学事业的繁荣发展产生深远影响。各个行业对文学理论人才的需求呈现多样化和复杂化的趋势。本书将探讨各行业对文学理论人才的期望与标准，分析文学理论人才在不同领域中的角色和发展前景。

（一）学术界对文学理论人才的期望与标准

1. 深厚的学术造诣

学术界对文学理论人才要求具备深厚的学术造诣，掌握广泛的文学理论

体系和研究方法，具备在学术界深入研究的能力。

2. 独立研究与创新能力

学术研究强调独立思考和创新性的贡献，期望文学理论人才对能够独立开展研究项目，提出新颖的理论观点。

3. 出版学术著作

学术界要求文学理论人才在重要学术期刊上发表高水平的学术论文，出版学术著作，推动学科的发展。

4. 国际学术交流经验

具备参与国际学术交流的经验，能够在国际上代表学科水平，与国际同行保持密切的学术合作。

5. 指导研究生的经验

具备指导研究生的经验，培养新一代的学术人才，推动学科的传承与发展。

（二）出版业对文学理论人才的期望与标准

1. 深刻的文学理论洞察力

出版业期望文学理论人才对文学作品有深刻的洞察力，能够准确把握文学潮流和读者喜好。

2. 优秀的写作与编辑能力

出版业需要文学理论人才具备优秀的写作能力，能够进行专业编辑工作，提升文学作品的质量。

3. 对市场需求的敏感性

出版业注重市场导向，期望文学理论人才对文学市场需求有敏锐的洞察力，能够为市场提供有吸引力的文学产品。

4. 策划文学出版计划的能力

出版业需要文学理论人才能够策划并执行文学出版计划，包括选题、编辑、宣传等环节。

5. 与作家的合作经验

有良好的与作家合作的经验，能够与作家保持密切的沟通，推动文学作品的创作与出版。

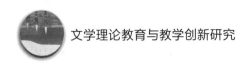

（三）文化传媒与新媒体对文学理论人才的期望与标准

1. 跨领域的文学理论知识

文化传媒和新媒体领域对文学理论人才的期望不仅包括专业的文学理论知识，还需要具备跨领域的知识，能够结合文学理论与文化传播、媒体技术等领域。

2. 优秀的文学解读与创作能力

在文化传媒与新媒体中，对文学作品的解读和创作需要更加注重吸引读者的特色，因此需要文学理论人才具备更为优秀的文学解读与创作能力。

3. 熟悉新媒体技术

需要了解并能够运用新媒体技术，包括社交媒体、短视频平台等，推动文学内容在新媒体平台上的传播。

4. 文学活动策划经验

在文化传媒领域，需要文学理论人才具备策划文学活动的经验，包括线上线下文学活动的组织与推广。

5. 对受众心理的理解

需要理解受众心理，能够根据受众需求进行文学内容的创作和传播，提高文学作品的影响力。

（四）文学教育对文学理论人才的期望与标准

1. 丰富的教学经验

文学教育领域需要文学理论人才具备丰富的教学经验，能够将复杂的文学理论知识以简明易懂的方式传授给学生。

2. 培养学生的批评与分析能力

文学教育期望文学理论人才能够培养学生对文学作品的批评与分析能力，引导学生深入理解文学作品的内涵和形式。

3. 关注学生个性发展

在文学教育中，对文学理论人才的期望还包括关注学生的个性发展，激发学生对文学的兴趣，培养其独立思考的能力和创造性思维。

4. 创新教学方法

随着教育理念的不断发展，文学教育期望文学理论人才能够创新教学方法，引入先进的教育技术和教学手段，提高教学效果。

5. 关注多元文学文化

针对文学理论人才，文学教育期望其关注多元文学文化，能够引导学生涉猎不同文学体裁、风格和时期的作品，拓宽学生的文学视野。

（五）社会文化机构对文学理论人才的期望与标准

1. 参与文学活动策划

社会文化机构对文学理论人才期望其能够参与文学活动的策划与组织，包括文学节、论坛、讲座等，推动文学文化的传播。

2. 文学艺术评论与批评

社会文化机构需要文学理论人才能够从事文学艺术评论与批评工作，为社会提供有深度的文学评价，引导公众对文学的认知。

3. 文学项目策划与管理

参与文学项目的策划与管理工作，推动文学项目的顺利实施，为文学事业提供支持。

4. 文学传统与创新的结合

社会文化机构对文学理论人才期望其能够在传统文学与创新文学之间找到平衡点，推动文学事业的不断发展。

5. 文学普及与教育

社会文化机构期望文学理论人才能够参与文学普及与教育工作，向社会传递文学知识，提高公众对文学的兴趣。

（六）行业对文学理论人才的综合素质要求

1. 沟通能力

在与作家、编辑、学生等不同群体的交流中，文学理论人才需要具备出色的沟通能力，能够清晰表达复杂的文学理念。

2. 团队协作能力

在出版、传媒等行业，文学理论人才需要与编辑、策划师、市场营销人员等多个专业领域进行协作，因此团队协作能力至关重要。

3. 创新思维

面对不断变化的文学市场和读者需求，文学理论人才需要具备创新思维，能够提出新颖的文学理念和项目方案。

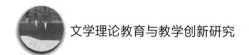

4. 文学实践经验

不仅要有扎实的理论知识，同时也需要有文学实践经验，如参与文学创作、编辑、文学活动组织等，以更好地理解文学的实际运作。

5. 责任心与使命感

对于文学理论人才，特别是在文学教育领域，需要具备强烈的责任心和使命感，因为他们的工作直接关系到文学传承和发展。

（七）未来发展趋势与挑战

1. 数字化与科技化的影响

随着数字化和科技化的发展，文学传播和阅读方式发生了深刻变化，文学理论人才需要适应这一趋势，掌握新媒体技术，推动文学与科技的融合。

2. 跨学科研究的兴起

未来文学理论人才可能需要更多参与跨学科研究，将文学理论与其他领域的知识结合，推动文学研究的创新。

3. 全球化的影响

全球化对文学的传播和理论的发展产生了深远的影响。文学理论人才需要具备国际视野，参与国际学术交流，理解不同文学传统之间的联系和差异。

4. 文学普及与大众文化

随着文学普及的推进，文学理论人才需要更好地适应大众文化的需求，通过更广泛的媒体渠道传播文学理论，引导大众对文学的兴趣。

5. 社会问题与文学关系

社会问题对文学理论的影响越来越显著，文学理论人才需要关注社会变革，积极参与文学对社会问题的反思与解答。

6. 多元化与包容性

未来文学理论人才的培养需要更加强调多元文化的理解和包容性思维。面对不同文学体裁、风格和文化传统，需要以更加包容的态度进行解读和研究。

文学理论人才的需求与标准在不同的行业和领域表现出多样性和复杂性。学术界注重深厚的理论功底和研究创新，出版业关注写作与编辑能力，文化传媒和新媒体追求跨领域知识和创新思维，文学教育看重教学经验和培养学生的批评分析能力，社会文化机构关注活动策划和与社会问题的结合。在这些需求和标准的驱动下，文学理论人才需要具备全面的素质，包括学术造诣、写作能力、沟通协作能力、创新思维等。

未来，文学理论人才需要适应数字化、全球化等趋势，拓展跨学科研究，关注社会问题，加强对多元文化的理解。同时，对于教育机构而言，需要调整课程设置，提供更多实践机会，培养学生的综合素质，以更好地适应不断变化的社会需求。

在不断变革的时代，文学理论人才将继续扮演推动文学事业发展的关键角色。通过不断学习、创新和适应社会需求，他们将能够在各个领域展现出卓越的能力，为文学的繁荣与发展作出积极贡献。

第二节 文学理论教育与职业发展

一、文学理论专业毕业生的职业出路

文学理论专业是一门深具人文精神的学科，涵盖了文学批评、文学理论体系和文学史等多个方面的知识。对于文学理论专业的毕业生而言，职业出路涉及学术研究、教育、出版、文化传媒等多个领域。本书将深入探讨文学理论专业毕业生的职业出路，分析其在不同领域中的就业前景、岗位需求及能力要求。

（一）学术界的职业出路

1. 大学教师

文学理论专业毕业生的职业出路之一是成为大学教师。他们可以在高校担任文学、文艺和文化研究等相关专业的教学工作，传承文学理论知识，培养学生的批评与分析能力。

2. 研究机构研究员

毕业生可以选择进入文学研究机构从事学术研究工作，参与国家级和地方级的研究项目，为文学理论的发展和创新贡献力量。

3. 博物馆与文化机构

一些博物馆和文化机构也需要文学理论专业人才，他们可以从事文学史研究、文学文化展览策划等工作，推动文学的传承与展示。

（二）教育领域的职业出路

1. 中学教师

文学理论专业毕业生可以选择进入中学从事文学教育工作，培养学生的

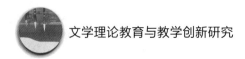

文学素养，传递文学理论知识，引导学生对文学作品进行深入思考。

2. 培训机构讲师

在各类培训机构，文学理论专业毕业生可以担任文学理论、文学史等方面的讲师，为广大学员提供专业的培训。

（三）出版业的职业出路

1. 编辑与策划师

出版业为文学理论专业毕业生提供了编辑和策划方向的职业机会。他们可以参与图书的选题、修订和出版计划的制订，推动优秀文学作品的问世。

2. 文学期刊编辑

可以选择在文学期刊从事编辑工作，负责对投稿的文学作品进行评审、编辑与推广，参与文学批评的前沿讨论。

（四）文化传媒领域的职业出路

1. 文化传媒公司

文学理论专业毕业生在文化传媒公司可以担任文学编辑、文学评论员、文学节目主持等职位，参与文学传媒活动，推动文学作品在广大观众中的传播。

2. 新媒体平台从业者

随着新媒体的崛起，文学理论专业毕业生可以在各类新媒体平台从事文学内容的编辑、创作和传播工作，如文学博客、短视频平台等。

（五）其他领域的职业出路

1. 企业文化部门

一些大型企业设有文化部门，文学理论专业毕业生可以在其中担任文化传播、文学活动策划等职位，推动企业文化建设。

2. 翻译与写作

具备文学理论背景的毕业生可以从事文学作品的翻译工作，或者成为自由职业的文学作家，参与创作与传播。

（六）社会与文学理论专业毕业生的综合素质

文学理论专业毕业生在不同职业领域都需要具备一系列综合素质，这些素质既包括学科专业方面的能力，也包括跨学科的综合素养。

1. 深厚的学科知识

作为文学理论专业毕业生，首要的是要具备深厚的文学理论知识，包括经典文学理论、当代文学批评等方面的学科基础。

2. 批判性思维与分析能力

毕业生需要培养批判性思维，能够对文学作品进行深入地分析和评价，理解其中的文学理论观点和批评方法。

3. 写作与表达能力

良好的写作与表达能力是从事编辑、写作、教学等职业的基本素养，毕业生需要能够清晰、准确地表达文学理论观点。

4. 跨学科思维

随着学科交叉的趋势，毕业生需要具备跨学科的思维能力，能够将文学理论与其他领域的知识进行结合，拓宽视野。

5. 团队协作与沟通能力

在各类职业环境中，团队协作与沟通能力是十分关键的，尤其是在编辑、教育、文化传媒等领域，需要与不同专业背景的人合作。

6. 创新与实践能力

鉴于文学理论是一个不断发展的领域，毕业生需要具备创新思维，能够参与实践项目，将理论知识应用于实际工作中。

7. 国际视野与多元文化理解

全球化的影响使得文学理论专业毕业生需要具备国际视野，理解不同文化之间的联系和差异，以适应跨国公司、国际交流等职业场景。

8. 学习与适应能力

文学理论领域的知识在不断变革，毕业生需要保持学习的姿态，及时了解新的理论观点和研究成果，提高自己的适应能力。

（七）挑战与应对策略

尽管文学理论专业毕业生在多个领域都有着广泛的职业出路，但也面临一些挑战，需要有针对性地提高自身竞争力。

1. 市场竞争激烈

文学理论专业的就业市场相对较小，竞争激烈。毕业生可以通过在校期间积累实习经验，参与相关项目，提升自己的实际操作能力。

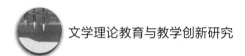

2. 行业需求多样

不同行业对文学理论专业的需求差异较大。毕业生可以通过参加行业相关的培训，提前了解各个行业的特点，做好职业规划。

3. 职业转型困难

部分毕业生可能在职业生涯中面临职业转型的挑战。努力拓宽知识面，增强跨领域能力，能够更好地适应职业发展的变化。

4. 社会认可度相对较低

有时文学理论专业在社会上的认可度相对较低，毕业生可以通过积极参与社会活动，展示自己的专业价值，提高社会认可度。

5. 就业压力

部分毕业生可能会面临就业压力，特别是在学科较为狭窄的情况下。建议毕业生通过进修、深造，提高自己在其他领域的竞争力。

（八）发展建议

1. 多方位实习与实践

在校期间，毕业生应尽量参与相关领域的实习，积累实际工作经验，了解不同行业的工作要求，提高自己的竞争力。

2. 继续深造与研究

毕业后选择继续深造，攻读硕士、博士学位，不仅有助于提高学科水平，也有利于在学术界、研究机构等领域找到更高级别的职位。

3. 拓展跨学科能力

通过选修跨学科的课程、参加跨领域的项目，拓展自己的学科知识面，增强与其他领域的沟通与合作能力。

4. 注重个人品牌建设

在社交媒体上展示自己的专业知识，发表有深度的文章，建立个人品牌，提高自己在行业中的知名度。

5. 积极参与学术研究与社会活动

参与学术研究项目、撰写论文，并积极参加学术会议，这有助于扩展专业领域的影响力。同时，积极参与文学活动、社会服务等，展示个人积极向上的形象，提高社会认可度。

6. 建立职业网络

在校期间和毕业后建立广泛的职业网络，包括与同学、老师和同行业从

业者的联系。通过参与行业活动、社交聚会等方式，扩大人脉，为未来职业
发展做好准备。

7. 定期职业规划与自我评估

毕业后，定期进行职业规划与自我评估，审视自己的职业发展方向，了
解市场需求变化，不断调整个人发展方向和目标。

8. 保持学习态度

由于文学理论领域的不断发展和变化，毕业生需要保持学习的态度，关
注新的理论观点、研究成果，提高自己的专业水平。

文学理论专业毕业生的职业出路虽然面临一些挑战，但同时也充满了广
阔的发展空间。通过综合素质的提升、实践经验的积累、跨学科能力的发
展及积极的职业规划，毕业生可以在学术界、教育领域、出版业、文化传
媒等多个领域中找到适合自己发展的方向。同时，注重个人品牌建设、建
立良好的职业网络，积极适应市场需求变化，都是提高就业竞争力的有效
途径。

文学理论专业的毕业生在职业发展中既能发挥专业知识的深度，又能借
助批判性思维、创新能力等跨学科素质，更好地适应多元化、国际化的职场
环境。毕业生在面对未来的职业选择时，除了关注行业趋势，更要注重个人
兴趣与价值观，找到自己的职业定位，实现职业生涯的持续发展。

二、职业发展路径与文学理论教育的关系

文学理论教育作为人文学科的重要组成部分，不仅关乎学科的传承与发
展，也直接影响着学生的职业发展路径。本书将探讨职业发展路径与文学理
论教育的关系，分析文学理论教育在学生职业发展中的作用，以及如何通过
文学理论教育为学生提供更为丰富的职业选择和发展方向。

（一）文学理论教育的特点与价值

1. 批判性思维培养

文学理论教育注重培养学生对文学作品的批判性思维，使其能够深入剖
析文学作品的内涵、形式，具备独立思考和批评的能力。

2. 跨文化视野

通过文学理论教育，学生接触到来自不同文化、时期的文学作品，拓宽
了他们的文化视野，培养了跨文化交流的能力。

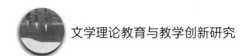

3. 文学传统与创新

文学理论教育涵盖了经典文学理论和当代文学思潮，使学生既能理解传统文学的内涵，又能关注当代文学的创新和发展。

4. 语言表达能力

通过文学理论教育，学生在阅读与讨论的过程中提升了语言表达的能力，这有助于他们更好地沟通与表达思想。

5. 综合素养培养

文学理论教育不仅注重学科专业知识的传授，还关注学生的综合素养，包括人文精神、社会责任感等方面的培养。

（二）文学理论教育与学生职业发展的关系

1. 学术研究领域

文学理论教育为学生打开了学术研究领域的大门。通过深入研究文学理论，学生可以选择成为学术界的一员，从事文学研究、理论探讨等工作，投身于知识的创造与传承。

2. 教育领域

文学理论教育为学生提供了从事教育工作的基础。毕业生可以选择成为中小学的文学教师，通过传授文学理论知识，培养学生的文学素养。

3. 文学创作与编辑领域

了解文学理论使得学生能够更有深度地理解文学作品的创作过程。毕业生可以选择成为文学作家，也可以从事编辑工作，参与文学作品的策划、编辑和推广。

4. 文化传媒与新媒体领域

文学理论教育培养学生对文学作品深入的理解和分析能力，使其适应文化传媒与新媒体行业的需求，从事文学评论、编辑等相关工作。

5. 社会文化机构与博物馆

文学理论教育使学生对文学的历史、发展有更全面的认识，适合从事博物馆、文化机构等单位的工作，参与文学展览、文化活动的策划和管理。

（三）职业发展路径的多样性

1. 学术研究生涯

毕业生可以选择深入学术领域，攻读硕士、博士学位，成为一名专业的文学理论研究者。他们可以在高校从事教学与研究工作，为学科的发展和创新作出贡献。

2. 文学教育工作者

毕业生可以选择成为中小学的文学教师，传授文学理论知识，培养学生的文学兴趣和鉴赏能力。同时，还可以在培训机构、文学辅导班等单位从事相关教育工作。

3. 文学创作与编辑

具备深厚文学理论知识的毕业生适合从事文学创作，成为作家、诗人等，也可以进入出版业，担任编辑、策划等职务。

4. 文学评论与传媒从业者

对文学作品有深刻理解的毕业生可以成为文学评论员，通过媒体平台、网络等途径，参与文学作品的评价与传播。

5. 文化机构与策展工作者

文学理论毕业生可以进入博物馆、文化机构等单位从事策展工作，参与文学展览的策划和执行，推动文化的传承。

（四）文学理论教育的助力与挑战

文学理论教育对学生职业发展的助力体现在以下几方面。

1. 助力职业选择

文学理论教育培养学生深厚的文学素养，使其在职业选择时有清晰的方向。通过对文学作品深入的理解，毕业生可以更好地选择适合自己兴趣和专业背景的职业领域，减少职业迷茫。

2. 跨学科素养

文学理论教育强调批判性思维、跨文化视野等跨学科素养的培养，这为毕业生的职业发展提供了更广阔的空间。他们可以更好地适应不同领域的需求，担任跨学科团队中的核心成员。

3. 提升综合素质

文学理论教育注重学科专业知识的同时，也强调学生的综合素质，包括语言表达能力、团队协作能力等。这些素质对于职业发展至关重要，使得毕业生能够更好地适应职场环境。

4. 创新思维培养

文学理论教育促使学生不仅关注文学的传统，还注重当代文学的创新。

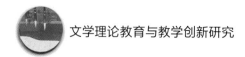

这培养了毕业生的创新思维，使他们更具有独立思考和解决问题的能力，有利于在职业中应对各种挑战。

然而，文学理论教育也面临一些挑战，具体包括以下几方面。

1. 行业认可度相对较低

有时文学理论教育在一些行业的认可度相对较低，需要毕业生在职业发展过程中通过实际表现提高专业的认可度。

2. 职业转型难度

由于文学理论专业相对狭窄，部分毕业生在职业生涯中可能会面临转型的难题。这需要他们积极学习其他领域的知识，提高自己的多领域适应能力。

3. 市场竞争激烈

文学理论专业的毕业生相对较多，市场竞争激烈。为了在竞争中脱颖而出，毕业生需要通过实习经验、个人项目等方式积累丰富的实践经验。

（五）提升文学理论教育的途径

1. 实践与实习机会

提供更多的实践机会和实习机会，让学生能够将文学理论知识应用到实际工作中。这有助于培养学生在职场中所需的实际操作能力。

2. 跨学科课程设置

在文学理论教育中加入跨学科的课程，让学生接触到其他领域的知识，提高他们的综合素养，更好地适应职业发展的需要。

3. 职业规划辅导

为学生提供职业规划辅导服务，帮助他们更好地了解不同行业的发展前景和需求，制定更科学的职业规划。

4. 行业导师指导

与行业内的专业人士建立联系，邀请他们担任导师，为学生提供更为贴近实际职业发展的指导和建议。

5. 国际化视野

加强国际化合作，开设涉及国际文学理论的课程，鼓励学生参与国际学术交流，拓宽他们的国际化视野，更好地适应全球化的职业环境。

文学理论教育与职业发展路径之间存在着紧密的关系。良好的文学理论教育不仅能够为学生提供深厚的学科知识，还培养了批判性思维、跨学科素养和创新能力等多方面的综合素质。这些素质为学生在不同领域找到合适的职业发展路径提供了坚实基础。

然而，文学理论教育也需要不断调整与创新，更加贴近职业需求，帮助学生更好地实现职业发展。通过提供更多的实践机会、跨学科课程设置和职业规划辅导等手段，学校和教育机构能够更全面地助力学生在职场中崭露头角，实现个人和专业发展的双丰收。

第三节　社会文化认同与文学理论教育

一、文学理论在社会文化中的地位

文学理论作为一门对文学现象进行系统分析和解释的学科，对于理解、评价和推动文学创作具有重要作用。它不仅是文学研究的理论基石，更是在社会文化中扮演重要角色的知识体系之一。本书将探讨文学理论在社会文化中的地位，分析其在不同层面的影响和作用。

（一）文学理论的概念与内涵

文学理论是一门研究文学现象、文学规律及文学与其他社会文化因素关系的学科。它包括对文学作品的解读、分析，对文学范畴的理论构建，以及对文学与社会、历史、文化之间关系的深入思考。文学理论旨在提供一种理论框架，使人们更深刻地理解文学的本质和意义。

（二）文学理论与文学创作的关系

1. 指导文学创作

文学理论为文学创作者提供了一种理论指导，帮助他们更好地把握文学的形式、内容和意义。不同的文学理论流派可以成为作家选择创作方向的参考。

2. 启发创新思维

文学理论通过对文学史、文学形式的研究，为创作者提供了各种各样的文学样式和表达方式，激发创新思维，促进文学作品的多样性和丰富性。

3. 审美观念的传承

文学理论有助于传承和发展不同时期的审美观念。通过文学理论的研究，人们可以更好地理解不同时代文学作品中所体现的审美观、文学价值

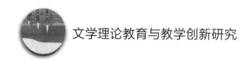

观念。

（三）文学理论对文学研究的推动作用

1. 拓展研究领域

文学理论的发展推动了文学研究的多样性。不同的理论视角使研究者能够更全面地审视文学作品，将其置于不同的文化、社会、心理等背景中进行深入研究。

2. 深化文学解读

文学理论为文学作品提供了多元的解读途径。不同理论的观点和方法，使人们能够从不同的角度审视文学作品，丰富了对作品内涵的理解。

3. 促进跨学科研究

文学理论与其他学科相互渗透，推动了跨学科研究的发展。社会学、心理学、哲学等学科与文学理论相结合，使得文学研究更具深度和广度。

（四）文学理论在文化传承中的作用

1. 文学传统的延续

文学理论有助于文学传统的延续。通过对文学作品的解读和分析，人们能够更好地理解文学传统，将其传承给后代，保持文学的历史连续性。

2. 文学价值观念的传递

文学理论传递了不同时期的文学价值观念。从古典主义到浪漫主义，再到现代主义，文学理论承载着各个时期的文学思潮，将其传递给后来的文学爱好者和研究者。

3. 文学与社会关系的反思

文学理论通过对文学与社会关系的深入思考，推动文学作品反映社会现象、传达社会价值观的功能。这有助于文学作品更好地服务于社会文化的发展。

（五）文学理论在社会文化中的影响力

1. 引领文化潮流

文学理论的发展对社会文化产生深远的影响。一些重要的文学理论观念，如后现代主义、女性主义、后殖民理论等，引领了一系列社会文化潮流，推动了文学创作的多元化。

2. 推动社会变革

文学理论中的一些社会批判性的观点能够激起社会对不公正、不平等的反思。通过文学作品传达的社会问题，有助于推动社会变革和进步。

3. 构建文化认同

文学理论有助于构建个体和群体的文化认同。通过对文学传统的认知，人们更能够找到自己在社会文化中的定位，形成文学共鸣。

（六）文学理论的发展与社会文化互动

1. 社会变革对文学理论的影响

社会的变革与发展不断刺激文学理论的产生和发展。在社会变革的背景下，新的文学理论观念不断涌现，反映社会的变迁和文化的多元。

2. 文学理论对社会的塑造作用

文学理论不仅是对文学作品的解释，也是对社会现象、文化传统的反思。一些重要的文学理论观念通过影响文学作品，进而在社会中引起共鸣，推动了社会观念和文化的演变。

3. 文学理论与文学市场的互动

随着文学市场的发展，文学理论也逐渐与市场互动。一方面，市场需求推动了不同风格和主题的文学理论的出现；另一方面，文学理论的引导也影响了文学市场的取向，推动了一些文学作品的流行。

4. 全球化与文学理论的交流

全球化背景下，各国的文学理论相互交流，形成了丰富多彩的学术生态。不同文学理论的融合、对话，使得世界范围内的文学研究更加多元，推动了文学研究的国际化。

（七）文学理论面临的挑战与发展趋势

1. 跨学科研究的需求

面对复杂多样的社会文化现象，文学理论需要更多地融入跨学科研究，与哲学、社会学、心理学等学科进行深入对话，以更好地解释文学现象。

2. 多元文化的呼声

随着多元文化的崛起，文学理论需要更加注重包容和尊重各种文化观点。跨文化的研究将更有助于理解文学在全球范围内的影响和意义。

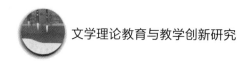

3. 数字化时代的冲击

在数字化时代，文学理论需要更好地适应数字媒体的发展。对于电子文学、网络文学等新媒体形式，文学理论需要提供新的分析框架和解读方式。

4. 社会问题的关注

随着社会问题日益凸显，文学理论需要更多地关注与社会问题相关的文学作品，发挥文学的社会批判功能，促进社会公平与正义。

文学理论在社会文化中的地位不仅体现在对文学创作的引导作用，更体现在对文学研究、文学传承及社会变革的推动作用。通过对文学作品的深刻解读和对文学现象的系统分析，文学理论为人们提供了更为深刻的文学体验，推动了文学的发展与繁荣。

然而，文学理论也面临新的挑战，包括跨学科研究的需求、多元文化的呼声、数字化时代的冲击等。在应对这些挑战的同时，文学理论也应不断拓展自身的研究领域，更好地适应社会的发展变化。

总体而言，文学理论与社会文化相互交融、相互促进。在这个过程中，文学理论既反映了社会文化的脉络，又为社会文化的发展注入了新的思想和力量。在未来的发展中，文学理论有望继续发挥重要的引导和推动作用，促进文学与社会文化的共同繁荣。

二、文学理论教育与传统文化的融合

文学理论教育与传统文化的融合是当前文学教育领域的一个重要话题。随着社会的发展和变革，文学理论教育在传承经典的同时，也需要与传统文化进行有机结合，以更好地培养学生的人文素养和文学鉴赏能力。本书将深入探讨文学理论教育与传统文化的融合，分析其意义、方法及可能面临的挑战和前景。

（一）文学理论教育与传统文化融合的意义

1. 传承文化基因

传统文化是一个民族、一个社会的文化基因，包含了深厚的历史和文化积淀。文学理论教育通过融合传统文化，有助于传承和发扬传统文化的精髓，使学生更好地理解文学的深层含义。

2. 培养文学情怀

传统文化中蕴含着丰富的情感、价值观念和生活智慧，通过与文学理论的结合，可以更好地引导学生建立对文学的情感共鸣，培养其对文学的热爱和深切的情怀。

3. 丰富文学理论内涵

传统文化提供了多样化的文学素材和文化观念，为文学理论提供了更为丰富的内涵。通过融合传统文化，文学理论的教育内容得以拓展，能够更好地适应当代文学的发展和需求。

4. 拓宽学生视野

传统文化是多元文化的一个重要组成部分，其融入文学理论教育可以拓宽学生的文化视野，使其更全面地理解文学与文化的关系。

（二）文学理论教育与传统文化的融合方法

1. 整合传统文学经典

将传统文学经典纳入文学理论的教学内容中，让学生深入研读古代文学作品，了解其中蕴含的文学理论观念和艺术手法。

2. 对比分析方法

将传统文学与现代文学进行对比分析，帮助学生理解传统文学在当代文学中的影响和价值。通过对比，学生能够更好地把握文学发展的脉络和变化。

3. 融合传统文学审美观

将传统文学的审美观念融入文学理论的教学中，培养学生对传统审美观念的理解和欣赏能力，使其在文学鉴赏中更具深度。

4. 文学理论与传统文学研究结合

在文学理论的课程中，引入一些传统文学的研究方法，通过深入研究传统文学作品，培养学生的文学研究能力。

5. 文学理论与传统文学创作结合

鼓励学生在文学理论课程中进行一些与传统文学有关的创作实践，通过创作实践更深刻地理解传统文学对当代文学创作的启示。

（三）文学理论教育与传统文化融合可能面临的挑战

1. 文化断裂

随着现代社会的发展，一些学生可能存在与传统文化渐行渐远的情况，他们可能对传统文学缺乏兴趣或理解。在这种情况下，文学理论教育需要更

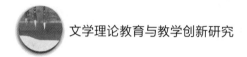

好地引导学生建立对传统文化的认同感。

2．理论实践融合困难

传统文化融入文学理论教育，需要将理论的抽象概念与实际的文学作品相结合，这可能存在一定的教学难度。教育者需要找到适当的方式，使理论能够与实践相融合。

3．传统文学观念更新

随着时代的发展，一些传统文学观念可能需要进行更新和解释。文学理论教育需要关注这一点，使学生在理解传统文学时不陷入僵化的观念中。

4．多元文化冲突

传统文化可能存在多元的解释和理解方式，而学生具有不同的文化背景，可能对传统文学存在不同的认知。在融合时需要尊重多元文化，避免文化观念的冲突。

（四）文学理论教育与传统文化融合的未来发展趋势

1．跨学科研究的加强

未来文学理论教育与传统文化的融合将更加强调跨学科的研究，与历史学、哲学、文化研究等学科深度合作。这有助于更全面地理解传统文化的内涵，使文学理论教育更有深度和广度。

2．数字化手段的应用

利用数字化手段，将传统文学作品、文献资料数字化，构建在线平台，使学生能够更方便地接触和研究传统文化。这有助于弥补传统文学资源的不足，提高学生学习的便捷性。

3．注重实践体验

未来的文学理论教育将更注重实践体验，通过实地考察、文学创作等方式，让学生更深入地感受传统文化的魅力。这有助于培养学生的实际操作能力，使理论学习更贴近生活。

4．强调跨文化对话

随着全球化的深入，文学理论教育将更加强调跨文化对话。在传统文化融入教学的同时，引导学生理解其他文化背景下的文学理论，促进跨文化交流和理解。

5．关注学科交叉

未来的文学理论教育将更注重学科交叉，与艺术、哲学和社会学等学科形成更紧密的联系。这有助于拓宽学生的学科视野，提高他们的综合素养。

文学理论教育与传统文化的融合是一个既充满挑战又充满机遇的任务。在这一融合过程中，需要不断探索适合时代发展的教学方法，关注学生的需求，尊重传统文化的多元性。通过有机地结合文学理论和传统文化，有望培养出更具深度思考能力、文学鉴赏力和人文情怀的学生，为他们的未来发展奠定坚实的基础。在这个过程中，教育者的角色至关重要，需要具备跨学科的视野，灵活运用多样的教学手段，激发学生对文学理论和传统文化的兴趣与热情，引导他们更深入地思考和探索。

第四节　文学理论教育与公共文化服务

一、文学理论教育的公共性

文学理论教育的公共性是指其服务对象不限于特定群体，而是为广大社会大众提供的一种普遍的教育服务。文学理论作为一门关于文学思考和分析的学科，其公共性体现在对社会多元需求的满足、知识的普及及文学素养的提升等方面。本书将深入探讨文学理论教育的公共性，分析其意义、特征、面临的挑战及发展前景。

（一）文学理论教育公共性的意义

1. 促进文学素养的提升

文学理论教育作为一种高层次的文学思维培养，通过对文学作品的解读和分析，能够提高学生的文学素养。文学素养的提升有助于公民更好地理解和参与社会文化生活。

2. 推动文学知识的普及

文学理论教育通过系统的理论课程，将文学知识传递给更广泛的学生群体。这有助于打破文学知识的壁垒，使更多人能够享受到文学思考和审美体验的乐趣。

3. 培养公民的人文关怀

文学理论强调对人类文化、情感和价值的深刻理解，通过文学理论教育，可以培养公民的人文关怀，使其更具社会责任感和人文精神。

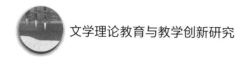

4. 服务社会发展需求

文学理论教育的公共性使其能够服务于社会的发展需求。随着社会的不断变革，对于文学理论素养的需求日益增长，这使得文学理论教育更具有社会性和实用性。

（二）文学理论教育的公共性特征

1. 普及性

文学理论教育不仅服务于少数精英阶层，更追求覆盖面的扩大。通过大众化的教学方式和手段，使更多人有机会接触和了解文学理论。

2. 开放性

公共文学理论教育应当是开放的，接纳不同文化、背景的学生。这要求课程设置和教学内容能够适应多元文化的特点，不排斥任何群体。

3. 实用性

公共文学理论教育强调知识的实际运用。除了对文学理论的深刻理解，还注重培养学生的批判性思维、创新能力，使其能够在实际生活中更好地运用所学知识。

4. 灵活性

公共性意味着文学理论教育需要具有一定的灵活性，能够适应不同群体的需求。这包括教学方式、教材选择和课程设置等方面的灵活调整。

（三）文学理论教育公共性的面临挑战

1. 资源不均衡

在一些地区或学校，文学理论教育的资源可能不足，导致公共性的目标难以实现。这需要相关机构采取措施，促进资源的均衡配置。

2. 文学理论认知困难

由于文学理论较为抽象和深奥，一些学生可能理解困难。如何让更多的学生在文学理论教育中受益，是一个需要思考的问题。

3. 社会认知和价值观

一些社会对文学理论的认知和价值观可能存在偏差，认为其过于专业化或无实际用处。这需要通过宣传和教育改变社会对文学理论的误解。

4. 教育体制和评价机制

在一些地区，教育体制和评价机制可能更注重应试教育，而对文学理论等人文科学的关注较少。这需要对教育体制进行相应的改革。

（四）文学理论教育公共性的未来发展趋势

1. 强化技术支持

利用现代技术手段，如在线教育平台、教育 App 等，推动文学理论教育的普及。这有助于解决地域差异，让更多人能够方便地获取文学理论知识。

2. 建设公共文学理论资源库

建设公共文学理论资源库，提供免费或低成本的文学理论学习资源。这样可以打破资源不均衡的问题，让更多学生受益。

3. 社区参与和合作

加强学校与社区的合作，通过组织文学沙龙、讲座等形式，提高社会公众对文学理论的认知度，促进文学理论教育的社区化。

4. 支持教育改革

推动教育改革，加强对文学理论教育的支持。这包括调整教育评价机制，给予文学理论等人文科学更多的关注，鼓励学校开设更多相关课程。

文学理论教育的公共性是实现文学素养大众化的重要途径。通过普及文学理论知识，培养学生的文学审美能力和人文关怀，文学理论教育可以为社会大众提供更多的文学享受和思考空间。然而，要实现文学理论教育的公共性，需要克服资源不均衡、认知难度和社会偏见等诸多挑战。未来，通过技术支持、资源共享和社区合作等手段，有望实现文学理论教育的更广泛传播，使更多人受益于文学思考和文学鉴赏的乐趣。同时，社会对于人文科学价值的重新认知和教育改革的深化也将为文学理论教育的公共性提供更为有力的支持。

二、文学理论教育与社区文化服务的整合

文学理论教育与社区文化服务的整合是当代教育与文化发展中的一个重要议题。文学理论作为深化文学理解的学科，将其整合到社区文化服务中，既可以促进文学理论知识的传播，又能够丰富社区文化生活，提升居民的文学素养。本书将深入探讨文学理论教育与社区文化服务的整合，分析整合的意义、方法、可能面临的挑战和未来发展趋势。

（一）文学理论教育与社区文化服务整合的意义

1. 促进文学素养的提升

将文学理论教育整合到社区文化服务中，可以为社区居民提供系统的文学理论知识，促进他们的文学素养不断提升。

2. 拓展社区文化活动

通过引入文学理论，社区文化服务可以更全面、多样地设计文学活动，如文学讲座、读书会等，提供更广泛的文化选择，满足不同层次的文学兴趣。

3. 建立文学社区共同体

通过文学理论的传播，可以在社区内建立起更加紧密的文学社区共同体，促进居民之间的文学交流和共鸣。

4. 促进社区文化氛围的塑造

文学理论教育的整合有助于营造更具深度和内涵的社区文化氛围，使居民更加关注文学的精神内涵，提升社区文化品位。

（二）文学理论教育与社区文化服务整合的方法

1. 开展文学理论讲座和工作坊

在社区内定期开展文学理论讲座和工作坊，邀请专业人士为居民介绍文学理论知识，进行互动和讨论。

2. 组织读书会和文学沙龙

通过组织读书会和文学沙龙，鼓励社区居民共同阅读文学作品，并通过文学理论角度展开深入的讨论。

3. 举办文学赛事和活动

在社区内举办文学赛事，如文学写作比赛、诗歌朗诵赛等，激发居民的文学创作热情，同时加深对文学理论的理解。

4. 建立社区文学资源库

在社区内建立文学资源库，收集文学理论书籍、资料和文学作品，为居民提供方便的文学学习和阅读资源。

5. 开展文学主题展览

利用社区文化中心或图书馆等场所，举办文学主题的展览，展示与文学理论相关的图片、文字和多媒体资料，引导居民深入了解。

（三）文学理论教育与社区文化服务整合可能面临的挑战

1. 居民兴趣差异

社区居民对文学理论的兴趣水平存在差异，有的可能对深奥的理论较为抵触。如何调动不同兴趣群体的积极性是一个挑战。

2. 资源不足

一些社区可能面临文学理论教育资源不足的问题，包括专业讲师、图书和资料等，这需要寻找外部支持和合作。

3. 文学理论知识传递难度

文学理论属于相对抽象和专业的知识领域，如何将其转化为容易理解和接受的形式，是一个需要克服的难题。

4. 社区文化服务体制问题

社区文化服务体制可能存在机制不健全、管理不善等问题，这可能影响文学理论教育与社区文化服务的有机结合。

（四）文学理论教育与社区文化服务整合的未来发展趋势

1. 数字化整合

利用数字化技术，建立在线文学理论课程、社区文学平台，使文学理论知识能够更便捷地传递到社区居民中。

2. 多元文化整合

引入多元文化元素，将不同文学理论与社区文化相结合，满足不同层次、不同背景居民对文学的多样化需求。

3. 社区合作与联动

加强社区与学校、图书馆和文化机构等的合作，形成社区文学服务的联动机制，共同为居民提供更丰富的文学资源。

4. 注重实践体验

通过组织文学创作、文学演出等实践性活动，使居民更加深入地体验文学的魅力，增强对文学理论的理解。

文学理论教育与社区文化服务的整合将为社区居民提供更广泛、深入的文学体验，推动文学素养的提升，丰富社区文化生活。在整合的过程中，需要关注居民的文学兴趣和需求，采取多样化的教育手段和活动，努力打破文学知识的局限，让更多人能够参与到文学的学习和欣赏中。通过社区的合作

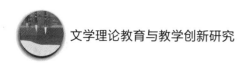

与互动，文学理论教育将更好地服务于社区文化，成为文学魅力的传播者，为社区居民提供更多文学的精神飨宴。

第五节 大众文学理论素养的提升

一、大众对文学理论的认知水平

文学理论作为文学研究的重要组成部分，涵盖了文学创作、文学批评和文学审美等多个领域。然而，大众对文学理论的认知水平却往往存在不同程度的差异。有的人对文学理论了解较深，能够深入理解文学作品背后的理论基础，而有的人可能对文学理论一知半解，认为其过于抽象或难以理解。本书将深入探讨大众对文学理论的认知水平，分析其现状、影响因素、存在的问题及提升认知水平的途径。

（一）大众对文学理论认知水平的现状

1. 深度认知群体

一部分文学爱好者、专业人士及文学相关领域的学者，对文学理论有相对较深的认知水平。他们能够理解和运用文学理论，对文学作品进行深入的分析和解读。

2. 基础认知群体

一般大众中存在一些基础认知群体，对文学理论有一定的了解，但可能仅限于表面层次，对于深层次的理论框架和学术争议了解较少。

3. 浅薄认知群体

另一部分人群可能对文学理论认知较为浅薄，他们可能对文学理论存在误解，认为其过于复杂、晦涩，或者认为文学本身无须深究理论。

（二）影响大众文学理论认知水平的因素

1. 教育水平

教育水平是影响大众文学理论认知水平的关键因素。受过专业文学培训或相关学科教育的人更容易深入理解和运用文学理论。

2. 兴趣与阅读习惯

对文学理论的兴趣和阅读习惯也是影响认知水平的因素。热爱文学并习惯深入阅读的人更有可能深入了解文学理论。

3. 社会文化氛围

社会文化氛围对大众文学理论认知水平有一定的塑造作用。生活在重视人文艺术的社会，更容易形成对文学理论的积极认知。

4. 传播媒体

传播媒体的影响也不可忽视。一些文学理论知识可以通过文学评论、学术期刊等专业媒体传播，而一般大众更容易接触到的是娱乐性较强的文学作品。

（三）大众对文学理论认知水平存在的问题

1. 普及难度

一些文学理论较为抽象，晦涩难懂，这导致部分大众难以深入理解和运用文学理论。

2. 社会认知误区

一些人存在对文学理论的误解，认为它只是学究气的工具，与实际生活无关，从而影响了他们对文学理论的认知水平。

3. 教育资源不均

由于社会教育资源的不均匀分配，一些地区或社群的居民可能缺乏接触文学理论的机会，从而影响了他们的认知水平。

4. 传播媒体倾向

部分传媒更倾向于报道轻松、娱乐性强的文学新闻，而较少关注文学理论的传播，导致大众对文学理论的认知相对匮乏。

（四）提升大众文学理论认知水平的途径

1. 推动教育改革

在学校层面加强文学理论的教育，提高学生的文学素养。通过改革教学内容和方法，使文学理论更具吸引力，激发学生对文学理论的兴趣。

2. 建设多元化的文学推广平台

利用互联网和社交媒体建设多元化的文学推广平台，推动文学理论的传播。通过在线讲座、专题文章、社区互动等形式，让更多人轻松获取文学理论知识。

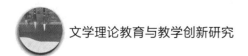
3. 提倡跨学科交流

鼓励文学理论与其他学科的跨学科交流。通过与哲学、心理学、社会学等学科的结合，拓宽文学理论的应用领域，使其更贴近大众生活。

4. 打破学术壁垒

减少学术领域对外部人士的排斥感，促进文学理论与大众之间的沟通。可以通过举办公开讲座、座谈会等方式，打破学术壁垒，促进理论与实践的结合。

5. 鼓励文学理论普及活动

通过组织文学理论讲座、沙龙、读书会等活动，提升大众对文学理论的兴趣。这些活动可以在社区、学校、图书馆等场所进行，提供多元的学习平台。

（五）未来发展趋势

1. 数字化学习

随着数字化技术的不断发展，将文学理论知识整合到在线学习平台，以便更广泛地传播知识。通过在线课程、讲座和交流平台，提升大众对文学理论的认知水平。

2. 文学理论科普宣传

加强对文学理论的科普宣传，通过各类媒体进行普及，使文学理论知识更加贴近大众生活，减少认知难度。

3. 跨媒体合作

文学理论可以与影视、音乐、艺术等其他艺术形式进行跨媒体合作。通过整合各类艺术资源，提升文学理论的艺术感染力，吸引更多人的关注。

4. 社区文学理论服务网络

建立社区文学理论服务网络，通过社区文化中心、图书馆等场所，提供定期的文学理论讲座和学习活动，使大众更方便地获取知识。

5. 社交媒体推广

充分利用社交媒体平台，通过推广文学理论的短视频、专题文章、互动活动等形式，提高大众对文学理论的兴趣。

大众对文学理论的认知水平是一个涉及教育、文化传播和社会发展的综合问题。通过教育改革、建设多元化的文学推广平台、打破学术壁垒、鼓励文学理论普及活动等途径，可以逐步提升大众的文学理论认知水平。未来，随着数字化学习的发展、文学理论与其他艺术形式的跨媒体合作，以及社交媒体的广泛应用，有望更好地实现文学理论与大众的深度互动，促进文学理论的更广泛传播。

二、提高大众文学理论素养的途径

文学理论素养是指个体对文学理论知识的了解和应用水平。提高大众的文学理论素养不仅有助于拓宽人们对文学作品的理解视野，更能培养深层次的文学审美情感。本书将深入探讨提高大众文学理论素养的途径，包括教育改革、社会文化建设、媒体推广及个体自主学习等方面。

（一）教育改革

1. 强化学校文学理论教育

通过调整课程设置，加大文学理论教育的力度，使其贯穿学生整个学习过程。培养学生对文学理论的兴趣，提高其基础认知水平。

2. 推动跨学科教学

将文学理论与其他学科融合，如哲学、心理学、社会学等。通过跨学科教学，使学生更好地理解文学理论的背后逻辑，提升其综合素养。

3. 鼓励学术讨论与研究

鼓励学校设立文学研究社团、讨论小组，提供一个交流学术观点的平台。学生可以在这个过程中深入研究文学理论，提高其理论水平。

4. 在线教育资源

利用互联网资源，建设在线文学理论课程。这样不仅可以突破地域限制，还能够提供更灵活的学习时间，方便大众获取文学理论知识。

（二）社会文化建设

1. 打造文学社区

在社区内设立文学社区，鼓励居民参与文学理论的学习与讨论。通过文学读书会、讲座等活动，形成学习共同体，提高居民的文学理论素养。

2. 文学活动推广

社会文化机构可以组织更多的文学活动，包括文学讲座、文学节、文学赛事等，吸引更多人参与，激发公众对文学理论的兴趣。

3. 艺术节目与文学理论结合

在艺术节目中融入文学理论的内容，如电影、音乐会、舞台剧等。通过

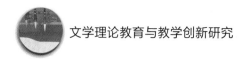
多媒体形式，将文学理论呈现得更具吸引力，引导大众深入思考。

4. 鼓励文学创作

鼓励社会各界进行文学创作，同时提倡对文学作品进行理论性的评析。这有助于促进文学创作和文学理论相互交流，提高整体的文学素养。

（三）媒体推广

1. 丰富文学专栏

在报纸、杂志和网站等媒体上设立丰富的文学专栏，涵盖不同层次的文学理论知识，吸引读者广泛关注。

2. 制作文学理论节目

制作文学理论专题节目，通过电视、广播等媒体传播文学理论知识。这种形式更具生动性，适合大众接受。

3. 社交媒体传播

利用社交媒体平台，建立文学理论知识的传播渠道。通过微博、博客、短视频等形式，将文学理论以轻松易懂的方式传递给更多人，引发广泛的讨论和关注。

4. 文学理论推广活动

举办文学理论推广活动，如线上线下的文学理论讲座、读书分享会等。通过活动的互动性，使参与者更深入地了解文学理论，激发兴趣。

（四）个体自主学习

1. 建立个人学习计划

鼓励个体建立自己的文学理论学习计划，包括阅读相关书籍、参与讨论、观看讲座等。通过系统有序地学习，提升文学理论素养。

2. 参与在线学习社区

利用在线学习平台，参与文学理论相关的学习社区。在这里，个体可以与其他学习者交流，分享学习心得，拓宽视野。

3. 阅读文学评论与研究论文

主动阅读文学评论和研究论文，了解专业学者对文学作品的深刻分析。这有助于培养学生深度思考的能力，提高对文学理论的认知水平。

4. 参与文学研究项目

有条件的个体可以主动参与文学研究项目，深度了解文学理论的前沿研究。通过亲身参与，加深对文学理论的理解和应用。

（五）未来发展趋势

1. 虚拟现实与增强现实应用

利用虚拟现实和增强现实技术，创造沉浸式的学习体验。通过虚拟现实的场景，让学习者更直观地理解文学理论，提高学习效果。

2. 个性化学习平台

借助人工智能技术，打造个性化的文学理论学习平台。根据个体的学习习惯、兴趣爱好，推荐相应的学习内容，提高学习的针对性和吸引力。

3. 全球化合作

推动全球范围内的文学理论学术交流与合作。通过国际合作项目、在线学术会议等方式，促进不同文化背景下的文学理论交流，拓宽学习视野。

4. 开发文学理论 App

制作专门的文学理论学习 App，为用户提供便捷的学习渠道。结合互动性、图文并茂的界面设计，增加学习的趣味性。

提高大众文学理论素养是一个全社会共同努力的目标。通过教育改革、社会文化建设、媒体推广及个体自主学习等多方面的途径，可以逐步提高大众的文学理论认知水平。未来，随着科技的发展和全球文化的交流，有望通过更加多元、创新的方式，进一步提升大众的文学理论素养，促进文学理论与日常生活的更紧密结合。

第六节　文学理论教育与社会责任

一、文学理论教育的社会责任与使命

文学理论教育作为人文教育的重要组成部分，承载着传承文化、培养人才和引领文学发展的重要使命。其社会责任和使命不仅体现在培养学生的专业素养上，更关乎社会文化的传承、创新与发展。本书将深入探讨文学理论教育的社会责任与使命，从教学、研究和社会服务等方面进行分析与论述。

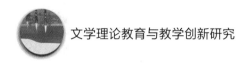

（一）文学理论教育的社会责任

1. 传承文化传统

文学理论教育有责任传承和弘扬文化传统。通过教学，学生能够了解古今中外的文学理论，深入理解不同文学流派、思想观念，实现文化传统的传承。

2. 培养审美情感

文学理论教育应该培养学生的审美情感，使他们能够欣赏不同风格的文学作品，理解文学艺术的美学内涵。这有助于提升个体的艺术鉴赏水平，推动社会审美水平的提升。

3. 引导文学创新

文学理论教育应该激发学生的文学创新能力，鼓励他们在理论的指导下进行文学实践。这有助于培养新一代文学创作者，推动文学的创新与发展。

4. 倡导社会责任

通过文学理论教育，培养学生对社会问题的敏感性，引导他们在文学创作中关注社会现实，发挥文学的社会责任感，促进社会进步。

（二）文学理论教育的社会使命

1. 培养文学人才

文学理论教育的首要任务是培养优秀的文学人才。这包括文学研究人员、文学评论家、文学编辑等，他们在文学领域发挥着引领和推动的作用。

2. 推动学科研究

文学理论教育应该积极参与学科研究，推动文学理论的深化和拓展。通过开展前沿研究，为文学领域的学术发展提供理论支持。

3. 引领文学潮流

作为文学发展的智库，文学理论教育有责任引领文学潮流。通过研究和教学，塑造文学新潮流，推动文学的发展。

4. 担负文化传播使命

文学理论教育在培养文学人才的同时，也要担负文化传播的使命。通过教育，将优秀的文学理论传播给更多人，推动社会文化的传承。

（三）文学理论教育的实践路径

1. 创新教学方法

通过创新教学方法，使文学理论教育更具吸引力和实用性。可以采用案例分析、实地考察、多媒体教学等方式，激发学生的学习兴趣。

2. 强化实践环节

在文学理论教育中，加强实践环节的设置。可以组织学生参与文学活动、创作比赛、学术讨论等，培养他们在实际中运用理论的能力。

3. 拓宽国际交流

通过与国际文学理论学术机构的合作，拓宽国际交流渠道。引入国际先进理论，促进文学理论的全球共同研究。

4. 社会服务项目

建立文学理论教育与社会服务的桥梁，开展一系列的社会服务项目。可以组织文学理论讲座、培训项目、文学普及活动等，服务社会公众。

（四）文学理论教育的社会效益评估

1. 培养优秀文学人才

评估文学理论教育的社会效益，首先要看其是否成功培养了一批优秀的文学人才，他们在文学领域有重要的贡献。

2. 学术研究的影响力

文学理论教育参与的学术研究项目是否具有一定的影响力，是否推动了文学理论的发展。

3. 社会服务项目的影响

评估社会服务项目的实施效果，看是否成功地将文学理论传递给社会公众，是否提升了社会文学素养。

4. 学科创新与引领作用

文学理论教育是否在学科方向上有创新与引领作用，是否推动了学科的进步。

（五）文学理论教育的挑战与应对

1. 文学市场化导向

部分社会对文学的市场化导向，追求商业价值，而忽视文学的深度和广

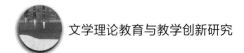

度。应对措施包括鼓励文学理论教育注重文学的人文价值，引导学生不仅追求商业成功，还注重文学的人文精神。

2. 信息时代的挑战

在信息时代，人们容易陷入碎片化的信息获取，缺乏深入思考的机会。文学理论教育需要引导学生，培养其深入思考的能力，不仅停留在信息表面。

3. 跨学科竞争

文学理论教育与其他学科的交叉竞争，需要在课程设置和研究方向上找到平衡点。应鼓励跨学科合作，推动文学理论与其他领域的互相补充与发展。

4. 文化多样性挑战

社会多元文化的存在使得文学理论面临更多挑战，需要更加开放、包容，尊重各种文化传统，不偏袒某种文化。

文学理论教育是文学领域的重要一环，具有重要的社会责任与使命。通过传承文化传统、培养人才、引领文学发展、担负文化传播等多重任务，文学理论教育在社会中具有重要地位。同时，文学理论教育也面临着挑战，需要不断创新教育方法，拓宽国际交流，积极参与学科研究，提高社会服务水平，以更好地履行其社会责任与使命，推动文学领域的繁荣与发展。

二、参与社会问题解决的文学理论教育实践

文学理论教育作为人文教育的重要组成部分，其价值不仅在于传承文化、培养文学人才，还应当参与社会问题的解决。通过文学理论的深刻思考和理论引导，可以启迪人们对社会问题的认知，促使社会更加理性、和谐地面对各类挑战。本书将深入探讨文学理论教育参与社会问题解决的实践路径、挑战与应对策略。

（一）文学理论教育对社会问题解决的重要性

1. 启迪思想与认知

文学理论教育通过对文学作品的深度分析，能够引导学生深刻理解社会问题的根源、复杂性及可能的解决途径，从而提升社会问题认知水平。

2. 激发社会责任感

通过文学理论教育，学生能够感知文学作品中对社会责任的呼唤。理论引导可以使学生在文学创作和评论中表达对社会问题的关切，培养社会责任感。

3. 塑造社会公民素养

文学理论教育有助于培养学生的批判性思维和社会参与能力，使他们成为具备深入思考和批判性思维的社会公民，能够积极参与社会问题的解决过程。

4. 推动文学创新

文学理论教育在激发创新思维方面有独特优势。通过理论引导，学生可以在文学创作中尝试新的表达方式，以推动社会问题的创新解决途径。

（二）文学理论教育参与社会问题解决的实践路径

1. 社会问题主题课程设置

设计以社会问题为主题的文学理论课程，引导学生运用文学理论分析相关文学作品，深刻理解社会问题的本质，激发他们关心社会问题的兴趣。

2. 社会问题解决项目实践

将文学理论与实际社会问题相结合，组织学生参与解决性实践项目。通过实际行动，学生可以将理论知识应用到社会实践中，为问题解决提供新的思路。

3. 社会问题研究与讨论小组

鼓励学生组成研究小组，选择一个具体的社会问题进行深入研究与讨论。通过小组合作，学生可以集思广益，共同寻找解决问题的方法。

4. 文学作品创作与社会问题表达

鼓励学生通过文学创作来表达对社会问题的思考。可以是小说、诗歌和戏剧等不同形式的作品，通过文学表达传达对社会问题的关切。

（三）文学理论教育参与社会问题解决的挑战与应对

1. 理论与实践脱节

学生在文学理论教育中获取了一定的理论知识，但在实际解决社会问题时，可能面临理论与实践脱节的问题。解决方法是强化实践环节，鼓励学生将理论知识应用到实际问题中去。

2. 社会问题复杂性

社会问题往往涉及众多因素，复杂而多变。文学理论教育需要教导学生面对问题时保持开放思维，多角度分析问题，避免陷入狭隘的解决思路。

3. 社会反馈与影响

学生的社会问题解决项目可能面临社会的反馈与影响，包括社会的质疑、批评等。应对策略是引导学生在项目中培养坚定的信念，同时学会从批评中吸取经验，不断完善解决方案。

4. 社会问题选题

如何确定一个适当的社会问题作为研究与解决的对象是一个挑战。文学理论教育可以引导学生根据自身兴趣、专业特长和社会需求选择适当的问题。

（四）文学理论教育参与社会问题解决的实际案例

1. 社会问题主题课程案例

设计"文学与社会问题"课程，以性别平等、环境保护等社会问题为主题，引导学生通过文学理论解读相关文学作品，深入了解社会问题背后的深层次因素。

2. 社会问题解决项目实践案例

在校内组织"文学创作与社会问题解决"项目，学生结合所学文学理论，以小说、诗歌等文学形式表达对校园文化、人际关系等社会问题的关切，并提出解决方案。

3. 社会问题研究与讨论小组案例

成立"文学与社会问题研究小组"，学生可以选择感兴趣的社会问题，深入研究，并通过小组合作进行深度讨论。通过集体智慧，形成对社会问题的多视角理解。

4. 文学作品创作与社会问题表达案例

鼓励学生以文学作品的形式表达对社会问题的思考。学生可以通过小说、剧本等形式，以文学的语言呈现社会问题，引起社会关注。

（五）结合社会问题解决的文学理论教育评估机制

1. 学生参与度

通过学生是否积极参与社会问题课程、项目实践等，评估学生对社会问题解决的关注程度。

2. 解决方案创新性

评估学生提出的解决方案是否具有创新性，是否能够为社会问题提供新的思路与方法。

3. 社会影响力

对学生参与的社会问题解决项目的社会影响进行评估，包括项目的传播力、影响范围等。

4. 学术研究成果

对学生参与的社会问题研究小组的学术研究成果进行评估，看是否具有一定的学术价值。

（六）未来发展趋势

1. 数字化教育工具的应用

利用数字化教育工具，提高文学理论教育的互动性和实践性。通过在线平台，学生可以更灵活地参与社会问题解决项目，获取实时反馈。

2. 跨学科合作

进一步加强文学理论与其他学科的跨学科合作，形成综合性解决方案。跨学科的合作可以更全面地分析和解决社会问题，使文学理论教育更具实践性。

3. 全球化视野

引入国际社会问题解决案例，培养学生具备全球化的视野。通过比较研究，学生可以了解不同文化背景下对社会问题的认知和解决方式。

4. 社会参与平台的建设

构建文学理论与社会问题解决的社会参与平台，为学生提供更广阔的实践空间。该平台可以联合学校、社会组织和企业，形成合力解决社会问题。

文学理论教育参与社会问题解决是一项复杂而有挑战性的任务。通过将文学理论与实际问题相结合，培养学生的社会责任感、创新能力和实践能力，可以使文学理论教育更好地服务于社会。在未来，随着教育理念的不断更新和社会需求的不断变化，文学理论教育应当不断创新实践路径，更好地发挥其在社会问题解决中的作用。

参考文献

［1］方敏. 教育创新［M］. 北京：首都师范大学出版社，2019.

［2］孟凡飞. 高职教育与外语教学问题研究［M］. 长春：吉林科学技术出版社，2020.

［3］王家华. 文学翻译与大学英语教学研究［M］. 天津：天津科学技术出版社，2023.

［4］田树林，刘强. 项目式学习的教学研究与实践［M］. 北京：光明日报出版社，2021.

［5］孙善丽. 语文教学方法创新与文学艺术思维培养［M］. 长春：吉林人民出版社，2020.

［6］赵长林，王桂清，李友雨. 大学课程与教学研究［M］. 北京：北京理工大学出版社，2020.

［7］兰春寿. 英语文学阅读思维型教学模式研究［M］. 北京：外语教学与研究出版社，2018.

［8］郭英剑. 全球化语境下的英美文学教学［M］. 北京：中央民族大学出版社，2018.

［9］王丹. 声乐教学理论与实践［M］. 长春：吉林美术出版社，2018.

［10］孙仁歌. 现代教育教学论［M］. 合肥：安徽文艺出版社，2018.

［11］刘钦荣，刘安军. 汉语言文字理论与应用研究［M］. 北京：中国社会出版社，2019.

［12］吴兆武. 文学理论教学革新研究：兼论中学语文教学［M］. 合肥：安徽大学出版社，2000.

［13］孙龙国. 教育理论研究与创新［M］. 开封：河南大学出版社，2007.

［14］郭晓梅. 高校英语教师教育者学科教学知识发展研究：英文［M］. 上海：上海交通大学出版社，2021.

［15］尹友. 新媒体环境下写作教学研究［M］. 成都：电子科技大学出版社，2019.

[16] 王峥，王佩. 高校英语教育模式创新研究 [M]. 北京：北京工业大学出版社，2019.

[17] 吴高臣. 大学教学创新研究 [M]. 北京：首都师范大学出版社，2016.

[18] 唐东堰，杨子赟. 当代高校儿童文学教育研究 [M]. 广州：世界图书广东出版公司，2014.

[19] 王扬. 外国语言文学研究 [M]. 成都：电子科技大学出版社，2013.

[20] 许玉清. 教育教学改革与创新 [M]. 东营：中国石油大学出版社，2006.